村上春樹を、心で聴く

奇跡のような偶然を求めて

宮脇俊文

青土社

村上春樹を、心で聴く　―目次―

村上春樹を、心で聴く

奇跡のような偶然を求めて

イカロスの勇気のために

序章　「偶然」の扉を開ける

僕のメッセージは上手く現実の空気を震わせることができるだろうか？　いくつかの文句を僕は口の中で呟いてみた。そしてその中からいちばんシンプルなものを選んだ。

「ユミヨシさん、朝だ」と僕は囁いた。

『ダンス・ダンス・ダンス』

『ノルウェイの森』の直子はなぜ自ら命を絶ってしまったのだろうか。ワタナベやレイコの必死の支えにもかかわらず、彼女は最後までもう一人の自分とのバランスをうまく取ることができなかった。「まるで自分の体がふたつに分かれていてね、追いかけっこをしてるみたいなそんな感じなの」と彼女はいう。「ちゃんとした言葉っていうのはいつももう一人の私が抱えていて、こっちの私は絶対にそれに追いつけないの」。自我を確立できないまま、死の世界へと旅立った彼女は、他者とのコミュニケーションも最後までうまく取ることができなかった。

ピアノの調律師の人生

「偶然に導かれた体験です。ものすごく不思議というほどのことでもありませんが、どうしてそんなことが起り得るのか、うまい説明は思いつきません。いずれにせよ、偶然の符号がいくつかかさなり、その結果思いも寄らない場所に導かれることになりました」。これは『東京奇譚集』の冒頭に収められた「偶然の旅人」の中の一節である。ここでいう「偶然の符号」とはなんだろうか。そのタイトルが示すところの「偶然を旅する」とはどのような体験なのだろうか。

この物語の主人公であるピアノの調律師は大学生のときにゲイであることを告白する。何人かのガールフレンドと付き合ううちに、自分がゲイであることを「発見した」のだ。「明白な事実をクローゼットの奥に押し隠して生きるのは、彼の性格に合わないことだった」。彼は「適当な言い訳」はせず、正直に打ち明けた。つまり「カミングアウト」したのだ。しかし、それは周囲の人間に大きな動揺や混乱をもたらすばかりでなく、人間関係をも壊しかねないことであった。それでもその事実を隠し通すことは、自分に偽って生きていくことになる。だから彼は真実を告白したのだ。「誠実に生きる」ことは時として大きな困難をもたらす。

彼は最初はピアニストを目指していたが、そのことが徐々に自分に重くのしかかりはじめた。そこで彼は方向転換を決意する。

「不思議な話だけど、調律を専門に勉強するようになってから、逆にピアノを弾くことが楽しくなったんだ。小さいときから必死にピアノを勉強してきた。練習をかさねて自分が上達していくのはそれなりに面白かったよ。でもピアノを弾くのが楽しいと思ったことは、ただの一度もなかったと思う。僕はただ問題点を克服することを目的にピアノを弾いていた。ミスタッチをしないように、指がもつれないように。人に感心されるように。でもピアニストになるのをあきらめてから、音楽を演奏する喜びみたいなものがやっと理解できたんだ。音楽というのは素晴らしいものなんだと思った。まるで重い荷物を肩から下ろしたみたいな感じだったね。担《かつ》いでいるあいだは、そんなものを担いでいること自体に気づかなかったんだけど」

彼は自分に誠実に生きることを選んだ。その結果、まったくそれまでにはなかった世界が開けはじめた。真の喜びを感じることができるようになってきた。人を喜ばせるのではなく、自分を喜ばせることができるようになったのだ。しかし、そこに至る道のりは決して楽なものではなかった。カミングアウトすることがいかに苦しみを伴うことかを彼は実感した。

「短いあいだに僕の人生はがらっと変わってしまったんだ。そこから振り落とされないように、なんとかしがみついているのがやっとだった。すごく怯《おび》えていたし、怖くてたまらなかった。そんなとき、他人に説明なんてできない。世界からずり落ちていくような気がした。だから僕はただわかってもらいたかったんだ。そしてしっかり抱きしめてもらいたかった。理屈やら説明やら、そんなものは抜きで。でも誰ひとりとして――」

それはあまりにも孤独なことであった。サリンジャーの『キャッチャー・イン・ザ・ライ』のように、ライ麦畑の崖から落ちないように必死でしがみついていなければならなかった。誰も救いの手を差しのべてはくれなかった。主人公のホールデンのような捕まえ手は現れなかったのだ。それでも彼は自分に誠実に生きることをやめなかった。

彼は自分を「ベテランのゲイ」と呼ぶ。それはいかにきつくても、自分に誠実になれる人のことを言っているのだ。それによって集団からはみ出す結果となったとしてもだ。あるいは追放されたとしてもだ。言うまでもなくこれはメタファーであって、ゲイの人々に限られたことではない。誠実に生きようとするすべての人々に当てはまることなのだ。

彼はフランスの作曲家プーランクを引き合いに出す。それはいかにも音楽に携わる人間らしい説得力のあるものだ。

「プーランクはゲイでした。そして自分がゲイであることを、世間に隠そうとはしませんでした」と彼はあるとき言った。「当時としてはそれは、なかなかできないことだったんです。彼はまたこんな風に言っています。『私の音楽は、私がホモ・セクシュアルであることを抜きにしては成立しない』と。彼の言わんとするところはよくわかります。つまりプーランクは、自分の音楽に対して誠実であろうとすれば、自分がホモ・セクシュアルであることに対しても、同じように誠実でなくてはならなかったのです。音楽とはそういうものですし、生き方とはそういうものです」

自分に対して誠実に生きること。それができない人間がいかに多いことだろう。だが、時代が、社会がいかにそれを阻もうとも、その中で自分を確立することは大切な問題だ。

それを成しえた人間のみが真の人生を生きることができる。そして「個」としての自由を勝ち取ることができるのだ。村上は『意味がなければスイングはない』に収められた「日曜日の朝のフランシス・プーランク」においてもこのことを紹介しているが、それはプーランクの生きた時代においては、決して容易いことではなかったはずだ。それでも彼は自分の生き方を貫いた。ゲイであるという自分の属性をそのまま隠さず受け入れることで、自分自身の個を確立し、そして音楽をも確立したのだ。

このプーランクのように、ピアノの調律師も自分の生き方を貫いたのだ。その結果、それまで見えなかったことが見え始めた。自分がゲイであることに気づいたとき、なにか「とくべつな能力」が彼には芽生えたのだ。

「僕の中でどうしても納得のいかなかったいくつかの疑問が、それですっと腑《ふ》に落ちた。なるほどそういうわけだったのかってね。それでずいぶんらくになれた。曇っていた眺めが、一瞬のうちに開けたみたいに。ピアニストになるのをあきらめて、ゲイであることをカミングアウトしたことで、まわりの人は失望したかもしれない。でもわかってほしいんだけど、そうすることで僕はやっと本来の自分に戻ることができたんだ。自然なかたちの自分自身に」

それまでどこか失いかけていた自分をここで取り戻したと彼は言う。それまでの自分がいかに不自然であったかに気づいたのだ。こうして「本来の自分」を取り戻した調律師は、不思議な体験をすることとなる。不思議というのは、彼のように「カミングアウト」していない人間にとってというべきかもしれないが、それは「偶然」と一般的に呼ばれるものである。

かたちのあるものと、かたちのないもの

最初に紹介されるのはチャールズ・ディケンズの『荒涼館』という偶然だ。それはピアノの調律師が毎週火曜日に車で出かけていく郊外の大きな書店のカフェで起こったことだ。あるとき、彼がいつものように本を読んでいると、たまたま隣のテーブルで同じように本を読んでいた女性が話しかけてきたのだった。

確かに驚くべき偶然だった。平日の朝、閑散としたショッピング・モールの、閑散としたカフェの隣り合った席で、二人の人間がまったく同じ本を読んでいる。それも世間

に広く流布《るふ》しているベストセラー小説ではなく、チャールズ・ディッケンズの、あまり一般的とは言えない作品なのだ。二人は不思議な巡りあわせに驚き、そのせいで初対面のぎこちなさは消えた。

確かに世間の話題となっている種類の本ならともかく、一般にはあまり知られていない小説となると話は別だ。非常に珍しい出来事だ。これを偶然と呼ばすしてなんと呼べばいいのか。これと似たような話が『キャッチャー・イン・ザ・ライ』にも出てくる。それはホールデンがラジオ・シティーで観る映画の中のエピソードだ。ここでもディケンズの小説が登場しているが、それはもう少し一般に知られているであろう『オリバー・ツイスト』だ。これも偶然と呼ぶかどうかは別にして、こうした出来事をあり得ないことだとかたづけるか、それともそれは十分に起こり得ることだと捉えるかの違いが人の生き方に大きな差を生じさせる。

こうして『荒涼館』を通して親しくなった女性は、あるとき調律師に自分が乳がんであるかもしれないことを告白する。再検査の結果次第では、手術を受けなければならないという。彼女はそんな不安を抱えていたのだ。二人は親しくなったとはいえ、そんな深刻で重大な事実を分かち合うほどの仲ではない。それは調律師の男に備わった特別な何かが彼女にそうさせたのだろう。たとえば、自分としっかり向き合って生きるという誠実さのようなものをこの男に感じとったにちがいない。だからこの人になら話せるといった安心感を与えられたのだろう。彼女は自分の不安を誰かに抱きしめてほしかったのだ。崖から落ちそうな自分を受け止めてほしかったのだ。そこで調律師は彼女にこう話す、「どうしたらいいのかわからなくなってしまったとき、僕はいつもあるルールにしがみつくことにしているんです」と。

「かたちのあるものと、かたちのないものと、どちらかを選ばなくちゃならないとしたら、かたちのないものを選べ。それが僕のルールです。壁に突きあたったときにはいつもそのルールに従ってきたし、長い目で見ればそれが良い結果を生んだと思う。そのときはきつかったとしてもね」

これこそが「自分に誠実に生きる」ということであり、かなり「きつい」ことではあっても、結果的にはそれが幸せをもたらすのだ。そうだと分かっていても、人はその場しのぎで生きてしまう。いい加減な言い訳や口実をいくつも考え出して。

彼はそれを「ひとつの経験則として」作り出したという。「僕みたいなベテランのゲイにはいろんなとくべつな能力が身についてくるんです」と言っているように、それはカミングアウトすることで獲得した能力なのだ。何にかたちがあって、何にかたちがないのか。それは普通はなかなか理解できないことである。というよりはむしろかたちのあるものしか見ようとしないのが我々の多くに当てはまることだろう。

こうして『荒涼館』でつながった女性との偶然は次なる偶然へとつながっていく。それは彼の姉との十年ぶりの再会だ。ゲイであることを告白して以来、彼と姉との関係は疎遠になっていた。その姉との和解へと導いたものは、乳がんの不安を抱えた『荒涼館』の女性との「偶然の」出会いだった。そして、またそこでさらなる偶然が起こる。それは姉の乳がんの告白である。

なぜこのようなことが起こったのだろう。もちろんそれはある程度までは「偶然」という言葉で説明がつくかもしれない。しかし、それにしてはすべてがあまりにもうまくつながりすぎている。何がきっかけで自分のことを思い出したのかという姉の質問に調律師はこう答える。

「なんて言えばいいんだろう。ひとくちでは説明できない。でもちょっとしたことだよ。偶然がいくつか重なったんだ。偶然が重なって、それで僕は――」

人はこの「ちょっとしたこと」をつい見落としてしまう。かりに気づいても、ありえないこととして片づけてしまう。そうして単調な人生を送ることとなるのだ。彼はいう、「姉と仲直りできたことで、僕の人生はひとつ前に進めたような気がします。以前に比べてもっと自然に生きることができるようになったっていうか……。それはおそらく、僕がきちんと向かい合わなくてはならないことだったんですね。僕は心の底で長いあいだ、姉と和解して抱き合うことを求めていたんだと思う」。カミングアウトした後の苦悩を経て、ここでようやく自分と向き合うことができるようになったのだ。

この姉との一件は、心のどこか奥底に依然として押し隠していたことがあったことを物語っている。これで調律師は本当の意味でのカミングアウトを達成できたことになるのだろう。そこまでに十年の歳月を要したことになるが、それには「きっかけ」が必要だった。ただ、それは実は彼自身が呼び寄せたものである。あの『荒涼館』の女性との出会いがそれだ。そこで彼は一つの結論に達する。「偶然の一致というのは、ひょっとして実はとてもありふれた現象なんじゃないだろうか」という結論だ。

「(……) つまりそういう類《たぐい》のものごとは僕らのまわりで、しょっちゅう日常的に起こっているんです。でもその大半は僕らの目にとまることなく、そのまま見過ごされてしまいます。まるで真っ昼間に打ち上げられた花火のように、かすかに音はするんだけど、空を見上げても何も見えません。しかしもし僕らの方に強く求める気持ちがあれば、それはたぶん僕らの視界の中に、ひとつのメッセージとして浮かび上がってくるんです。その図形や意味合いが鮮やかに読みとれるようになる。そして僕らはそういうものを目にして、『ああ、こんなことも起こるんだ。不思議だなあ』と驚いたりします。本当はぜんぜん不思議なことでもないにもかかわらず。そういう気がしてならないんです。どうでしょう、僕の考えは強引すぎるでしょうか?」(傍点筆者)

ピアノの調律師に起こった一連の偶然は実はすべて見えない何かでつながっていたのだ。そのつなぎ目が我々にはなかなか見えないだけなのだ。しかし彼の中にあった強い気持ちが、その「メッセージ」を浮かびあがらせたのだ。当たり前のようにそれを読み取ることができるようになったのだ。それは「かたちのないもの」を求めてきた結果のことだ。時間はかかっても、そこに秘められたメッセージは必ず鮮明に現れるのだ。

村上春樹の作品世界の中核をなしているのは、この「真昼の花火」なのではないだろうか。ふだん我々の多くが仕方ないと思ってあきらめてしまうようなことでも、強い気持ちがあればそれを「不思議」に変えていくことができると信じる姿勢。それこそが我々に必要なものであり、ひいては日本という国家にも当てはまることなのではないだろうか。そのことを村上は作品を通して読者に伝えようとしてきたのだ。我々のまわりでたまに起こる不思議な出来事は「偶然」と呼ぶべきものではない。それは「強く求める気持ち」によって、我々自身が「起こして」いるのだ。我々の人生は気持ち次第で、いくらでも豊かなものにできるし、そこに奇跡を起こすことだって可能なのだ。もちろんそれは奇跡ではなく、起こるべくして起こるのであるが。ちょっとした勇気によって。

村上のこうしたテーマは、フィッツジェラルドと並んで彼が敬愛する作家、レイモンド・カーヴァーにも見て取れる。ここで村上の作品世界をより深く理解するために、カーヴァーの描く世界を少し覗いてみよう。

カーヴァーが亡くなってからかれこれ三十年近くになるが、彼の存在感は今も大きく成長し続けている。つまり、現代に生きる我々にとって、その重要性がますます高まっているのだ。情報化がどんどん加速していく今日の社会にあって、我々は少々のことでは驚異を感じなくなってきている。日常生活にどこか麻痺してきているのだろう。そうした中で、われわれは現実の細部にしっかりと目を向けながら、その日その日を丁寧に生きるということを忘れがちなのではないだろうか。そんなことを思うとき、カーヴァーの文学は、生きるとは何かという根源的なテーマを、とても地味ながら不思議な喜びを添えて、我々に提示してくれるような気がする。

カーヴァーの作品には、まるで紙の辞書のページを一枚一枚丁寧に繰りながら言葉を探し、それを見つけたら、今度はそのページの細部までを一字一句逃さずに読んでいくような作家の姿勢が感じられる。時代の流れに逆行するかのような作風だからこそ、訴えてくるものの中身は濃厚だ。村上の場合、カーヴァーとはかなり違った雰囲気ではあるが、時代の最先端を行くような雰囲気を醸し出しながらも、どこか人間の原初的な部分に関わる素朴な側面が顔を出していることがあるという点ではカーヴァーに似ている。

村上はカーヴァーとの関係についてこう述べている——「僕としては彼から直接何かの『影響を受けた』という意識はあまりないのだが、レイモンド・カーヴァーという作家に、そしてまた人間に出会わなかったら、僕の作家としての道のりは、結果的に、今あるものとは少し違ったものになっていたかもしれないという気持ちは、間違いなくある」。確かに直接的な影響はそれほどないのかもしれない。ただ、村上の作品を読んでいると、時々カーヴァーが姿を現すことは間違いない。それは間接的影響といえばいいのかどうかはわからないが、村上の中に確実にカーヴァーは生きている。

ここで村上が「カーヴァーの残したマスターピースのひとつ」と呼ぶ「大聖堂」を取り上げてみよう。ここに登場する男は、最初、妻の知り合いである盲人に会うことを億劫がっている。しかし、実際に会って触れあううちに、彼の盲人に対する先入観が覆されていく。そして、次第にその世界に引き込まれていくという話だ。彼はここでは盲人の目を通してものごとを見ている。最後に彼は、目を閉じて盲人と一緒に手を重ねて絵を描くうちに世界が広がっていくのを感じる。今こそ彼は「ちゃんと見てる」のだ。「確かにこれはすごい」というせりふを発するのは、今まであまりにも多くのことを見過ごしていたことに気づいたからに他ならない。

われわれは実際に自分の目で確かめることをせず、先入観だけでものごとを決めつける傾向があまりにも強いのではないだろうか。そして、大切なもの、ものごとの核心的な部分を見逃してしまうことが多いのだ。それがこの短編に描かれた世界だとすれば、村上の作品の中にも同様のテーマが読み取れる。それは先に取り上げたピアノの調律師の「真っ昼間に打ち上げられた花火」に込められた真実だ。

この「真昼の花火」現象は、我々の身の回りで頻繁に起こっていることかもしれない。

「大聖堂」の中で、盲人とともに大聖堂の絵を完成させていく行程と同様に、我々に見ようとする強い意識があれば、それは自ずと見えてくるものなのだろう。両短編に描かれた状況はそれぞれ違っているものの、そこに込められたメッセージはぴたりと重なる。

村上のいう「強く求める気持ち」を持たないまま生きている人間は、たまたまそういう体験をしたとき、それを偶然だとか、不思議な現象だと呼ぶ。しかし、それは実はごく日常的に、結構頻繁に起こっている種類のものなのだ。ただ気づいていないだけなのだ。あるいは、気づこうとしないだけだと言うべきかもしれない。われわれはこうして、数多くのロマンチックな現象やドラマチックな出来事を見逃し、何の変化もないまま、平凡で退屈な日々を自ら進んで送っているようなものなのだ。

奇跡、偶然、真昼の花火

こうした二人の作家の共通点を考えるとき、さらに思い出されるのが十九世紀のアメリカの思想家H・D・ソローの『ウォールデン』のこの箇所だ。

私たちは、いつも誠実に生きるようにさせられています。変われるのに変わらず、自分の小さな暮らしを大切にし、それが唯一の生き方だと思い込んでいます。ところが実際は、ひとつの中心から無数の放射線を描くことができるように、人の生き方はみな違います。

人が変わるとは、歓びあふれる奇跡であり、偉業です。この奇跡は、いつでも、今の瞬間にでも、起こって不思議はない奇跡です。

変わるチャンスがあるにもかかわらず、変わろうとしない。それを誠実な生き方だと思い込んでしまっている。人の生き方は一つではない。皆それぞれに違っている。みんなが同じ放射線をなぞる必要などないのだ。その数たるや無数に存在するのだから。

まさにその通りだ。当たり前のことだけれど、なぜか我々の多くはそれに気づかない。「真昼の花火」に目を凝らせば、いろんなものが見えてくる。盲人には何も見えないと決めつけてしまう人間ほど、実は何も見ていないのだ。盲人のほうがはるかに多くいろんなものを見ているかもしれないのだ。それは見ようとするかどうかの違いだ。変化しようという気持ちがあるかないかの違いだ。ソローの言う「奇跡」とは、村上の言う「偶然」のことだ。それは、盲人と一緒に目を閉じたまま大聖堂の絵を完成させていく男の抱く高揚感のようなものに通じる。それは奇跡でも偶然でもなく、求めれば手に入る感覚なのだ。

村上はカーヴァーのこんな意見を紹介している。

多くの批評家はそのような人々の平凡な生活が文学に取り上げられたことに驚嘆したが、しかしそういう驚嘆こそが自分にとってはむしろ驚嘆であるとカーヴァーは述べている。なぜそんなことにいちいち驚かなくてはいけないのか、アメリカの社会の大部分を構成しているのはそのようなごく普通の階層に属する人々ではないか、と。

これは、ロマンチックでドラマチックなことは我々の日常にあふれているというカーヴァーの世界観に通じる。もしかしたら村上の描く世界も、同様に実はありふれたことなのかもしれない。ただその描き方が他の作家と違っているだけのことなのだ。村上にとっては、猫は普通に会話できる相手なのかもしれないし、喋る猿だって彼のまわりにはいるのかもしれない。もちろん比喩的な意味合いにおいて。

カーヴァーが「大聖堂」に描いていることは、彼の作品世界全体に通じるものでもあるのだ。彼をミニマリストと呼ぶ批評家もいたわけだが、それは、実はわれわれの多くがミニマルな世界に生きて、そこになにも感動を見いだせないからかもしれない。

こうしたテーマは「大聖堂」以外の短編にも読み取れる。たとえば、「足もとに流れる深い川」だ。「変化」というものは、気がつかなくても常に起こっているものなのだ。すべては同じ状態のままでいることはない。原題の意味は、「家のこんな近くに、こんなにいっぱい水があるのに」ということだが、主人公の夫とその友人たちが死体を発見することになる遠くの川までわざわざ出かけていかなくても、すぐ近くにも似たような状況は展開されているということだろう。まさにすぐ側で、死体を発見することに相当するようなことが起こっているのだ。それにもかかわらず、それに気づかないどころか、彼らがその死体を放置したように、目の前に深刻な問題が浮上していたとしても、それに注意を払おうとはしないのだ。

それは、『東京奇譚集』の「品川猿」で猿が安藤みずきに諭すように、我々の多くはネガティブな感情をふだんは押し隠して生きているからかもしれない。それが何かの拍子に表に出てくる。そうなると取り返しのつかないことになる可能性が大いにあるのだ。それを恐れてか、無意識のうちに目を閉じてしまっている。

作家の描く世界は「強く現実の環境に支配されている」と村上はいう。「そのような現実的影響は（中略）文学的影響なんかよりもずっと強いものであり、またあらがいがたいものである」。だからこそカーヴァーは現実を誰よりも徹底的に観察し、それを描いた結果、普通の人間には見えない細部までもが見えるようになったのだろう。それは、決してありふれてはいないものだということを彼は身をもって実感したのだ。

その他、「ささやかだけれど、役にたつこと」においても同様のテーマが読み取れる。世の中には、身のまわりの細かなことにあまりにも無頓着な人間が多い。これは子供を失ってはじめてそういうことに気づく夫婦の話だ。切ないが、どこか心温まる部分もあるのは事実である。支払った代償はあまりにも大きいが、この夫婦は多くの人間が気づかないまま見過ごしてしまう大切なことを学んだのだ。それにしても子供を犠牲にしなければ気づかないほど、我々は日常に変化を感じないのだろうか。乳がんを患ってはじめて弟の気持ちが理解できるようになった「偶然の旅人」の姉の場合も同様である。

このように、カーヴァーと村上の作品世界には大きな共通点がある。それはカーヴァーから学び取った大切なことだと村上はいう。

（……）我々の人生にとって大事なのは、自分にとってまっとうと思える決意をどこまでも維持することであり、自分にとってまっとうと見える姿勢をどこまでも継続することである。流行は移り、風向きは変化し、人々の口にする言葉も違ってくる。評価は上がったり下がったりする。しかし我々の人生の営為は基本的には、あくまで累積的なものなのだ。我々は時代の波に振り回されることなく、自分の道を見つけ、それを一歩一歩前に進んでいくしかない。僕らは僕らなりの個人的な「秘蹟」を探し求め、そこで見いだされたものを心から大事にしていかなくてはならない。たとえとるに足らないように見えるささやかなことであったとしても、それはしっかりと誠実に護られなくてはならないのだ。それが僕がレイモンド・カーヴァーという作家から、そしてまた彼の全作品を翻訳するという作業から学んだ、もっとも大事なことであるような気がする。

村上がカーヴァーを「最高の文学的同志」と呼ぶ理由がまさにここにある。

図書館という場所

このように「偶然の旅人」に見られるテーマを考えるとき、この短編が収められた『東京奇譚集』は全体がそのテーマを扱ったものであるといえる。それが顕著に見られるのが「品川猿」だが、その前に取り上げておくべき作品がある。それは、初期の作品である『カンガルー日和』に収められた「図書館奇譚」だ。これは六回連続の活劇風の物語で、図書館の地下が舞台となっている。まず「蟻《あり》の巣のように」入り組んだ廊下を通って閲覧室に行くと、そこは真っ暗な部屋だった。さらに暗闇を進んでいくと、やっとわずかに光のある部屋に到着した。そこには「羊男」がいて、「僕」がほんとうに自分の意思でここに来たのかと尋ねる。再び曲がりくねった廊下を進んで、最終的にたどり着いたのは、読書室ではなく「牢屋」だった。

そこには老人がいて、ここで借りた本を全部読んで暗記し、一ヶ月後の試験にパスしなければここからは出られないと「僕」は言われる。しかし、「羊男」の話ではそれは嘘で、最後に「僕」は脳みそを吸い出されてしまうらしい。「僕」はそこで出会った美しい口のきけない少女に勇気づけられて勉強に取りかかるが、そんな少女はいないと「羊男」はいう。「僕」は混乱するが、その次の日にもまた少女は姿を見せる。彼女は、「羊男」には「羊男」の世界があり、彼女には彼女の世界があるというが、その声は「僕」の耳からではなく、胸の真ん中から聞こえてきた。つまりそれは自分の声なのだ。村上は人間の存在を二階建ての建物に喩えているが、「地下室の下にはまた別の地下室」があり、「それは非常に特殊な扉があってわかりにくいので普通はなかなか入れないし、入らないで終わってしまう人もいる」という場所だ。そこはつまり自分の心の奥深いところなのだ。ふだんは意識していないが、何かの拍子に現れるものが潜んでいる場所だ。ここでも、少女の声は自分の心の奥から発せられているのだ。

少女が「羊男」と「僕」と三人で新月の夜にここを逃げ出そうと提案し、待ち構えていた老人を振り切り、ついにそこからの脱出に成功する。しかし、気がつくと「僕」は一人で、家に帰るとまるで何事もなかったかのように、すべては元のままだった。それは夢の世界での出来事だったのか。

これはのちに『ふしぎな図書館』として二〇〇五年に単行本として再登場する。改稿はされているものの、ストーリーはほとんど変わっていない。ただ、結末のところでムクドリがいなくなっているなどの変更が見られるだけだ。重要なのは、この半年後に『東京奇譚集』が出版されていることだ。つまり、この『ふしぎな図書館』という図書館の地下の物語は、「心の地下世界」を描いた『東京奇譚集』につながるものであることを示唆しているのだ。それは言い換えれば、この短編集の予告編、プレビュー的な存在として登場したのだ。それは村上の中で一貫して描かれてきているということになる。

このちょっと怖い童話風の短編は、実は後の地下鉄サリン事件にもつながるものである。それは人の心の無意識の中に潜む悪の部分が一気に噴出したものとして捉えた場合の話だ。それは一部の正気を失った例外的な人々が起こした事件ではなく、我々すべての心の奥底に潜む共通した何かが引き起こしたものなのだ。村上はそれを「合わせ鏡」的なイメージとして捉えているが、このことは後に詳しく述べることとする。

失われた名前の意味

この予告編的短編のテーマを踏まえて『東京奇譚集』を読んでいくと、「偶然の旅人」で提起された重要な問題をもっとも顕著に描いているのが「品川猿」だ。この短編は、安藤みずきという女性の名前にまつわる物語だ。彼女はときどき自分の名前が思い出せなくなることがある。それは地下に住む猿にかつて名前を盗まれたからだ。そして、その際、猿は「名前に付帯しているネガティブな要素」も一緒にみずきから持ち去ってくれたのだった。

ただ、ネガティブな部分がなくなった分、みずきはポジティブな部分も同時になくしていた。その結果、彼女の人生においてはドラマチックなことは何も起こらなくなっていた。それはいわゆる可もなく不可もない人生だ。単調で何のメリハリもないものだ。我々の多くはみずきと同様、こうした退屈な人生を自ら選んで生きている。自分が直面したくないネガティブな部分を心の奥に押し隠して生きていくことは、昼間に打ち上げられた花火のように、その正体に気づかないまま生きていることになるのだ。とりあえず無難ではあるが、ほとんど変化のない人生。それが多くの人々の生き方なのだ。みずきはその典型であり、そこから抜け出す努力をしなかった。ピアノの調律師のように、自らその壁を破り、真の自分と向き合うことを避けて生きているのだ。

人は孤立を恐れる。自分に偽ってでも、周囲の人間の目を意識して生きている。たとえそれが自分に合っていないとわかっていてもだ。自分を感動させるより、まず人を感動させたい。いつしかそれが人生の目標になってしまっているのだ。だから、音は聞こえてもきれいな花火は見えない。感動もない。ただ通り過ぎていくだけなのだ。それがなんの音なのかに関心を向けることもなく。

自分の名前を忘れるというのは、精神科の領域の病気であるといわれたみずきは、区役所が開いているカウンセリングを受けることにする。そこで、女性カウンセラーに自分の現在の生活について語っているうちに、自分の人生にドラマチックなところが何もないことに呆れてしまう。そんな中、彼女の病気の原因が判明する。それは以前、彼女が高校三年生だった頃に、猿に自分の名札が盗まれていたことだった。そしてその猿は、みずきが長年心の奥底にしまい込んできた「悪しきもの」のことを話す。その正体とは何か。それは自分が母親にも姉にも愛されていなかったという事実だった。自分はそのことに何となく気づきながらも、直面することを恐れ、あえて「心の奥の小さな暗闇」に隠したまま生きてきたのだ。そのことをみずきは猿に教えられるのである。

ここでなぜ猿なのかという疑問が浮上するが、それは村上流のユーモアであり、「見ざる、言わざる、聞かざる」を連想させると同時に、多くの人々の生き方を象徴するものでもある。「偶然の旅人」と比べると、どこかほほ笑ましささえ感じさせるところがあるものの、実はそれは重苦しいテーマの物語である。図書館の地下に迷い込んだ少年と同様、みずきは深刻な事態に遭遇しているのだ。それをこうしてユーモラスに描くことでバランスを取るのが村上のやり方だ。

みずきの問題点は、たとえば「嫉妬」のような「負の感情」を押し隠して生きてきたことだった。猿の言葉によって、彼女は本当の自分と向き合うことを決意する。それは、ピアノの調律師にも言えることであり、また「日々移動する腎臓のかたちをした石」の女医や「ハナレイ・ベイ」のサーファーの母親のサチにもあてはまることである。彼女は最後に、ハワイという島をそっくりそのまま受け入れる姿勢を身につけなければならないと気づくが、それは自分がこれまで見ないようにしてきたものを直視するということだ。息子を失うという大きな代償を払って、サチはそこにたどり着いたことになる。その犠牲は大きなものであるが、それはピアノの調律師と姉との和解には乳がんという大きな代償が必要だったことにも似ている。それは心の闇を直視することが我々にとっていかに困難であるかを物語っている。

人は「かたちのあるもの」しか見ない傾向がある。多くのことをクローゼットの奥にしまいこんで生きている。見えているのに見えないふりをしている。それは、傷つくことが怖いからだ。我々は見えないものにこそ目を向ける必要がある。それは自身の心の奥底にあるもののことだ。我々はピアノの調律師のように、メタファーとしての「カミングアウト」を達成しなければならない。そのきっかけは身の回りのあちこちに見出せるはずだ。それがどこであれ、見つかりそうな場所に常に目を向けていればいいのだ。

「品川猿」の主人公の場合は、猿が名札を盗んだことがきっかけで、最終的に再び自分と向き合う生き方を始められるようになるが、そのきっかけは作品によって様々である。短編集『神の子どもたちはみな踊る』では、地震がきっかけとなってそれまで意識していなかった自分と対面することとなる。それは自分の分身であり、「影」のような存在である。

第1章　分身としての「影」に寄り添う

ぼくらは同じ世界の月を見ている。ぼくらはたしかにひとつの線で現実につながっている。ぼくはそれを静かにたぐり寄せていけばいいのだ。

『スプートニクの恋人』

鼠という影

『風の歌を聴け』から『1973年のピンボール』を経て、『羊をめぐる冒険』のすべてに登場する「鼠」とは誰なのか。あるいは何なのか。それは主人公「僕」の「影」だ。もう一人の自分、あるいは人には見られないように心の奥に隠しておこうとしている自分、クローゼットの奥にしまいこんであるほんとうの自分だ。また言い換えれば、それは「偶然の旅人」におけるピアノの調律師のゲイであるという事実の部分だ。

『羊をめぐる冒険』のなかに、鼠が「僕は自分の弱さが好きなんだ」というくだりがある。この「弱さ」の意味するものはなんだろう。村上の初期三部作の中で本格的に物語が動き始めるこの長編は、東京から北海道へと舞台が移動し、最後は神戸、そしてふたたび東京へと戻る展開の物語だ。

ここで「鼠」は正直に自分の弱さを認めている。それだけではなく、むしろその部分が好きなんだという。この発言は、ピアノの調律師のゲイであることの告白、つまりカミングアウトに相当する発言である。自分の弱さを認めること、ほんとうの自分を隠さずに前面に出すこと、それが「僕」のカミングアウトだ。しかし、この段階では「僕」は生き残るが、「鼠」は死を選ぶ。「僕」の影として一緒に行動することはもはやできないということだ。

これは神戸に戻った「僕」が失われた海岸線の砂浜で一人涙を流すことにつながる。「鼠」として生きられないことへの涙であると捉えることもできる。肯定的に捉えれば、それは「僕」が未来に向かって生きることを宣言した物語ということになるが、否定的に解釈すれば、それはまだカミングアウトできないまま、とにかく生きることを選んだことになる。そうするしか生きる方法はないということだ。主人公は、少なくともこの段階では、そんな葛藤の中にある。

この二人の関係は、レイモンド・チャンドラーの『ロング・グッドバイ』に登場するフィリップ・マーロウとテリー・レノックスの関係に似ている。フィリップがテリーの「人格的な弱さと、その奥にある闇と、徳義的退廃をじゅうぶん承知の上で、それでも彼と友情を結ぶ」という点においてである。表面には現れてはいないが、実はほんとうに自分が愛する自分は見えないところにちゃんと存在しているのだという安心感があるから人は生きていけるのかもしれない。だから、それを捨ててしまったり、完全に隠してしまったりしてはいけないのだ。常に影のように一緒に行動することが大切なのだ。

『羊をめぐる冒険』の場合、「鼠」自身は死を選んだが、それは依然として「僕」の一部である。今は自分は表に出る段階ではないということであって、存在自体が消えたということではない。「それは一度失われたにせよ、決して損なわれてはいない」のだ。現代社会においては、それを殺してしか「僕」は生きていくことができないということだ。その別れが悲しいから「僕」は泣く。波の音とともに「鼠」を、あるいは自分の影を背後に置いていかなければならないのが辛いのだ。

『1973年のピンボール』においても同様のことがいえる。探し続けたピンボール・マシンとは「鼠」のことである。物語の展開上は、「鼠」は独立した一人の人格として描かれているが、彼は年上の女性との関わりを避け、日常を捨てて街を出ることに決める。

つまり「僕」のもとからは離れていく。そんな「僕」は「スペースシップ」というモデルのピンボールの虜になるが、ある日突然この「彼女」は姿を消してしまう。しかし彼女のことが忘れられない「僕」は、彼女を捜し出そうと奔走するのである。

やっと再会を果たした「僕」だが、かつてのベストスコアを汚したくないという理由から、彼女と再びプレーすることはしない。その再会は街を出た「鼠」との再会とも解釈できるが、二人は行動を共にすることはない。別々の道を歩むことを決意するのだ。「鼠」あるいは「スペースシップ」は、「僕」にとってのベストスコア的存在なのだ。しかし、一緒には生きていけない。『羊をめぐる冒険』の「僕」と「鼠」の関係そのものだ。

処女作の『風の歌を聴け』の場合はどうだろう。夏休みに故郷の港町に戻ってきた「僕」は、たいてい「鼠」とビールを飲んで過ごす。二人は気の合う仲であるようだ。夏が終わり東京に戻った「僕」のもとに、大学をやめて小説家を目指している「鼠」から小説が送られてくる。

この作品では、特に目立った物語の展開はなく、淡々と起こった事柄が描かれているにすぎないが、少なくとも「僕」と「鼠」の関係は明確に存在している。二人が明らかに決別することはないが、大学生の「僕」と、大学をやめて小説を書いている「鼠」は対照的だ。結果的にこの小説の生みの親である村上が「鼠」の生き方を選ぶことになることを考えると、二人はどこかでつながっている。

クローズド・サーキットという落とし穴

先に、「鼠」のことを「影」のような存在だといったが、この「影」が明確に登場するのは『世界の終りとハードボイルド・ワンダーランド』の「世界の終り」の物語だ。その舞台となっているのは高い壁に囲まれ、外界との接触がない街であり、自分の影をはぎ取られた主人公の「僕」は記憶を失い、その街の図書館で一角獣の頭骨から古い夢を読んで暮らしている。図書館といえば、『ふしぎな図書館』を思い起こさせるが、現実の自分からはかけ離れたもう一人の自分がそこにいるという点では共通している。この長編における現実の自分とは「ハードボイルド・ワンダーランド」の「私」ということになる。

「世界の終り」では、「僕」はこの街から脱出しようとしている。衰弱した「影」を連れた「僕」はようやく出口に到着するが、自分自身が作り出したこの街に対する責任のことを思う「僕」は、そこに留まることを決意する。

「僕には僕の責任があるんだ」と僕は言った。「僕は自分の勝手に作りだした人々や世界をあとに放《ほう》りだして行ってしまうわけにはいかないんだ。君には悪いと思うよ。本当に悪いと思うし、君と別れるのはつらい。でも僕は自分がやったことの責任を果たさなくちゃならないんだ。ここは僕自身の世界なんだ。壁は僕自身を囲む壁で、川は僕自身の中を流れる川で、煙は僕自身を焼く煙なんだ」

そこで「影」は一人で外の古い世界へと戻っていく。本来「僕」と一緒であるべき影だが、二人は別々の道を歩むこととなるのだ。それは『羊をめぐる冒険』と同じ展開だ。なかなか一つにはなれない。それは遠い道のりのようだ。しかし、この影にはもう一人の主人がいる。それは「私」だ。少々複雑ではあるが、現実の「私」と再び一緒になることで、前に進んでいけるのである。もし「僕」とそのまま壁に囲まれた街に住めば、それは一体化はしても過去に留まるだけの生き方になってしまうからだ。この影は現実世界を選んだのである。「生きるべき世界」が「ちゃんと外にある」ことを知っているのだ。

影と本体は自分の意思で離ればなれになろうとしているのではない。そこには別の力が働いている。それは自分では気づかないうちにそういうシステムの中に組み込まれてしまっているからだ。ちょうど「ハードボイルド・ワンダーランド」の「私」がそうであるように。老科学者によってある思考回路を意識の中に組み込まれているという設定は、気がつけば「クローズド・サーキット」に入り込んでしまっているというのと大差のない状況だ。それは我々現代人にとっての大きな落とし穴だ。そこから「私」はなんとか脱出しようと必死に闘う。

影は「僕」にいう、「森の中の生活は君が考えているよりずっと大変なものだよ。森は街とは何から何までちがうんだ。生きのびるための労働は厳しいし、冬は長くつらい。一度森に入れば二度とそこを出ることはできない。永遠に君はその森の中にいなくてはならないんだよ」。この発言は森の中が「クローズド・サーキット」であるかのように聞こえる。それでも「僕」はそこに留まるという。そして、「古い世界のことも少しずつ思い出していく」つもりだという――「思いださなくちゃならないことはたぶんいっぱいあるだろう。いろんな人や、いろんな場所や、いろんな光や、いろんな唄《うた》をね」。

自分が作りだした世界への責任とは何だろうか。見捨てられたような場所で見つかった手風琴の奏でる「ダニー・ボーイ」のメロディーが呼び覚ましたものは何だったのか。古い世界のことは「少しずつ」取り戻していくと「僕」はいう。それは時間が必要だということだ。わかってはいてもすぐには追いつけない。自分なりのペースでしか歩いていけない。そう言いたいのだろう。

このあと「影」はこの街を脱出し、最後に「私」との再会を果たす。「僕」は一人残される。

たまりがすっぽりと僕の影を呑《の》みこんでしまったあとも、僕は長いあいだその水面を見つめていた。水面には波紋ひとつ残らなかった。水は獣の目のように青く、そしてひっそりとしていた。影を失ってしまうと、自分が宇宙の辺土に一人で残されたように感じられた。僕はもうどこにも行けず、どこにも戻れなかった。そこは世界の終りで、世界の終りはどこにも通じてはいないのだ。そこで世界は終息し、静かにとどまっているのだ。

それは「鼠」の世界だ。それ以上先に進むことをやめ、静の世界に身を置くことを選んだ「鼠」の生き方だ。ここでは「僕」ではなく、その「影」が前に進むことを選ぶ設定となっているが、それはもうひとつの別の世界で、今まさに世界の終わりと闘っている「私」の影でもあるのだ。この二つは最後に結合を果たし、世界は再び前に進む。

これら二つの世界が「一角獣の頭骨」というキーワードでつながっているということからして、二つはもともとひとつの世界なのだ。私の中に組み込まれた回路では、影を捨てて生きていく世界を選ぶように設定されているが、「私」はそれを受け入れることはない。「僕」が捨てた「影」と再び融合するのである。こうして世界は続いていく。

残された時間が残り少なくなっていく中、「私」はボブ・ディランの唄を聴きながら雨降りのことを思う。

> 私の思いつく雨は降っているのかいないのかわからないような細かな雨だった。しかし雨はたしかに降っているのだ。そしてそれはかたつむりを濡《ぬ》らし、垣根《かきね》を濡らし、牛を濡らすのだ。誰にも雨を止めることはできない。誰も雨を免《まぬが》れることはできない。雨はいつも公正に降りつづけるのだ。
>
> やがてその雨はぼんやりとした色の不透明なカーテンとなって私の意識を覆《おお》った。
>
> 眠りがやってきたのだ。
>
> 私はこれで私の失ったものをとり戻すことができるのだ、と思った。それは一度失われたにせよ、決して損なわれてはいないのだ。私は目を閉じて、その深い眠りに身をまかせた。ボブ・ディランは『激しい雨』を歌いつづけていた。（傍点筆者）

こうして「私」は最後に失った「影」を取り戻す。「雨」と「眠り」を通して。

「僕らはみんな、いろんな大事なものをうしないつづける」、ベルが鳴りやんだあとで彼は言う。「大事な機会や可能性や、取りかえしのつかない感情。それが生きることのひとつの意味だ。でも僕らの頭の中には、たぶん頭の中だと思うんだけど、そういうものを記憶としてとどめておくための小さな部屋がある。きっとこの図書館の書架みたいな部屋だろう。そして僕らは自分の心の正確なありかを知るために、その部屋のための検索カードをつくりつづけなくてはならない。掃除をしたり、空気を入れ換えたり、花の水をかえたりすることも必要だ。言い換えるなら、君は永遠に君自身の図書館の中で生きていくことになる」

この『海辺のカフカ』の一節は、「ハードボイルド・ワンダーランド」の最後の描写と一致する。一度失っても、それは記憶として留めておくことができる。自分の中の図書館のような場所に。それは、「世界の終り」であり、そこに住むことに決めた「僕」はその記憶の番人なのだ。

比重のある時間が、多義的な古い夢のように君にのしかかってくる。君はその時間をくぐり抜けるように移動をつづける。たとえ世界の縁までいっても、君はそんな時間から逃れることはできないだろう。でも、もしそうだとしても、君はやはり世界の縁まで行かないわけにはいかない。世界の縁まで行かないことにはできないことだってあるのだから。

影との一体化

『海辺のカフカ』のカフカ少年は「世界の縁」まで行ったのだ。そこでしかできないことを実行するために。それは「世界の終り」という場所のことだ。

名古屋を過ぎたあたりから雨が降り始める。僕は暗い窓ガラスに線を描いていく雨粒を眺める。そういえば東京を出るときにも雨は降っていたなと思う。僕はいろんな場所に降る雨のことを思う。森の中に降る雨や、海の上に降る雨や、高速道路の上に降る雨や、図書館の上に降る雨や、世界の縁に降る雨のことを。

ここは「ハードボイルド・ワンダーランド」のエンディングに似ている。そこは雨の世界だ。「雨」はカフカが抜けてきた砂嵐の砂を洗い流す。それは乾いた大地を潤し、すべてを再生させる滋養の源となるものだ。そこに生きるものすべてにとって。

「君は正しいことをしたんだ」とカラスと呼ばれる少年は言う。「君はいちばん正しいことをした。ほかの誰をもってしても、君ほどはうまくできなかったはずだ。だって君はほんものの世界でいちばんタフな15歳の少年なんだからね」

「でも僕にはまだ生きるということの意味がわからないんだ」と僕は言う。

「絵を眺めるんだ」と彼は言う。「風の音を聞くんだ」

僕はうなずく。

「君にはそれができる」

僕はうなずく。

「眠ったほうがいい」とカラスと呼ばれる少年は言う。「目が覚めたとき、君は新しい世界の一部になっている」

やがて君は眠る。そして目覚めたとき、君は新しい世界の一部になっている。


この「ほんものの世界」とは「ハードボイルド・ワンダーランド」のことでもある。カフカ少年はそこに行っても「絵」と「風の音」を忘れてはいけない。なぜならそれらは過去の記憶の象徴だからだ。それは「世界の終り」の「僕」を忘れてはいけないということだ。それを自分の中に受け入れたカフカ少年は「新しい世界の一部」になれるのだ。つまり、「僕」を受け入れてはじめて「私」は本物になれるということである。影と一体化して。大島さんが別れ際に少年に渡す「海辺のカフカ」の絵とレコードは「君自身の図書館」のことである。少年はこれらを決して手放してはいけない。常に側に持っていなければならない。自分の影のように。

「影」とは、いうまでもなく我々の分身である。それらは一心同体の関係にあるものの、時に性格を異にする場合がある。なかなか一致したままでいることができないのだ。その結果、離ればなれになってしまうことがある。しかし、それによってどういう現象が起こるのか。それは、「世界の終り」の住人のように心を持たなくなるのだ。安定はしているが、そこに真の生はない。完全に何かにコントロールされた状態に等しい。

壁の街に残った「僕」はどう理解すればいいのか。二度と出ることのできない森の中で古い世界のことを少しずつ思い出していくというのは何のためなのだろうか。我々の影はひとつしか存在しないはずだ。従ってこの物語の最後で「影」が「私」のもとに帰っていくということは、「私」を主体とした人間が生きていくことになる。そうなると「僕」は「私」のもう一人の自分、つまり「鼠」的な存在ということになるのだろう。村上はその世界を「世界の終り」と表現する。そこからはもうどこにも行くこともできないし、戻ることもできない。まるで『ノルウェイの森』の世界のようだ。そこでもワタナベは同じところをぐるぐると回っているだけで、どこにも到達できない。それはネガティブな世界に聞こえる。しかし、その負の部分こそが我々が忘れてはいけない部分なのだ。それを常に意識の中に保持し続けてこそ、我々は前に進むことができるのだ。それを捨ててしまっては新たな世界には移行できない。

最後に、雨がカフカ少年に「眠り」をもたらす。そして、彼は新たな世界へと移行する。

眠りと覚醒

この「眠り」の機能とは何か。その答えは短編集『TVピープル』のなかの「眠り」という作品にある。それは主人公の女性が眠れなくなって十七日が経ち、完全な覚醒状態が続いているという話だ。身体に異常もなく、問題は何もないのだが、ただ一睡もできない。眠れなくなった最初の夜、「私」は不快な夢を見た。痩せた老人が「私」の足に水をかけているのだ。しかし足には何も感じない。実際足も布団も濡れてはいなかった。それが始まりだった。それはまるで眠ることによって訪れる夢を避けているかのようだ。その中で始まる責任から逃れようとしているかのようだ。

眠れない中、「私」はかつてのように小説の世界にのめり込んでいった。それでもいっこうに眠くならない「私」は、何かを追い出そうとプールで身体を動かす。だが、何を追い出そうとしているのかがわからない。平凡な毎日が続く中、「私」は昔のようにチョコレートを食べながら小説を読み続ける。それはまるで無意識の奥に押し込めていた何かが急に目を覚ましたかのようであった。

こうした展開は、これまで見てきた短編に共通するものである。無意識の奥から突然何かが目を覚ましはじめる。しかし、その正体がつかめないまま時は過ぎていくのだ。「私」はなにかの変化を求めているが、自分では気づかない。頭は覚醒を続けることで、「私」に何かを訴えている。そのうち、「私」はそれまでの失われた時間を取り戻したいと考えるようになる。たとえ短くとも、生きているという実感が欲しいと思うようになるのだ。それはつまり、幸せだと思っていた人生が、実はほんとうに自分の望んだものではなかったからかもしれない。

たとえば「品川猿」の安藤みずきのように、その原因にたどり着ければいいが、「眠り」の中の「私」の場合、まだそこには到達できないようだ。そのうち今の「覚醒」が死とつながっているのではないかと不安になり始める。深夜に車を飛ばして港にやってきた「私」は、昔の思い出に耽る。しかし、それらはどんどん遠のいていくばかりで、眠れなくなる以前の自分の記憶は、すべてほんとうの記憶ではないのではないかと思うようになる。自分自身の記憶に自信が持てなくなるのは、ある意味では安藤みずきの「名前忘れ」に似ている状態だ。

そんなとき、二つの影が「私」の車を揺さぶりはじめる。その狭い空間に閉じ込められたまま、「私」はどこにも逃げることができない。この影とはなんだろうか。それは過去の自分なのだろうか。どこかで無意識のうちにないがしろにしてきた過去が今目の前に姿を現し、何かを訴えているかのようだ。ほんとうの自分としっかり対峙することなく生きてきたことのツケが今こうして回ってきたのか。それらは「私」の心の影と身体の影と理解することも可能だろう。バランスを欠いた二つの影がここで悲鳴を上げているのだ。ここで村上は眠りの機能をこう説明する。

人間というのは、思考においても肉体の行動においても、一定の個人的傾向から逃れることはできない（中略）。人というものは知らず知らずのうちに自分の行動・思考の傾向を作り上げてしまうものだし、一度作り上げられたそのような傾向はよほどのことがないかぎり二度と消えない。つまり人はそのような傾向の檻に閉じ込められて生きているわけだ。そして眠りこそがそのような傾向のかたよりを（中略）中和するのである。

つまり眠りがそのかたよりを調整し、治癒するのだ。人は眠りの中でかたよって使用された筋肉を自然にほぐし、かたよって使用された思考回路を鎮静し、また放電する。そのようにして人はクールダウンされるのだ。それは人というシステムに宿命的にプログラムされた行為なのだ、誰もそこから外れることはできないのだ。もしそこから外れたら、存在そのものが存在基盤を失ってしまうことになる（……）。

つまり、眠るという行為がない人間は、永遠に自分の「傾向の檻」のなかで生きることになる。田村カフカに最後に訪れる「眠り」は、まさにそうならないためのものである。砂嵐を通り抜けてきた彼の心と身体をクールダウンし、新たな次の段階に備えるのだ。こうして少年は「新しい世界」へと移行する。

しかし、「私」は「眠りなんか必要ない」と考える。「私の精神は私自身のものなのだ。私はそれをきっちりと自分自身のために取っておく。それは誰にも渡しはしない。治癒なんかしてほしくない。私は眠らない」。これがそもそもの間違いであることに彼女は気づかない。最後に「何かが間違っている」と気づくのだが、それが何なのかわからないままだ。

眠りは死ではない。覚醒し続けることが生でもない。「私」はそのことを根本的に勘違いしている。眠ることによって得られるもののことを彼女は理解していない。彼女の「頭の中には、濃密な闇が詰まっている」。それはもう彼女を「どこにも連れていかない」。眠りを避け、覚醒し続けることで行き着いた先は、「夜のいちばん深い時刻」で、そこも濃密な闇の世界だ。「私」は完全に闇に取り囲まれてしまったのだ。

影に対峙すること

村上は二〇一六年十月、アンデルセン文学賞を受賞した。その時のスピーチで彼はアンデルセンの『影』という作品について語っている。

僕自身も小説を書いているとき、物語という暗いトンネルを抜けているときに、思いも寄らぬ姿かたちをとった自己と巡り会うことがあります。それこそおそらくは僕自身の「影」であるわけです。そしてそこで僕に求められていることは、その影の姿かたちを少しでも正確に、少しでも正直にありありと描くことです。そこから目を背けないことです。それを論理的に分析したりすることではなく、自らの一部として受け入れることです。しかしかといって、影の力に負けてしまってはいけない。その影を吸収し、こちらの人間としての主体を失わないまま、それを自らのものとして体内に組み込まなくてはなりません。

ここでいう「影」とは、光によって形成される自分の分身そのものではなく、もう一人の内なる自分自身のことである。光のない夜の闇のなかでは影はできない。そのとき人は影を失ったり、あるいは離ればなれになる危険性を秘めている。我々は常に影と一緒でなければならない。それは内なる自分とも一緒でなければならないことを意味する。常にもう一人の自分を見つめていなければならない。『世界の終りとハードボイルド・ワンダーランド』で、「影」と別れて最後にひとり残った「僕」は、今度は「私」の影となったということだ。「私」はこの影を受け入れながら生きていかなければならない。

村上はさらにこの影の存在は個人の問題だけではなく、国家レベルの問題でもあると力説している。

影との対面は一人ひとりの個人に要求されているだけではありません。社会や国家にとっても、その作業は欠かせないものになります。すべての人に影があるのと同じように、どのような社会にも国家にも必ず影があるからです。

社会における影とは、「世界の終り」の「僕」が壁の街を作り出したように、我々自身が作り出した「あちら側」の社会である。また国家における影とは、歴史上の負の遺産の部分のことである。我々は常にそこから目を背けることなく、我々の一部として受け入れていかなければならないのだ。

我々は時として（中略）影の部分、負の部分から目を背けがちです。あるいはそのような部分を力で排除してしまおうと試みます。人は自らの暗い部分を、負の資質を、できるだけ目にしたくないと望むものであるからです。しかし塑像が立体として見えるためには、影がなくてはなりません。影なくしては、それはただ平板な幻影となってしまいます。影を生まない光は、本物の光ではありません。

どれほど高い壁を築いて侵入者を防ごうとしても、どれほど厳しく異分子を社会から排除しようとしても、どれほど自分に都合良く歴史を作り替えようとしても、そのような行為は結果的に我々自身を損ない、傷つけるだけのことです。あなたは影と共生していくことを、辛抱強く学ばなければなりません。自分自身の内部に存在する闇をしっかり見つめなくてはなりません。時には暗いトンネルの中で自らのダークサイドと対決しなくてはなりません。

この暗闇に自ら進んで身を置き、それを丹念に観察しようとしたのが「壁抜け」を達成した『ねじまき鳥クロニクル』の岡田亨である。また別の意味で田村カフカも同様である。村上がアンデルセンの『影』を読んだのは比較的最近のようだが、自分の影が自分から離れていくというテーマは村上作品にも共通している。このスピーチには、まさに村上の世界そのものが凝縮されている。

戦後の呪いの物語

田村カフカは最後に「呪い」から解放されて新たな世界へと足を踏み入れることができたが、この「呪い」という観点から村上文学を見るとき、初期のユーモラスな作品が浮上してくる。それは「パン屋再襲撃」だ。夜中に「僕」と妻はひどい空腹に襲われるが、以前にも同じような経験があったことを「僕」は思い出す。それは友人と二人でパン屋を襲撃したときの話だ。その襲撃は、結果的には「交換」に終わってしまい、失敗と言わざるをえないものであった。「犯罪」としては成立しなかったのだ。クラシック・マニアの主人はワグナーの序曲集を最後まで聴けばパンをやると言ったのだ。そこから「僕」の人生の何かが狂い始めた。

この話を聞いた妻は、それは「呪い」であり、それを今解かない限り、あなたは一生苦しむことになると警告する。そこで二人はパン屋の再襲撃を決行するのだ。だが、深夜の東京に開いているパン屋はなく、妥協案としてマクドナルドを襲うことになる。それは純粋な意味でのパン屋ではないが、ハンバーガーを心ゆくまで食べることで満足したのだった。

これは村上流のユーモア作品の一つだが、中身はかなり深刻なものである。マクドナルドというアメリカ文化の象徴的存在が描かれていることからしても、これは第二次世界大戦に関する日米関係のパロディーと読むことができるだろう。大義名分を掲げて襲撃したものの、結果的にはアメリカ文化を無条件に受け入れるという形で終わってしまったのだ。ビッグマックを三十個もむさぼるというのだから、そこにはもはや抵抗も何もない。その文化を完全に楽しんでいる。問題はその文化の良さを認めて受容していったというよりは、とにかく飢餓を解消することが第一の目的であった点だ。中身は後まわしだったのだ。ここで何かが狂い始めたというのはうなずけるような気がする。ジャズにしろ何にしろ、アメリカがもたらすものはすべて疲弊しきった日本人の心や身体に滲みわたったのだ。

結果的にそれが正しかったかどうかは別として、その受容の過程において何も吟味する余裕がなかったことは、何かしらのしこりを残したと言わざるをえない。まさに「無条件降伏」だったということだ。それによって失ったものも大きかったことを考えるとなおさらだ。これは明らかに一種の「呪い」と呼べるものだ。戦後我々はこの呪いを抱えたまま、ここまで来てしまったのだ。もうあとには戻れないところまで。

長編の『1Q84』において、二つの月が現れるという現象はまさにこのことを指している。現代から少しさかのぼった近過去、それがこの作品の出発点となっている。天吾と青豆の二人は、なぜ離ればなれになり、なぜ今また結ばれようとしているのか。それぞれがこれまで生きた人生は何を意味し、二人が再会を果たすことに、村上は何を託そうとしているのだろうか。複雑に絡み合う物語ではあるが、この基本線を見失わずに辿っていくことが二つの月の融合につながる。この作品の中で青豆が時間をかけてじっくりと読んでいく『失われた時を求めて』には、まさにそのタイトル通り、失われた何かを取り戻そうとする意味合いが込められているようだ。

呪いを解き放つために

「パン屋再襲撃」が戦後の呪いの物語だとすれば、「トニー滝谷」にも同様のテーマが見られる。トニー滝谷の父である滝谷省三郎は、戦後ジャズ・ミュージシャンとして米軍の基地を回って生計を立てている人物だ。マクドナルドと同様、ジャズもれっきとしたアメリカ文化だ。戦前から上海に渡り、「たやすい」人生を歩んできた省三郎は、息子の命名に関しても安易だった。これからはアメリカ風の名前にしておくと何かと便利だろうという理由で、トニーと名づけたのだ。

その結果、トニーはいじめに遭うこととなる。そして孤独になじむことを覚え、心を閉ざしていった。こうして彼は「呪い」を抱えた人生を歩むこととなるのだ。仕事では成功を収めていたが、結婚などは一度も考えたことはなかった。しかし、彼はある日突然恋に落ち、結婚を決意する。

やっと孤独から解放された彼であったが、妻にはひとつ大きな問題があった。それはブランドものの洋服を大量に買い込むことであった。彼女は何かに取り憑かれたように、まるで大量のハンバーガーを腹一杯になるまで食べ続けるように、ただただ無条件に買い続けるのであった。何かの「呪い」を解こうとするかのように。言うまでもなく、彼女が買い続けた洋服は欧米文化の象徴である。それはジャズであり、ハンバーガーでもあるのだ。

しかし、ある日トニーに「少し服を買うのを控えたらどうだろう」と切り出された彼女は、洋服の返品に行った帰りに交通事故で死んでしまう。愛する妻を亡くしたトニーは、残された洋服と靴のサイズに合う女性を探し、秘書として雇い、毎日それらを身につけることを条件とする。その彼女が妻の残していった洋服の山を見て涙を流すが、トニーにはその涙の意味がわからない。そのとき、トニーには残された洋服が妻の残していった無限の影のように見えてきた。すべては終わったと悟ったトニーは、この秘書を解雇する。

この秘書はなぜ泣いたのだろうか。それは死んでいった持ち主の空虚さを感じ取ったからだろうか。それらの洋服の価値を吟味し楽しむ前に、とにかく手に入れることを目的としていたとしか思えない大量の洋服は、この秘書には虚しく映るだけだったのだろうか。そこには実体はなく、ただ「影」だけが存在していたのだ。その後すべての洋服を処分したトニーは、空っぽの衣装室に「死者の影」を見るのであった。やがてその影はまた別の影を生み、さらにまた別の影へと増殖されていった。それらはトニーの死んだ妻だけではなく、戦後の多くの日本人の影のようでもある。意思も何も持たず、ただ機械的に目の前に与えられたものを受け入れていく影たち。呪いはますます増殖されていくばかりだ。トニーは涙を流した女のことだけが忘れられなかった。彼女は知らず知らずのうちに失われていく何か大切なものを、無意識のうちに感じ取っていたかのようだ。それはたとえば『ノルウェイの森』の直子を彷彿とさせる存在である。

その後トニーの父親が死に、その膨大なジャズ・レコードのコレクションが衣装室に置かれることとなったが、その「呪い」にも煩わしさを覚えるようになったトニーは、すべてを処分し、やっとすべての苦しみから解放されるのである。最後に彼は「本当にひとりぼっちになった」とあるが、これはどう理解すべきなのだろうか。少なくとも、それですべてが解決したわけではないことは確かだ。トニーはトニーのままである。その名前が彼の名前である限り。パン屋の呪いは続くのだ。「品川猿」の安藤みずきが、自分の名前とともに生きていくことを決心したように、トニーもまたそれをどこかにしまい込んでしまうのではなく、その名前とともに生きていかなければならないのだ。そうすることが、最終的な解放につながるのだから。安易な逃避は何事をも前には進めてくれない。

「トニー滝谷」は「沈黙」と同じ短編集『レキシントンの幽霊』に収められているが、トニーの人生にも沈黙の雰囲気が漂っている。すべては静けさの中で展開される。そこには会話文は一切なく、静かな孤独感が前面に出ている。「沈黙」にはまさに人を殴るという暴力そのものが描かれているが、「トニー滝谷」には戦争という暴力が背景にある。間接的ではあるが、トニーにとって、その不条理とも言える暴力と闘うには沈黙を守るしか方法はなかったということなのだろうか。

我々現代人はなぜこうもあらゆる種類の暴力に対して沈黙を守るしかないのだろうか。なぜ声を上げて立ち上がることができないのだろうか。「沈黙」における大沢の沈黙、トニー滝谷の沈黙。それは現代の我々の置かれた状況に似ている。沈黙を守る中、無意識のうちに人は内向きになり、ほんとうの自分を押し隠して生きていこうとする。まるで、自分の影を切り離して生きるかのように。

このように「トニー滝谷」における個人の「呪い」は国家の「呪い」へとつながる。そこに描かれた洋服の影また影。満州事変から太平洋戦争終結に至るまでの、集合的無意識としての日本の十五年戦争の歴史がそこにある。

物語を牽引する影としての猫

村上春樹の作品には猫があふれている。というと少々大げさかもしれないが、少なくとも猫は物語の展開上、とても重要な役割を果たしていることが多い。登場する頻度というよりはその存在感に注目すべきである。それは単なる風景の一部として描かれているのではなく、物語を牽引していく存在となっているのだ。自由な生き方を象徴する猫がいるだけで見ているものの心は和むが、猫好きの作家として知られている村上が描く猫は必ずしも読者の心を和ませる種類のものではない。それどころか、時には残酷きわまりない場面に登場したりするのである。

村上が翻訳を手がけたフィッツジェラルドの『グレート・ギャツビー』にこんな場面がある――「猫の影がひとつ、月光の前をちらつきながら横切ったので、僕はそちらを向いた。そしてそこにいるのが自分だけではないことを知った」。語り手のニックが初めてギャツビーの姿を目にする瞬間だ。ここでは一匹の猫が二人の出会いへと導いている。物語が始まる一つのきっかけとなっているのだ。それと同様に、『ねじまき鳥クロニクル』においても、主人公が失踪した猫を探しに外に出るところから物語は動き始め、やがて壮大なスケールのクロニクルが展開されるのだ。

この作品に描かれている「路地」は、本来の路地とは少々違っている。そこには「入口も出口もなく、両端は行き止まりになっている」のだ。それはバブル景気真っ只中の八〇年代に、大都市東京にできてしまったものだが、その先には「飛べない鳥の石像」と「涸れた井戸」がある。つまり、それらが象徴しているのは動きのない、停滞した状態である。それは主人公の置かれた状態でもあるが、そこから動きを誘発するのが猫の役割となっているのだ。そして、主人公が行き着く場所はその井戸の底である。彼は失踪した飼い猫によって、結果的にこの場所に導かれたことになるのだ。言うまでもなくそこは彼が自分の内面と向き合い、自身を回復していく空間である。

こうして事態が大きく動き出した時、猫が再び現れる。一年近く行方不明だった「ワタヤ・ノボル」が戻ってくるのだ。帰還した猫には「サワラ」という新たな名前が与えられる。

何はともあれものごとは動きだしたのだ、紙袋を抱えて歩きながら自分にそう言い聞かせた。今はとにかく振り落とされないようにしがみついているしかない。そうすれば僕はたぶんどこかに辿り着くことができるだろう。少なくとも今とは違う場所に。

猫の名前と言えば、『羊をめぐる冒険』においても、東京から札幌へと主人公が移動する際に、それまで無名だった猫に「イワシ」という魚の名前がつけられる。これも物語が動き始める時のことだ。またさらに、猫の存在は自分が見失っていたものを思い出させてくれるものでもある。

夕方まで僕は縁側で猫のサワラの隣に座って本を読んでいた。猫はまるで何かを取り戻そうとするかのように、深く熟睡していた。遠くのふいごのような静かな寝息が聞こえ、からだがそれに合わせてゆっくりと上下した。僕はときどき手を伸ばしてその温かいからだに触れ、猫が本当にそこにいることを確認した。手を伸ばせば何かに触れられること、何かの温かみを感じられること、それは素晴らしいことだった。僕は自分でも気がつかないまま、ずいぶん長いあいだ、そのような感触を見失っていたのだ。

猫の帰還は決して偶然ではない。それは物語の展開上、計算されたものである。つまり、この猫はこの作品のキーワードのひとつである「ミッシング・リンク」をつなぎ合わせる役目を担っているのだ。それは、「死角」を埋めるのに一役買っているものである。猫は出口のない路地に出口を与える存在として機能している。失踪した妻のクミコは言う、「だから私はあのときになんとかいなくなった私たちの猫を探しだそうとしていたのです」。猫は二人の死角、あるいは「過去の空白」を教えてくれる存在なのである。

「猫の町」と井戸の底

井戸の底は、蓋を閉じれば完全なる闇の世界と化す場所だが、その闇の世界は実は猫と大いに関係している。それはまた「心の闇」へとつながるものだが、『1Q84』のなかに「猫の町」というのが登場する。『ニューヨーカー』はこの部分を抜粋して一つの短編として掲載したが、それはそこに村上的なテーマが潜んでいると判断してのことだろう。これは、人間が存在しない町に迷い込んだ主人公の話で、夜になるとその町は猫に支配される。いないはずの人間の匂いを嗅ぎつけた猫たちに追いつめられる主人公は、気がつくとその町から出られなくなっている――「ここは猫の町なんかじゃないんだ、と彼はようやく悟った。そこは彼が失われるべき場所だった。それは彼自身のために用意された、この世ではない場所だった」。

この長編の二人の主人公の一人である天吾は、認知症の父親が闘病生活をしている施設を久しぶりに訪れる。天吾を自分の息子だと認識しているかどうか怪しい父親だが、天吾が「猫の町」の物語を読んで聞かせると、父親はその話に興味を示し始める。彼はこう言う、「空白が生まれれば、何かがやってきて埋めなくてはならない」。その町にずっと滞在している天吾の父親は、「猫の町」の主人公と同様、二度とそこから出ることができないのだ。それは、「天吾の手元よりは父親の部屋に置かれるべき物語だった」。彼は「自らの内側で徐々に広がっていく空白と共存することを余儀なくされている」人物なのである。

その町はひとつ間違えると、二度と出られなくなる場所である。しかし、天吾は幸運にもそこから元の場所に戻ることができた。しかも「その町で経験した出来事が、天吾という人間に大きな変化をもたらした」のだ。そこでしか「手にすることのできないもの」を手に入れたのだ。ただそこには「リスク」が潜んでいた。何か「不吉な」予感があった。

肉体と意識が分離しかけているような特別な感覚があり、どこまでが現実の世界でどこからが架空の世界なのかうまく判別できなくなった。きっと「猫の町」に入り込んだ主人公もそれに似た気分を味わったのだろう。世界の重心がわからないうちによそに移動してしまう。そのようにして主人公は（おそらく）永遠に、町を出る列車に乗ることができなくなる。

ここは田村カフカが入り込む深い森の中に似ているが、その感覚はまさに井戸の底で岡田亨が体験するものだ。そこにも大きなリスクが潜んでいた。しかし、その闇をあるがままに受け入れることで、最終的に「世界の重心」を見つけることができ、肉体と意識を一つに保つことができたのだ。

「猫の町」に似た話に萩原朔太郎の「猫町」という短編がある。これは主人公が「第四次元の世界」に入り込む話だが、そこに入ることで彼の「宇宙が、意識のバランスを失って崩壊」する。しかし、彼は最後に「意識を回復し」、町にあふれていた「不可解な猫の姿」は見えなくなる。これは亨の体験によく似ている。「猫町」の主人公は独特な方法で旅を楽しむ。

久しい以前から、私は私自身の独特な方法による、不思議な旅行ばかりを続けていた。その私の旅行というのは、人が時空と因果の外に飛翔《ひしょう》し得る唯一の瞬間、即《すなわ》ちあの夢と現実との境界線を巧みに利用し、主観の構成する自由な世界に遊ぶのである。

それは言い換えれば、意識の裏側を遊ぶということである。

つまり一つの同じ景色を、始めに諸君は裏側から見、後には平常の習慣通り、再度正面から見たのである。このように一つの物が、視線の方角を換えることで、二つの別々の面を持ってること。同じ一つの現象が、その隠された「秘密の裏側」を持ってるということほど、メタフィジックの神秘を包んだ問題はない。

夢と現実、あるいは正面と裏側の境界線の番人が猫ということになるようだ。「猫町」

における意識の裏側とは、村上の地下世界、つまり井戸の底であり、それがつまりは「猫の町」ということになる。そこに長く留まってはいけない。さもなければ、たとえば『ノルウェイの森』の直子のように現実に戻れなくなってしまう可能性があるからだ。だから、そこを早く出るように天吾は忠告されるのだ。それはまた森の奥へと入っていったカフカの場合も同じである。

戦争の記憶

このように、井戸の底に象徴されるような「暗闇」と関連づけられている猫は、人の心の奥に潜む暗い闇を知っているかのようである。もし安達クミが天吾に言うように、「暗い穴」をのぞき込むのが猫の仕事だとすれば、それは『海辺のカフカ』のナカタさんにも共通点が見出せる。彼は「暗い深淵」を恐れない人物であり、それは猫の特性につながるものだ。「その底の見えない無明の世界は（中略）彼自身の一部でもあった」。それは彼が猫の化身であるかのような描き方だが、それが事実かどうかは別として、少なくとも彼は猫と大いに関わりがある。

ときどき彼はまどろみの中に落ちた。しかしたとえ眠っていても、彼の実直な五感はその空き地に鋭敏な注意をはらっていた。そこで何かが起これば、そこに誰かがやってくれば、彼はすぐに目を覚まし行動にとりかかるはずだった。空は敷物のようなのっぺりとした灰色の雲に覆《おお》われていた。でもとりあえず雨は降り出しそうになかった。猫たちはみんなそのことを知っていたし、ナカタさんも知っていた。

ナカタさんは「猫探し」の名人であり、猫と会話ができる。そして、猫の捜索、発見を通して物語は大きく転換していく。それはジョニー・ウォーカーとの出会いがきっかけとなる。

ナカタさんの目の前で展開される残虐な場面は戦争そのものだ。事実、ジョニー・ウォーカーは「これは戦争なんだよ」という。猫の腹を切り裂き、心臓を一つずつ食べていく行為は、愛猫家の村上には耐えられないことであるはずだ。しかし、あえてそれを描くということの真意は、戦争がかくも残酷なことであるということを訴えることに他ならない。ある意味で人が殺されていく光景以上に、それは残酷な光景として読者の眼に映るからだ。これを書く身にとっては拷問以外の何物でもなかったにちがいない。

ジョニー・ウォーカーは猫を殺すことが使命となっている人物であり、実はそのことにもう疲れ果てている。しかし、生きている以上は殺し続けなければならない。そこで、それを止めるために自分を殺してほしいというのだ。こうして、ジョニー・ウォーカーは猫を使ってナカタさんに戦争の記憶を呼び覚ましたのだ。このあと彼の猫との会話能力は消滅するが、それは彼が「猫の町」を出ることに成功したことの証なのだ。彼の場合は、列車ではなく、トラックに乗ることができたのだ。

ナカタさんの行動を『ねじまき鳥クロニクル』になぞらえれば、ジョニー・ウォーカーとのやり取りは、亨が井戸の底に降りていくことに相当するのではないだろうか。つまり、この夢の世界に存在するかのような不可思議な人物との関わりは、ナカタさんの抱える心の深い闇を映し出しているようだ。それは彼の戦時中の体験に遡る。彼も戦争の時代の犠牲者として捉えることができる。キノコ狩りの最中に記憶を失うこととなり、その後も回復しないまま初老を迎えている人物だ。子供のころの天真爛漫さだけを残して大人になり、肉体と精神がばらばらになってしまっている。まるで「猫の町」の「空白」を抱えたまま生きてきているかのようである。彼は猫のオオツカさんに「影が薄い」と指摘され、「自分の影の残り半分」を探すべきだと忠告されるが、ここでも猫は「失うこと」あるいは「空白」に関係している。まさに二つの世界の境界線を見張る番人なのだ。

ナカタさんに欠如しているのは戦後の現実であり意識だ。過去のある時点で時間の流れが止まり、そこから先には進めないまま今日に至っている。ナカタ少年は、キノコ狩りの前の晩に、四次元の世界で夫と激しい性的交わりの夢を見た担任の教師から暴力を受けている。それがおそらく原因で彼の記憶は失われていったのだ。その彼がジョニー・ウォーカーを殺すことで、止まっていた時間が流れ始める。ナカタさんは、この疑似戦争体験の結果、失っていた戦争中の記憶を取り戻し、彼の「ミッシング・リンク」を埋めることができたのだ。彼はまた星野青年との出会いによって、それ以外の記憶をも取り戻していく。つまり彼はここで失われていた過去をすべてつなぎ合わせることができたのだ。普通の「こちら側」の現実を生きることができるようになったのである。

一方、カフカ少年は四歳の時に母親が姉を連れて家を出て行き、父親と二人残される結果となった。その後、彼は父親の「呪い」を背負って生きることを余儀なくされ、十五歳の誕生日に家出を決意する。父親の呪いから解放されるためには、「父親殺し」を実行しなければならない。そのカフカ少年がナカタさんの浴びた返り血を浴びることになるのだが、それは『源氏物語』にも描かれている「幽体離脱」的な現象として説明されている。それは「魂が肉体を一時的に離れて、千里の道のりを越えてどこか遠くに行き、そこで大事な用事をすませて、それからまた元の肉体に戻ってくる」というものだ。

つまりナカタさんの意識はカフカ少年の身体へと移行し、彼の肉体は役目を終えるのだ。

こうして何ら接点のないように見えた二人は合体する。このことは、カフカ少年が森の中で旧日本兵と出会うことによって証明される。彼はナカタさんが開けた「入り口の石」が閉じてしまう前に、その森を出ることに成功したのだ。こうして歴史はつながる。父親の呪い、つまり戦争という歴史の呪縛を乗り越え、田村カフカは「新しい世界の一部」となるのである。

猫の導き

村上は少年期の自伝的エッセイとも呼ぶべき『ふわふわ』の中で、猫は「いのちというものの（おそらくは）いちばん美しい部分について、ぼくに教えてくれる」ものであり、「そんないのちの一部が数かぎりなくあつまって、この世界のそのまた一部をつくりあげているのだということを、ぼくに知らせてくれる」と述べている。人間とは違った独特の時間の流れ方の中で、猫は「猫のかたちをした温かな暗闇《くらやみ》を人知れず抜けていく」。そんな猫との触れ合いを通して、村上は子供のころに「ずいぶん多くのことを、いのちあるものにとってひとしく大事《だいじ》なことを、猫から学んだ。幸せとは温かくて柔《やわ》らかいことであり、それはどこまでいっても、変わることはないんだというようなこと――たとえば」と結論づけている。

ここに村上作品の中核を成す部分が凝縮されている。我々はみなその暗闇を体験して成長していくのだ。たとえば猫の導きによって。またある時はみみずくによって。『騎士団長殺し』では、屋根裏で一枚の絵をずっと見守ってきたかのようなみみずくが「翼のはえた猫」として描かれている。

このように「影」というテーマで村上文学を考える時、「猫」の存在を無視することはできないことがわかる。『1Q84』において、父への長い告白と「猫の町」は連動している。つまり猫は心の奥にしまい込んでいたものを告白させる役割を担っているのだ。常にそれは何かのきっかけを与える存在であることは事実で、ときには引き剥がされた「影」を元に戻す任務を負っているようだ。

『ねじまき鳥クロニクル』では猫がきっかけで物語が大きく動き始めるが、それはまた主人公が気づかないうちに見失っているものを見つけ出すよう誘導する役割を果たしている。その存在は、まさに影そのもののように、我々が意識していないだけで、それは常にそばにいて、必要な時に重要な働きをしているようだ。

やれやれ猫探しか、と僕は思った。僕は猫が昔から好きだった。そしてその猫のことだって好きだった。でも猫には猫の生き方というものがある。猫は決して馬鹿《ばか》な生き物ではない。猫がいなくなったら、それは猫がどこかに行きたくなったということだ。腹が減ってくたくたに疲れたらいつか帰ってくる。しかし結局僕はクミコのために猫を探しにいくことになるだろう。どうせ他にやることもないのだ。

それは退屈しのぎの猫探しのようでいて、実はそうではない。放っておいてもいずれは帰ってくるだろうという安心感は、その後残念ながら裏切られることとなる。彼はやはりその猫を自らの意思で探し出さなければならないことに気づかされていく。猫の失踪中、暇だった主人公の生活は大きく変わることとなるのだ。この猫は彼を何かに導こうとしている。そう考えざるをえない。

路地で出会った娘に、いなくなった猫のことを思い浮かべてみるように言われたものの、「僕」はどうしても正確に思い出すことができない。

でも僕に思い浮かべられるのは、逆光を浴びた写真のようなひどく漠然《ばくぜん》とした猫の像にすぎなかった。太陽の光が瞼《まぶた》をとおり抜けて僕の暗闇《くらやみ》を不安定に拡散させていたし、それに僕はどれだけ努力しても猫の姿を正確に思いだすことができなかったのだ。思いだせるその猫の姿は、まるで失敗した似顔絵のようにいびつで不自然だった。特徴だけは似ているのだが、肝心な部分が欠落している。彼がどのような歩き方をしたのかさえ思いだせなかった。

ここでいう「僕の暗闇」とは何を意味するのか。それは「死角」を思い起こさせるものである。その結果、「肝心な部分」が欠けていることになるのだ。そしてそれはさらに「ミッシング・リンク」へとつながっていく――「あなたの記憶にはきっと何か死角のようなものがあるのよ」と電話の女はいう。

それはつまり「僕」は今自分の影と離れればなれになっていることをこの猫が教えてくれているのだ。それをいかにしてもう一度取り戻すか、ふたたび合体するかが彼にとっての大きな課題であるということだ。そのために予想もしなかった旅に出ることになるのであり、それは日本の歴史をも巻き込んだ壮大な旅となるのである。つまり、「僕」個人だけの問題に留まらず、国家の問題にもことは及んでいくのだ。

見えない闇の世界

間宮中尉の手紙の中にこんな一節がある。

「（……）多くの人間は、自分に理解可能な範囲内にない物事はすべて不合理なものとして、考慮を払う価値のないものとして、無視し黙殺してしまうものです。またこの私にいたしましたところで、そんな話が本当に荒唐無稽な作り話であればどんなによかろうと思っているのです。それが自分の思い違いであれば、あるいは単なる妄想《もうそう》か夢であればと思いつつ、そこに一縷《いちる》の望みを繫《つな》ぎつつ、今までずるずると生き延びて参ったのです。私は何度も自分にそう納得させようと努めて参りました。あれは妄想なのだ、何かの思い違いなのだと。しかし、私がその記憶をどこかの暗闇《くらやみ》に無理に押しやろうとするたびに、それはますます強固に、鮮明になって戻ってきました。そしてその記憶はあたかも癌《がん》の細胞のように私の意識の中に根を張り、肉に食い込んでしまったのです。（……）」

この部分はまさに『東京奇譚集』に通じる部分であり、さらに「めくらやなぎと、眠る女」の話を思い起こさせる。我々は自分にとって不都合な真実から目を背ければ背けるほど、それはかえって増幅されて跳ね返ってくるのだ。だから亨はあえて自ら井戸の底という暗闇に身を置くことを実践しようとする。猫が教えてくれた自分の死角を見つけ出すために。

「（……）人生という行為の中に光が射し込んでくるのは、限られたほんの短い期間のことなのです。あるいはそれは十数秒のことかもしれません。それが過ぎ去ってしまえば、そしてもしそこに示された啓示を摑《つか》み取ることに失敗してしまったなら、そこには二度目の機会というのは存在しないのです。そして人はその後の人生を救いのない深い孤独と悔悟の中で過ごさなくてはならないかもしれません。（……）」

これこそがまさに「偶然の旅人」において、ピアノの調律師がつかんだ啓示なのだ。彼はその限られた機会をしっかりとその手でつかんだのだ。そして光を得たのである。

「でもね、さっきじっとクラゲを見ているうちに、私はふとこう思ったの。私たちがこうして目にしている光景というのは、世界のほんの一部にすぎないんだってね。私たちは習慣的にこれが世界だと思っているわけだけれど、本当はそうじゃないの。本当の世界はもっと暗くて、深いところにあるし、その大半がクラゲみたいなもので占められているのよ。私たちはそれを忘れてしまっているだけなのよ。そう思わない？　地球の表面の三分の二は海だし、私たちが肉眼で見ることのできるのは海面というただの皮膚にすぎないのよ。その皮膚の下に本当にどんなものがあるのか、私たちはほとんど何も知らない」

このクミコの考えこそが、村上の世界観である。我々は目に見えるものしか意識しない。かたちあるものにしか注意を払わないのだ。しかし、ピアノの調律師はちがう。彼のルールは「かたちのないものに目を向けよ」だ。これによって彼は啓示を確かに受け止めることができたわけで、「真昼の花火」にも気づくことができるのだ。さらに、ふつうの人間にとっては偶然として片づけられてしまうことが、彼には起こるべくして起こったこととして受け止めることができるのだ。

亨はやがて井戸の底で、クミコのいうことを身体で実感する。

僕は時計を見た。夜光塗料のついた針は三時少し前を指していた。午後の三時だ。頭上にはまだ半月のかたちをした光の板が浮かんでいた。地上には眩しい夏の光が溢《あふ》れているのだろう。僕はきらきらと光る小川の流れや、風に揺れる青葉を思いだすことができた。そんな圧倒的とも言える光のすぐ足もとには、このような種類の闇が存在するのだ。縄の梯子をつたってほんの少し地下に下りるだけでいい。そこにはこんなに深い闇がある。

すぐ足もとにある深い闇の世界。それは我々のほとんどが意識していないものだ。なぜならそれは目に見えないからだ。あるいは目を向けようとしないからだ。ほんのすぐ近くにあるにもかかわらず、我々の多くは見落としてしまう。それは死角であると捉えることもできる――「僕は逃げられないし、逃げるべきではないのだ」。それが僕の得た結論だった。たとえどこに行ったところで、それは必ず僕を追いかけてくるだろう。どこまでも」。

現実と向き合うこと、それこそがすべての解決策であるという結論に亨は達する。逃げれば逃げるほど、それは我々にどんどん迫ってくる。隠せば隠すほど、それは姿を現しはじめる。「日々移動する腎臓のかたちをした石」において、女医が捨てた石が、翌朝にはまたもとの机の上に戻ってきているのと同じだ。その石と直面しないかぎり、何も解決はしないのだ。

こうして闇と直面し、壁を抜けることができた亨はついに真実に到達する。自分の死角の正体が何であったかを理解するのだ。それはあまりにも身近な存在だった。近すぎて見えなかったものだったのだ。

間違いない。あの女はクミコだったのだ。どうしてこれまでそれに気づかなかったのだろう。僕は水の中で激しく頭を振った。考えればわかりきったことじゃないか。まったくわかりきったことだ。クミコはあの奇妙な部屋の中から僕に向けて、死に物狂いでそのたったひとつのメッセージを送りつづけていたのだ。「私の名前を見つけてちょうだい」と。

我々はなぜこうも簡単な真実を見逃してしまうのだろうか。死角はなぜ生まれるのだろうか。それは、言うまでもなく、生まれるのではなく自分で生み出しているのだ。どこか自分の理解の範囲を越えることがあれば、それにすぐ蓋をして、自分の視界から遠ざけようとするのだ。しかし、それはそこに存在している。蓋をすればするほど、その存在感は増すのだ。いくら逃げても逃げ切れない。そちらに向かっていくことでしかそれは解決できないのだ。

闇と真昼の花火

「私の名前を見つけて」というクミコのメッセージは、「品川猿」における「名前」を思い起こさせるものである。自らのネガティブな要素とともに、押し入れの奥にしまいこんだ自分の名札と直面することで、再び自分の名前を取り戻したみずきだが、ここでは夫である亨が「闇」を抱えているクミコを救ってやらなければならないのだ。彼女を「闇の世界」から救い出すことができるのは彼だけなのだ。そのことにようやく亨は気づく。

僕は自分がその部屋で目にしたものをありありと思いだすことができた。誰かがドアをノックする硬く乾いた音は耳にまだ焼き付いていたし、廊下の明りを受けた白いナイフの一瞬のきらめきは、今でも肌《はだ》を粟立《あわだ》たせた。それらはおそらくクミコという人間のどこかに潜んでいた光景だったのだ。そしておそらく、あの暗黒の部屋はクミコ自身が抱えていた暗闇の領域だったのだ。唾《つば》を呑《の》み込むと、空洞《くうどう》を外から叩いたような大きな虚《うつ》ろな音がした。僕はその空洞を恐れ、同時にその空洞を満たそうとするものを恐れた。

亨は早く彼女の名前を見つけてやらなければならない。そうしないと、「品川猿」の松木優子のように彼女は永遠にその暗闇から抜け出すことができなくなるかもしれないのだ。

それから僕は息を殺し、じっと耳を澄ませる。そしてそこにあるはずの小さな声を聞き取ろうとする。水しぶきと、音楽と、人々の笑い声の向こうに、僕の耳はその音のない微かな響きを聞く。そこでは誰かが誰かを呼んでいる。誰かが誰かを求めている。声にならない声で。言葉にならない言葉で。

これは「真昼の花火」と同じ種類のものだ。その「小さな声」を聞き取ろうとする姿勢があれば、それは聞き取れるはずだ。多くの人はそれを聞き逃してしまうが、その微かな音に注意を向ければ、そこには花火が上がっていることを察知することだってできるのだ。たとえそれが真っ昼間であってもだ。ピアノの調律師にはその姿勢があった。だから、乳がんの手術を前に、その苦悩を誰かと分かちあいたいと願う女性の声なき声が聞こえてきたのだ。また同様に、乳がんで大切なものを失おうとしている姉の言葉も聞こえてきた。それらは偶然ではないのだ。

亨にとって、この闘いは決して容易いものではない。勝てるかどうかは誰にもわからない。それでも彼はそれに挑む。なぜなら彼には「待つべきものがあり、探し求めるべきものがある」から。この闘いは「かえるくん、東京を救う」におけるかえるくんと片桐のそれと似ている。その意味では、亨の闘う相手は「非亨」かもしれない。それは想像力の中での闘いとなるだろう。

今や井戸の底から出てくると顔にできていたという象徴的な「あざ」と向き合いながら、自分が手に入れなければならないものが明確となり、闘うべき対象も見えてきたとき、一年近く行方不明だった猫のワタヤ・ノボルが帰ってきた。それは、まさにことが動き始めたときである。彼は猫を取り戻し、自分の影をも取り戻したのだ。ふたたび影と一体化した亨は、かならず今とはちがうどこかの場所にたどり着けると確信する。つまりこのあざは亨の影が形を変えて出現したものなのだ。

『羊をめぐる冒険』のイワシはどうだろうか。この猫は当然のように「僕」と一緒にいた存在だ。名前さえなかった。しかし離れるとき、「僕」はイワシと名づける。なぜこの段階で名前を与えたのだろうか。それまで自分の影のような存在だった猫だけに、いちいち名前を付ける必要はなかったのだ。我々も自分の影にわざわざ名前をつけたりはしない。それと同じことだ。しかし、たとえしばらくであれ、別れることになった以上、他の影との交換不能な存在の自分の影に名前を付けることで忘れないようにしなければならないという心構えが読み取れる。名前がないとその影が自分のものであるかどうかの区別がつかなくなるかもしれない恐れがあるのだ。

『海辺のカフカ』には、猫を殺してその魂を集めて大きな笛を作るというジョニー・

ウォーカーの計画が描かれているが、猫の魂とは何を象徴しているのだろうか。猫がもし影の役割を担っているとしたら、それを殺すということは、「世界の終り」のような、完全ではあるが心を持たない人々の社会を形成しようとしていることになる。それは、言うまでもなく不完全な社会であり、統治者にとっては好都合だが、人々にとってはまったく人間らしい生き方とは言えないものだ。そんな強大な壁のようなシステムが形成されてしまうと、卵たちはただ無力な存在として、システムの言いなりとなるだけだ。ナカタさんはそれを許すことができず、ジョニー・ウォーカーを殺害する。

『ねじまき鳥クロニクル』における「死角」および「ミッシング・リンク」というキーワードは「影」と関係しているようだ。つまりそれらは影の存在をどこかで見失っている状態のことをいっているのだろう。そして、そのことが大きな問題を生む結果となるのだ。それは個人的なレベルだけの問題ではなく、国家的レベルにおいても言えることだ。まさにコペンハーゲンでのスピーチにつながるものである。

あらためてこの長編を振り返ってみると、そもそも事の発端は主人公である亨の「死角」が原因で、大きな問題へと発展したことがわかる。

しかし僕にはその出来事が妙に気になった。まるで喉《のど》にひっかかった魚の小骨のように、それは僕を居心地悪くさせていた。〈それはもっと致命的なことであったかもしれないのだ〉、僕が考えたのはそういうことだった。〈それは致命的なことであり得たのだ〉。あるいはそれは実際に、何かもっと大きな、致命的なものごとの始まりに過ぎないかもしれないのだ。それはただの入口なのかもしれない。そしてその奥には、僕のまだ知らないクミコだけの世界が広がっているのかもしれない。それは僕に真っ暗な巨大な部屋を想像させた。僕は小さなライターを持ってその部屋の中にいた。ライターの火で見ることが出来るのは、その部屋のほんの一部にすぎなかった。

これこそがこの物語の核心部分である。それは我々がいかに狭い限られた範囲の世界しか見ていないかということであり、その結果大きな問題に直面することになるというものだ。このことも「偶然の旅人」に描かれた人間の真実と同じである。見えない部分にこそ「問題の核心」が潜んでいるのであり、それはごく身近なところにある。それにもかかわらず、我々はそれを見逃してしまうのだ。おそらく意識的に。

最初は「魚の小骨」のようなものにすぎなかったものが、あとになって「致命的な」問題の原因であったことがわかるのである。それは、我々の視野の狭さ、あるいはごく限られた世界しか見ていないという習性からくるものだ。そのすぐ近くには、すぐ先には、闇の世界が広がっており、その存在を無視しつづけることでとんでもない結果を招くことになるのだ。亨の妻であるクミコがその闇の中に捕らえられていることに気づいたときは、すでに事態は深刻になっていた。はたして彼は妻を救い出せるのだろうか。

闇の奥

短編の「めくらやなぎと、眠る女」は、まさにこの闇の奥の話である。片方の耳に問題のある歳の離れたいとこにつき合って病院を訪れた「僕」は、高校時代に友人と一緒に彼のガールフレンドの見舞いに行ったときのことを思いだす。そこで彼女はボールペンで紙ナプキンに何かの絵を描いた。それは「めくらやなぎ」の絵だった。丘の上にある小さな家には女が眠っている。その家のまわりには「めくらやなぎ」が繁っているが、それが女を眠り込ませる。この彼女の創作である植物は、ある歳になると上には伸びずに、下に向かって成長していくという。それは暗闇を養分として育ち、蠅がその花粉を女の耳に運び、彼女を眠らせている。そして、蠅は身体の肉を食う。「僕」は帰りのバスを待つあいだ、いとこの耳の中に巣食っているかもしれない無数の微少な蠅のことを思う。それらはべっとりと花粉をつけて耳の中に入り込み、そこで柔らかな肉をむさぼり食っているのだ。

対になった我々の耳は身体の一部であり、あまりにも身近なものである。我々はその中を覗き込むことができない。それだけに遠い存在だと言えるかもしれない。さらにその奥は闇の世界でもある。狭い穴の奥には何が潜んでいるかわからないのだ。それは「やみくろ」の住む世界かもしれないし、図書館の地下の恐ろしい「牢屋」かもしれない。いずれにせよ、それはクミコが入り込んでしまった暗闇の世界を思い起こさせるものである。

我々はこんなにもすぐ側に闇の世界を抱え込んでいる。しかし、それには気づかないことが多い。「魚の小骨」のような「微少な蝿」の存在に少しでも気づけば、肉を食い荒らされることも防げるかもしれない。だが気づいた時には、すでに手遅れである場合が多いのだ。

「僕」といとこは映画の話をしながら、「誰の目にも見えることとは、それほど重要なことじゃない」ということについて考える。じっと見てみると実に不思議なかたちをした耳だが、それは誰の目にも見える。ただその小さな穴の奥は我々には見えない。神秘的な場所である。右の耳が悪いいとこは、そんな蝿のことを知っているのだろうか。自分は目に見えないところに問題を抱えているのだと言いたいのだろうか。それは見えている部分の耳からは判断できないからだ。

いとこは後ろ向きに座り、右の耳を僕に向けた。あらためて見ると、なかなかかたちのいい耳だった。作り自体は小振りだが、耳朶の肉は焼き上がったばかりのマドレーヌみたいに、ふっくらと盛り上がっていた。誰かの耳をしげしげと眺めるなんてそれが初めてだった。あらためて観察すると、人間のほかのからだの器官に比べて、耳というものには形態的に何かしら不可解なところがあった。いろんなところで理不尽なくらいくねくねと曲がっていたり、へこんだり飛び出したりしている。進化の過程で集音とか防護とかいった機能を追求しているうちに、自然にそんな不思議な外観を取るようになったのかもしれない。そのようないびつな壁に囲まれて、耳の穴がひとつ、秘密の洞窟の入り口みたいに暗く開いていた。

これは深い井戸への入り口を思わせるものでもあるが、この小さな穴の存在はつい見落としてしまいそうだ。ましてやその穴の奥となればなおさらだ。「めくらやなぎ」も外見は小さいが、根はとても深いものだ。まさに見えないところでその存在感を発揮している。我々はこうして肝心なものをつい見逃してしまいがちだ。そして、気がつけば大きな問題を抱えていることとなるのだ。

「僕」は彼女の耳の中で繁殖のための活動をしている蠅たちのことを思う。しかし、「真昼の花火」のように、その姿を捉えることはできない。羽音さえも聞き取れない。それは静かに静かに浸食している。闇も静かに広がっていく。花火の音さえも聞こえてこないのだ。恐ろしい世界だが、それはすぐそこに存在しているかもしれないのだ。

帰りのバスが来たとき、僕はあの夏の午後、お見舞いに持っていったチョコレートのことを考えていた。途中炎天下に放置したために、それは無残な姿になってしまっていた。その見舞いの品は、「僕らの不注意と傲慢さによって損なわれ、かたちを崩し、失われていった」のだった。しかし「僕」らはそのことについては何も感じることのないまま、やり過ごしてしまった。そうして「あの丘を、めくらやなぎのはびこるまま置きざりにしてしまったのだ」。

ベンチからうまく立ち上がることの出来なかった「僕」は、なんとか意識を集中して立ち上がったものの、それからほんのしばらくのあいだ、「薄暗い奇妙な場所に立っていた。目に見えるものが存在せず、目に見えないものが存在する場所に」。「僕」はいとこの耳の問題がきっかけで、その世界の存在に気づくことができたのだ。かつてはまったく意にも介さなかったことに。やがてバスに乗り込んだ「僕」は現実に戻り、その「奇妙な場所」から離れていく。おそらくいとこはすでに知っていたのだろう、この「奇妙な場所」のことを。

心の闇

深い心の闇といえば、同じ『レキシントンの幽霊』に収められた「七番目の男」も同様のテーマの物語である。それは「私」が十歳のときに、兄弟のように仲のよかった友人の「K」を襲った突然の波の話である。二人の住む町を台風が襲ったとき、「私」は海を見に行くことにした。ちょうど台風の目に入り、あたりが急に静まったころだ。それに気づいた「K」は後についてきた。砂浜で「私」は波がどこか異常なことを感じとり、直感的に逃げなければと思い、「K」に知らせようとしたが、気がついたときは彼はすでに大波に飲まれた後だった。無意識のうちに「私」は一人で逃げていたのだった。

友人の死は「私」を精神的に追い込んだ。そこで町を離れ、別の土地で暮らすようになって四十年が過ぎた。その間、一度も町に戻ることはなかった。しかし悪夢は定期的に彼を襲った。そんななか父親が死んで、その財産処分の際に、兄が「私」の子供時代の持ち物をまとめて送ってきた。その中から見つかった「K」の描いた風景画を見ているうちに、「私」は何かとんでもない勘違いをしていたのではないかと思い始める。

そこで「私」はあの出来事以来はじめて故郷の海を訪れる。砂浜に腰を下ろし、以前と変わらない海を見ているうちに、「私」のなかの暗闇は突然消えていった。海に入っていった「私」は、そのとき波との和解を果たせたように感じる。四十年以上の歳月をかけ、やっと「私」はここに辿り着いた。その時、「私」はこう思う、人生でほんとうに恐ろしいのは、恐怖そのものではなく、それに背を向けることだと。

この物語においても、見ようとしないこと、何か自分にとって不都合だと思えることから目をそらして生きることが、結果的にどのような問題を生じさせるかが描かれている。確かにこのような出来事に遭遇したとき、人は正面からそれに立ち向かうことを躊躇してしまう傾向がある。しかし、それによって、事態はますます悪化の一方を辿るのだ。「私」は友人を奪った波に立ち向かっていくことで、「和解」に到達する。ずっと恐怖の対象であった波は意外とやさしく彼を受け入れてくれるのだった。もっと早くに目を向けていれば、「きつい」時期はあったとしても、悪夢が蘇ることはなかっただろう。そして安らぎさえ覚えることもできたかもしれない。ピアノの調律師の場合がそうであったように。

『レキシントンの幽霊』のその他の作品を見てみると、「緑色の獣」にも、「波の恐怖」と類似したテーマが描かれているようだ。ここでは、「私」が庭の椎の木を懐かしく眺めていると、奇妙な音とともに地面が割れて、その大きな穴から緑色の獣が這い上がってくる。そして家の中に入り込んできた獣は、「私」の心を読むのだった。それはずっと地底の奥底で「私」のことを思い続けていたという。相手が悲しみ、傷つく言葉で必死に攻撃を仕掛けると、獣は実際に苦しんだ。やがてのたうち回りながら、最後に「何かすごく大事な、言い忘れていた古いメッセージを私に伝えようとする」かのようであったが、結局何も言えないまま獣は姿を消す。

この獣が地上に出てくる際、最初その音は自分の身体の中から聞こえてくるようであったという点が重要だ。つまり、それは自分の心の中に押し込めた声なのだ。それが獣の形となって「私」のところに戻ってきたのだ。「私」は目を背けた事実に気づきはじめながらも、それを素直に受け入れることができず、再び撃退してしまう。そこに和解はない。何かを伝えようとした獣の声に耳を傾けていれば、私はその獣の出没に二度と悩まされることはなかったはずなのに。

貧乏な叔母さんという影

短編「TVピープル」には、「体の各部分がみんな均一に小さい」人たちが登場する。彼らは「僕」の嫌いな日曜日の夕方に姿を見せる。「まるで憂鬱な考えや、秘密めかして音もなく降る雨のように、彼らは時刻の薄闇の中にそっともぐりこんでくる」。彼らの姿は「僕」にしか見えない不可解な存在だ。

この「縮小」された人々の存在は、たとえば突然庭の土の中から現れる「緑色の獣」を思わせるが、まさにそれと同じように、「僕」の心の奥底の闇が姿を変えて現れると捉えることもできそうだ。だから妻にも他の人にも見えないのだ。それは「僕」自身の心の闇の象徴なのだ。それはいろんな形を取って現れる。時には、貧乏な叔母さんとして。

村上の初期の作品である「貧乏な叔母さんの話」は、自分の「影」を失って途方に暮れる主人公の話である。正確には、本人の影そのものではなく、影のような存在というべきだが、それは「漂白された影」のように主人公の背中にはりついている。そしてそれは単なる記号のように、見る人によって様々にかたちを変える。

自分が開けた引き出しから出てきた貧乏な叔母さんとは何者なのか。実際、「僕」のまわりには一人も貧乏な叔母さんはいない。それでもそれがなにかのきっかけで外に出てきたということは、以前から「僕」の無意識の中のどこかに存在していたことになる。それはいつかは直面しなければならないことだったのかもしれない。ただ、タイミングの問題だ――「始まりはいつもこうだ。ある瞬間には全てが存在し、次の瞬間には失われている」。そのタイミングをうまく捉えることができるかどうかが問題なのだ。人は場合によってはそれをかき消してしまうこともある。「緑色の獣」の場合のように。

この主人公の場合は、その叔母さんを消すどころか、彼女について何か書いてみようと思う。つまりそれはその存在を押し隠すのではなく、それにしっかりと向き合おうとしているのである。ただ、それによってまわりの人々は様々なかたちで反応する。「貧乏な叔母さん」、それは本棚で長いあいだ読まれないままひっそりと眠っている一冊の本のような存在だ。そこにあるのに、誰も気にもとめない忘れ去られた存在だ。そんなものの象徴だ。「死ぬ前から既に名前が消えてしまっているタイプ」、それが「貧乏な叔母さんたち」だ。それはひとりではない。不特定多数の存在だ。片隅に追いやられたもの、弱きもの、そういったものの象徴だ。それはまた「鼠」が好きだという「自分の弱さ」の象徴かもしれない。さらに言えば、それはマイノリティーという存在の象徴であるかもしれない。

（……）僕だって時折、このような貧乏な叔母さん的な名前喪失状態に陥ることがある。ターミナルの夕方の雑踏の中で、自分の行く先や名前や住所が頭の中からぽっかりと消えてしまう。もちろん本当に短いあいだ、五秒か十秒のことだけれど。

それは「品川猿」の安藤みずきを思いださせるが、ほとんどの場合、人はほんの短い間のことだからといってそれをどこかに追いやってしまう。そして何ごともなかったかのようにそのことを忘れてしまう。あるいは忘れようとする。猿が現れて真相を話してくれないかぎり。

「あなたの名前がどうしても思い出せないんですよ」と誰かが言うことがある。「ここまで出かかっているんだけどな」といって、喉仏を指さす。「そんな時、僕は自分が土の下に埋められていて、左足の先だけを地面に突き出しているような気分になる。誰かが時たまそれにつまずき、そして謝りはじめる。いや、失礼、でもここまで出かかっているんだけどな……」。それはまるで「土の中の彼女の小さな犬」のようだ。こうして忘れられた名前のような存在の象徴が、「貧乏な叔母さん」だ。それはあちこちにいる。「僕」だけの前に現れたわけではない。

「失われた名前」はどこに行くのか。「この迷路のごとき都市にあっては、彼らの生き延びる確率はおそらく極めて低いものであるに違いない。彼らのあるものは輸送トラックにひかれて路上でぺしゃんこになり」、その姿を消してしまう。それは安部公房の『燃えつきた地図』に描かれた猫のようだ。探偵はその猫に名前を与えようとする。何とも切ない話だ。

ただ、彼らの中には運よく生き延びて「失われた名前の街」に辿り着き、そこで仲間と身を寄せ合いひっそりと暮らしている者たちもいるかもしれない。それはまさに「小さな街」で、その入口の門には「無用のもの、立ち入るべからず」という看板が立っている。それを犯したものは、「それなりのささやかな報いを受けることになる」のだ。それはまるで「世界の終り」のようだが、「僕」はその街に無断で立ち入ることとなり、「ささやかな報い」を受けることになる。こうして、「僕」の背中に小さな貧乏な叔母さんが貼りつくこととなったのだ。

貧乏な叔母さん、匂い、呪縛

このように、この短編は『世界の終りとハードボイルド・ワンダーランド』につながる要素を持っている。「世界の終り」の「僕」は自分の影を剥がされて生きているが、こちらの「僕」の場合、逆にそのおばさんが影のように背中に貼りついている。そしてそれを不快とは思わない。それは注意してみないと他人にもよくわからない存在である。それでもなかにはそれが気になって落ち着かないという友人たちもいる。なぜなら、それはそれぞれの人にとっての「うさんくさい」存在として見えるからだ。ときには、「辛気くさい」母親に覗かれているように見えたり、またときには「食道ガン」で死んだ飼い犬の姿に見えたりする。またさらには、やけどの痕がある気の毒な女教師だったりもした。つまり、この叔母さんは「見る人のそれぞれの心象に従ってそれぞれに形作られる一種のエーテルの如き」存在なのだ。

そして、まわりの人間は「僕」を避けるようになっていく。いやなことを思い出したくないからだ。それはそっと心の奥のどこかにしまっておきたいことなのだ。それがたとえば人の目を引く「ピンクの傘立て」なら話は別だが、ただただみすぼらしい貧乏なだけの叔母さんだからだ。

こうしてまわりの人々の「僕」に対する興味は薄らいでいった。この叔母さんと一体化したような「僕」は沈黙の世界に取り残された。貧乏なだけの叔母さんは存在する。ただそれだけのことだ。肝心なのは、「僕」が「それを受け入れるかどうか」である。そういう「僕」のガールフレンドは、「僕」の背中には何も見えないという――「あなたしか見えない」。「僕」は「ありがとう」と返す。「僕」は少なくともこの瞬間、貧乏なだけの叔母さんを受け入れていたのだろう。

「僕」は叔母さんの中にある「完璧さ」に惹かれるという。

そう、完璧さがまるで氷河に閉じこめられた死体のように、叔母さんの存在の核の上に腰を下ろしている。ステンレス・スティールみたいな立派な氷河だ。おそらく一万年の太陽にしかその氷河を溶かすことはできないだろう。しかしもちろん貧乏な叔母さんが一万年も生きるわけはないから、彼女はその完璧さとともに生き、その完璧さとともに死に、その完璧さとともに葬られることになる。

土の下の完璧さと叔母さん。

「土の下の完璧さ」という表現は「土の中の彼女の小さな犬」を思わせるが、この「完璧さ」とはいったい何を意味するのだろうか。自分の不完全さのことを言っているのだろうか。

「僕」は電車の中で、これまでの人生で出会った女友達のことに思いを馳せる。彼女たちは今どんな人生を歩んでいるのだろう？「あるいは彼女たちの何人かは暗闇の中で逃げまどいながら夜の森の奥へ奥へと吸い込まれていく子供たちのように、知らず知らず暗い道を辿りつづけているのかもしれない。そんな漠然とした悲しみが、車内灯の黄色い光の中に蛾の銀粉のように舞っていた」。

電車を降りた「僕」は改札口を抜け、黄色い車内灯の「呪縛」から解放される。「体の中から何かがすっぽり抜け落ちてしまったような」奇妙な感覚に襲われる。その時、叔母さんが僕の背中から消えていることに気づく。なぜ貧乏な叔母さんは消えたのか。

同じ短編集に収められた「土の中の彼女の小さな犬」には、犬の死体とともに土の中に預金通帳を埋めるという奇妙な話が登場する。それは「僕」が宿泊するホテルで知り合った女性から聞いた話だ。彼女はある事情からその預金通帳を掘り起こすことになるが、それには匂いがついていて銀行には持って行けず、焼いてしまったという。その匂いは彼女の手にもついていて、今もそれは消えていない。この話をするのは「僕」がはじめてで、そして、気持ちがかなり楽になったと彼女はいう。「僕」は彼女の手を嗅いでみるが、石けんの匂いしかしない。その匂いは彼女にしか嗅げないもので、他人にはわからないもののようだ。それは貧乏な叔母さんと一体化した「僕」のようだ。匂いと一体化した彼女の手。

それは彼女の過去であり、彼女にしかわからないことなのだ。その過去はすでに土の中に埋められていたが、それをあえて再び掘り起こすことで、過去が匂いとともによみがえったかのようだ。そして、その匂いはずっと消えずに彼女の手についている。それはもしかしたら、埋めてはいけない過去だったのかもしれない。もっとしっかりと直視して、和解してからそうすべきものだったのか。あるいは二度と掘り起こしてはいけないものだったのか。

この「匂い」とはいったい何か。過去のものを掘り起こしたときに手についたのが匂いで、それはずっと彼女の手から消えないというが、他人にはその臭いはわからない。プルーストの場合のように、マドレーヌの匂いは過去と密接につながっている。この短編の場合もそれは同じだ。この話を聞いた後、「僕」はこのホテルに一緒に来るはずだったガールフレンドに電話をかける。彼女は受話器を取らないが、そこにいることは分かるという。なぜここでこの話になるのか。土の中の小さな犬の話と「僕」のガールフレンドはどうつながっているのか。

近くにある遠い存在

「貧乏な叔母さん」の場合、問題はその存在を「僕」が受け入れるかどうかである。それでは、「犬」の場合は「匂い」を受け入れるかどうかということになるのだろうか。

本当は焼いてしまった方が良かったと彼女が言う「預金通帳」は、焼かれずに箱に入れて埋められた。その結果それには匂いが染みついていて、銀行にも持って行けなかったので、焼いて捨てたという。焼いてしまったにもかかわらず、その匂いは彼女の手に移り、消えない。焼かれなかった通帳は土の中。焼かれた通帳はもう存在しないが、まだ匂いは残る。結局それは焼いても焼かなくても、消えることのないものとして捉えることができる。つまり、それは直視しなければならない過去の何かということだ。現実をしっかりと受け止めないまま、うやむやにした部分が彼女にはあったのかもしれない。だから、後になって掘り起こす羽目になったのだ。完全に受け入れるまで、その匂いは消えないだろう。貧乏な叔母さんが消えたのは、「僕」がその存在をそのまま受け入れたからだ。まわりの人間のように、目をそむけることをしなかったからだ。

主人公の「僕」とガールフレンドの二人の関係はうまくいかなくなっていたにもかかわらず、「僕」はそのことを放置したまま旅行に出かけてしまった。しかし、この話を聞いた「僕」は、彼女との現実に向き合うことを決心したのだ。「僕は今ははっきりと感じることができた。彼女はたしかにそこにいるのだ」。相手は出ない。しかし、「僕は受話器をとって、もう一度ゆっくりとダイヤルを回した」。「僕」はもう逃げない。「僕」はもう以前の「僕」ではない。

この短編集の表題作である「中国行きのスロウ・ボート」には、「僕」の出会った三人の中国人の話が描かれているが、いずれの出会いにも、「僕」は何かしら「自分のいるべき場所ではない」という違和感を覚えたという。彼らはすぐそこにいるにもかかわらず、そこには見えない境界線が常にあったのだ。近くにありながら遠い存在となっているものがテーマである。それは、貧乏な叔母さんであり、手についた匂いでもある。その存在を認めているようでいて、実は遠ざけているものなのだ。自らが無意識のうちに、遠い存在にしてしまっているのだ。まるでそれは中国のようだ。

それでも僕はかつての忠実な外野手としてのささやかな誇りをトランクの底につめ、港の石段に腰を下ろし、空白の水平線にいつか姿を現わすかもしれない中国行きのスロウ・ボートを待とう。そして中国の街の光輝く屋根を想い、その緑なす草原を想おう。だからもう何も恐れるまい。クリーン・アップが内角のシュートを恐れぬように、革命家が絞首台を恐れぬように。もしそれが本当にかなうものなら……

友よ、

友よ、中国はあまりにも遠い。

これは近くて遠い存在を受け止めた瞬間を描いていると同時に、焦らずゆっくりでいいからいつかはそこに到達するのだという決意が読み取れる。ここでは中国はメタファーにすぎない。とはいえ、同じ空間に住み、同じ言葉を話しているにもかかわらず何かしらの違和感が存在するという事実はどう捉えればいいのだろう。我々はどこかで外からのものに対して無意識のうちに壁を築いてしまうのだろうか。神戸にも多くの中国人が住んでいる。村上はその故郷の街での体験をここに描いているようだ。この最初の短編集の最初に配置された表題作「中国行きのスロウ・ボート」には、トーンの違いこそあれ、「偶然の旅人」のメイン・テーマである「カミングアウト」の芽がすでに存在している。しかも、いつかはそれを達成するのだという固い決意が読み取れる。

闇と内面の叫び

同じ短編集に収められた「ニューヨーク炭鉱の悲劇」は地下を扱った作品だ。それはこんなエピグラフで始まる。

地下では救助作業が、
続いているかもしれない。
それともみんなあきらめて、
もう引き上げちまったのかな。

『ニューヨーク炭鉱の悲劇』

(作詞・歌／ビージーズ)

そこでは救助作業が行われている。それはなんの救助だろうか。あきらめるとは何をだろうか。この短編にも、後に大きく展開される村上のテーマがすでにしっかりと顔を出している。それは、地下という心の闇の世界での救助作業と解釈できるし、またその試みに失敗したり、挫折したりして放棄してしまうケースだと捉えることもできる。まさに村上文学の神髄だ。ただ、作品そのものに地下が登場するのは最後になってからだ。そこまではまったく別の話が展開される。

「空気を節約するためにカンテラが吹き消され、あたりは漆黒の闇に覆われた」。それは岡田亨が自ら降りていく深い井戸の底のようだ。「坑夫たちは闇の中で身を寄せあい、耳を澄ませ、ただひとつの音が聞こえてくるのを待っていた。つるはしの音、生命の音だ」。これは、闇を作り出した本人自身がそこに降りてきて、その闇と対峙してくれることを闇たちがひたすら待っているかのようだ。彼らは自分たちに生命の息吹を吹きかけてもらいたいのだ。主人と共に生きたいのだ。「彼らはもう何時間もそのように待ち続けていた。闇が少しずつ現実を溶解させていった。何もかもがずっと昔に、どこか遠い世界で起こったことであるように思えた。あるいは何もかもがずっと先に、どこか遠い世界で起こりそうなことであるようにも思えた」。それは過去のことであり、またそれはこれから先に起こりうることでもあるのだ。闇は消えてもまたやってくる可能性がある。常に闘いながら生きていかなければならない。そんなふうにも聞こえる。その時は刻一刻と迫っている。早くしないと手遅れになるのだ。必死で闘ってはいても、いつまでも待ってくれるわけではない。「残りの空気が少ない」のだ。外ではもちろん人々は穴を掘り続けている。なんとか救い出そうと必死なのだ。

この熾烈な闘いは「回転木馬のデッド・ヒート」を思い起こさせる。それにしてもなんと象徴的な場面だろうか。この短編は、地上と地下とではまったく関係のないことが起こっているように見える。事実直接の関連性はない。ただ、二つは奇妙につながっている。地上の「僕」のまわりでは不思議と葬式が続いている。そしてそのたびに「僕」が喪服を借りている友人は夜中の三時の動物園の話をする。

> 「奇妙な体験だったたな。口ではうまく言えないけどさ、まるで地面が方々で音もなく裂けて、そこから何かが這い上がってくるような、そんな気がしたね。そして夜の闇の中をね、地の底から這い上がってきたその目に見えない何かが跳梁しているんだ。冷やりとした空気の塊りみたいなものさ。目には見えない。でも動物たちはそれを感じる。そして俺は動物たちの感じるそれを感じる。結局、俺たちの踏んでいるこの大地は地球の

芯まで通じていて、そしてその地球の芯にはとてつもない量の時間が吸い込まれているんだよ（……）」

友人は「それ」を感じているのだ。今まさに地下で助けを待っている人々の声を。しかし「僕」はまだそのことに気づいてはいないようだ。地下で起こっていること、つまりもう空気がなくて息絶え絶えの状態なのは、「僕」の無意識の奥で起こっていることなのだ。気づいてはいないが、それは自分の中の悲鳴なのだ。

これは『世界の終りとハードボイルド・ワンダーランド』の構造と同じで、二つの世界が別々に進行しているようでいて、実は双方は密接につながっているというものだ。ただ、多くの場合、人はこの自分の内面の叫びに目を背けようとする。あえて押し隠したいのだ。だから、それが噴出する可能性のある夢を恐れる。『海辺のカフカ』にあるように、「夢の中で責任は始まる」からだ。そこで、覚醒し続けようとする話が「眠り」ということになる。

こうして見ていくと村上の世界は常に二つで一対をなしている。「貧乏な叔母さんの話」の場合もそうだ。自分と叔母さんのペアだ。それはそこに常にもう一人の自分がいるからだ。影の存在のように。

見えないものとズレ

「象の消滅」で突然消えてしまう象や、TVピープルといった存在は人々が見ようとしないもの、あるいは見たくないものの象徴ではないだろうか。それは「貧乏な叔母さん」と同じ種類のものだ。「象」の場合、「裏」から見える場所があるというのは何を意味するのか。人々は結局表の部分しか見ていないということなのだろうか。あるいは地上の部分と言い換えてもいい。それは結局消えたのではなく、人々が意識から消したのだ。意識のどこかで実は消したかったものの象徴なのだ。

「TVピープル」では、日曜日の夕方、「僕」の中で「世界のバランス」が揺らぎはじめる。会社の会議の席でも同じことが起こる。まわりの人々は気づいていてもその存在を無視し、「そこには存在しない」ものとして扱う。どこか、「貧乏な叔母さん」に似ている。その後、TVピープルはテレビの画面の中から、あなたの奥さんは帰ってこないと告げる。それは、『ねじまき鳥クロニクル』につながる。あるいは、『東京奇譚集』のなかの「どこであれそれが見つかりそうな場所で」にも同じような現象が見られる。いつもそこにあったものが突然消える。だが実はそれは突然ではない。ずっとそこに向かってそれは進行していたはずだ。ただそのことに無関心だっただけなのだ。それはさらに言えば、みずきの名前のことにも当てはまる。「負の感情」を意識下に追いやりたいのと同じことなのだ。象がある日姿を消す「象の消滅」は『1Q84』につながる物語だ。そこにある「ズレ」がまさにそうだ。現代のマスコミや人々の関心の移ろいやすさなど、そこにはじっくり物事を見つめる姿勢はなく、どんどんスピードが速くなっていく中、どこかバランスを失う人々もいることを我々は忘れてはいけない。それに気づかないまま突っ走ることで、無意識のうちに我々は彼らを「あちら側」に追いやっているのだ。そうして、気がつけば取り返しのつかない事態を引き起こしかねないのだ。たとえば、地下鉄サリン事件のようにな。

我々はこの「ズレ」を見逃してはならない。二つの月を作りだしてしまってはいけないのだ。世の中がいかに複雑になろうとも、いかにスピードが増そうとも、天吾と青豆のように、絶対に失ってはいけない何かがあるのだ。我々は過多な情報や雑音に惑わされることなく、その中心にあるものを大切にしていかなければならない。二十年の歳月はふつう人を変えてしまう。かつての輝きを忘れさせてしまう。『カンガルー日和』のなかの「4月のある晴れた朝に100パーセントの女の子に出会うことについて」のように。多くのズレを発生させ、いつしかそれに気づかないままひた走るのだ。そのことを青豆と天吾の二人は教えてくれる。

こうしたズレは『羊をめぐる冒険』にも描かれている。ジャンボジェットがもたらすズレの話だ。東京から札幌までジャンボ機で移動した二人は、どうも体がすぐにはなじまないというのだ。わずか九十分ほどでまったく違う場所に運ばれてきたせいだ。多くの人はこうしたズレには気がつかないが、これは放置すると取り返しのつかない事態を引き起こす。世界は二つに分かれたまま、元には戻らなくなってしまうのだ。そこに残るのは、「世界の終り」のような世界だけだ。あるいは、二つの月が浮かぶ世界だけだ。人はどちらの月を信じればいいのか。現実と非現実の区別はもはやつかない世界だ。

またさらに、「どこであれそれが見つかりそうな場所で」にも同様のことが言えそうだ。この物語は、外資系の証券会社に勤め、高層マンションに住んでいる胡桃沢という男がある日突然姿を消す話だ。捜索依頼を受けた「私」は調査に乗り出すが、報酬は要求しない。それは「個人的に、消えた人を捜すこと」に関心があるからという不可解なものだ。

「私」は失踪した男が使った階段を念入りに見て歩く。そしてある日そこで出会った小学生の女の子から、男がその日歩いたであろう階段の踊り場にある鏡は他の鏡とは違って映ると教えられる。それはマンションの二十五階と二十六階のあいだの踊り場にある鏡だ。

私は一歩前に出て鏡に向かい、そこに映る自分の姿をしばらく眺めてみた。そう言われて見ると、その鏡に映った私の姿は、いつも私がほかの鏡の中に見ている自分の姿とは少しだけ違っているような気がした。鏡の向こう側の私は、こちら側の私より少しふっくらして、いくらか楽観的であるように見えた。たとえば——まるで温かいパンケーキをたっぷりと食べたあとみたいに。

「私」が感じるこの違いはいったい何だろうか。それは「象の消滅」や「TVピープル」に見られるのと同様のズレではないだろうか。胡桃沢はその日その鏡にズレを感じとった。それはつまりは自分の中のズレでもある。そこで彼は鏡の向こう側にいる自分を探しにいったのだろう。象が突然消えたように彼も消えた。向こう側の自分に会ったあと、また戻ってくる。それは意識の中で行われたことなのだ。しかも胡桃沢の意識ではなく、探偵である「私」の意識の中で。それは一瞬にしろ、自分を見失った探偵の自分探しの旅だったのだ。捜索をするうちに自分自身があちら側に旅をしていたのだ。最後に「私」は我に返る。「現実の世界」に戻ってくる。そしてまた無報酬で自分を探しに旅に出る。

私はまたどこかべつの場所で、ドアだか、雨傘だか、ドーナッツだか、象さんだかのかたちをしたものを探し求めることになるだろう。どこであれ、それが見つかりそうな場所で。

大都市に住む人間が、無意識のうちに感じとるなにかのズレによって自分を見失っていく。それは探偵にも起こりうることである。我々はそのズレを放置してはいけない。その調整を怠ってはいけないのだ。これはどこか探偵が主人公である安部公房の『燃えつきた地図』を思わせる物語であるが、この鏡のイメージは『騎士団長殺し』にも使われている。

小田原郊外の山頂にある雨田具彦の家に落ち着いた後、「私」は妻のユズに連絡を取る。その時彼女は最初のデートの時に「私」が描いた彼女のスケッチの中に、「ほんとの自分」を見るという。鏡の中の自分は「ただの物理的な反射に過ぎない」と言う彼女の言葉に従い、「私」はそのあと鏡をのぞき込む。

そこに映っている私の顔は、どこかで二つに枝分かれしてしまった自分の、仮想的な片割れに過ぎないように見えた。そこにいるのは、私が選択しなかった方の自分だった。それは物理的な反射ですらなかった。

その「片割れ」とは誰のことなのだろうか。それは自分が選ばなかった方のもう一人の自分だと「私」は思う。つまりその自分とは仙台で発見された胡桃沢であり、鏡のこちら側にいるのは、まだカミングアウトできないままの自分なのだ。この後、「私」はその「ほんとの自分」を探す旅に出ることになるのだ。

その旅のあいだ、「私」は失踪していたことになるのだが、再び現実に戻ってきたとき、「実を言うと、そのあいだどこにいて何をしていたか、まるで記憶がないんだ」と嘘をつく。これは見つかった時の胡桃沢が失踪中の記憶をすべて失っていたことと同じだ。もしかしたら彼も「私」と同じような体験をしていたのかもしれない。そして同様に嘘をついていたのかもしれない。その可能性は十分にある。

胡桃沢が発見されたのは仙台、つまり宮城県だ。それは『騎士団長殺し』の「私」が最後までこだわりを見せる「白いスバル・フォレスターの男」の車が宮城ナンバーであることと一致する。この男を最初に見かけたのも宮城県の海沿いの町だった。そしてそこは東日本大震災の被災地でもある。ただ、それは偶然としか言いようがない。なぜなら「どこであれそれが見つかりそうな場所で」が書かれたのは3・11前のことだからだ。それにしてもこの一致には何か不思議なものを感じずにはいられない。

第2章　「壁」への抵抗

降りしきる雪の中を一羽の白い鳥が南に向けて飛んでいくのが見えた。鳥は壁を越え、雪に包まれた南の空に呑みこまれていった。そのあとには僕が踏む雪の軋《きし》みだけが残った。

『世界の終りとハードボイルド・ワンダーランド』

自由であること

『海辺のカフカ』に登場する大島さんが自由についてカフカ少年にこんなふうに語る場面がある。

「（……）世の中のほとんどの人は自由なんて求めてはいないんだ。求めていると思いこんでいるだけだ。すべては幻想だ。もしほんとうに自由を与えられたりしたら、たいていの人間は困り果ててしまうよ。覚えておくといい。人々はじっさいには不自由が好きなんだ」

少々どきっとさせられる発言だが、それはかなり真実味を帯びているといえる。我々は常に当然のように自由という言葉を口にし、あたかもそれを求めているかのように錯覚して生きている。だが実はそう単純なことではないようだ。どこか心の奥底では無意識のうちにその正反対である「不自由さ」を求めているのかもしれないのだ。

大島さんはさらにこう言っている。それは「柵」に関する意見だ。

「ジャン・ジャック・ルソーは人類が柵《さく》をつくるようになったときに文明が生まれたと定義している。まさに慧眼《けいがん》というべきだね。そのとおり、すべての文明は柵で仕切られた不自由さの産物なんだ。もっともオーストラリア大陸のアボリジニだけはべつだ。彼らは柵を持たない文明を17世紀まで維持していた。彼らは根っからの自由人だった。好きなときに好きなところに行って好きなことをすることができた。彼らの人生は文字どおり歩きまわることだった。歩きまわることは彼らが生きることの深いメタファーだった。イギリス人がやってきて家畜を入れるための柵をつくったとき、彼らはそれがなにを意味するのかさっぱり理解できなかった。そしてその原理を理解できないまま、反社会的で危険な存在として荒野に追い払われた。だから君もできるだけ気をつけたほうがいい、田村カフカくん。結局のところこの世界では、高くて丈夫な柵をつくる人間が有効に生き残るんだ。それを否定すれば君は荒野に追われることになる」

これは村上独特の論理であり、彼が「カタルーニャ文学賞」受賞のスピーチで強調した「効率」にも当てはまるものだ。こうして柵の中の組織に属していると安泰であり、その中のルールに従っていれば、自分では特に何も考えなくても問題はない。楽に生きていけるのだ。逆に柵の外で生きるということ、つまり組織に属さずに生きていくことは、まさに荒野に追放されるようなものであり、それは過酷を極めるだけで決して楽な生き方ではない。

ただ、「真の自由」を求めるのであれば、柵の外に出なければならない。その中では不可能だ。それを実現するには、一度荒野に出る必要がある。しかし、多くの人はそれをためらう。あえてそんな生き方を選ばなくても、疑似的自由があればいいのだ。それが自由なんだと自分に言い聞かせながら生きていくのだ。とはいうものの、心の奥底では、それは真の自由ではないとわかっている。それでもその考えには蓋をして生きるのだ。柵の中はとりあえず居心地がいい。そこには「砂嵐」は吹かない。カラスと呼ばれる少年はカフカに語りかける。

ある場合には運命っていうのは、絶えまなく進行方向を変える局地的な砂嵐に似ている。君はそれを避けようと足どりを変える。そうすると、嵐も君にあわせるように足どりを変える。君はもう一度足どりを変える。すると嵐もまた同じように足どりを変える。何度でも何度でも、まるで夜明け前に死神と踊る不吉なダンスみたいに、それが繰りかえされる。なぜかといえば、その嵐はどこか遠くからやってきた無関係ななにかじゃないからだ。そいつはつまり、君自身のことなんだ。君の中にあるなにかなんだ。だから君にできることといえば、あきらめてその嵐の中にまっすぐ足を踏みいれ、砂が入らないように目と耳をしっかりふさぎ、一歩一歩とおり抜けていくことだけだ。そこにはおそらく太陽もなく、月もなく、方向もなく、あるばあいにはまっとうな時間さえない。そこには骨をくだいたような白く細かい砂が空高く舞っているだけだ。そういう砂嵐を想像するんだ。

この運命に似ているという砂嵐を通り抜けて、カフカは「世界でいちばんタフな15歳の少年」になることができるのだ。それはまさに「荒野」に放り出された状況に似ている。「柵」の中とは違い、危険を伴い、その前途は過酷を極める。それでもそこを通過しなければならないのはなぜか。それは「君自身」の中にある何かだからだ。その正体は、つまりは『レキシントンの幽霊』や『東京奇譚集』の短編群に描かれている「心の闇」に通じるものだからである。

カラスと呼ばれる少年は眠ろうとするカフカ少年の耳もとでささやく。「君はこれから世界でいちばんタフな15歳の少年になる」。そうしなければ、この世界を生き延びることはできないという。そして、そのためには真にタフであることとはどういうことなのかを理解しなければならないと助言する。

この声の主は、カフカの中に存在するもう一人のカフカだ。つまり内なる声だ。その声を無視して生きていくことは、ずっと柵の中に留まることであり、「呪い」から脱することができないことを意味する。十五歳の少年はあえてここでその「呪い」を解くべく、砂嵐の舞う荒野へと旅立つのだ。これがこの作品の冒頭に描かれた物語の方向性だ。

砂嵐が終わっても、カフカ少年には、どうやってそれをくぐり抜けてきたかがわからないとカラスと呼ばれる少年はいう。ただ、一つだけはっきりしているのは、「その嵐から出てきた君は、そこに足を踏みいれたときの君じゃないっていうことだ」。それは少年の

成長を意味している。そのプロセスは覚えていなくとも、少年は想像力のなかで闘ったの
だ。「かえるくん、東京を救う」の片桐さんのように。この砂嵐は、あくまでも「形而上
的で象徴的」なものだからだ。少年は「無意識のトンネル」をくぐり抜けて、激しい砂嵐
と闘ったのだ。そして、父親という呪いを克服したのだ。直接手を下すことはなくとも、
彼は明らかに「父親を殺した」のだ。そうして呪いは解けたのだ。ほんとうの意味で最後
に砂嵐を通り抜けたカフカ少年には、眠りが訪れ、目覚めたときには以前とは違う、「世
界でいちばんタフな15歳の少年」に変貌しているのだ。

その砂嵐をくぐり抜ける途中には、「形而上的で象徴的な」多くの「血」が流される。
形而上的なものとは、簡単に言えば、かたちのないものだ。それは想像力なくしては理解
できないものだ。大島さんはいう。

でも形而上的であり象徴的でありながら、同時にそいつは千の剃刀（かみそり）のようにするどく
生身を切り裂くんだ。何人もの人たちがそこで血を流し、君自身もまた血を流すだろう。
温かくて赤い血だ。君は両手にその血を受けるだろう。それは君の血であり、ほかの人
たちの血でもある。

この血とはカフカ少年のシャツに付いた血であり、ナカタ少年に対する暴力を誘発したキノコ狩りの引率の女教師の血であり、ジョニー・ウォーカーが殺した猫の血であり、あるいは、アイヒマンの指示で遂行された大量虐殺によって流された人々の血でもあるのだ。世界はこうした血であふれている。それはすべて暴力とつながっている。それが形而上的、象徴的であれ、あるいは現実的であれ何であれ。我々はそれを想像力で理解しなければならない。

森の中

物語のクライマックスに向けて、カフカ少年は「森の中核へと足を踏み入れていく」。カフカは「父なるものを殺し、母なるものを犯し、姉なるものを犯した」。ひととおりの予言を実行したのだ。そうすることで、カフカは呪いから解き放されると考えたが、実際はまだ何も解決してはいない。彼の中にある「暗い混乱」は依然としてそこにあるし、「恐怖も怒りも不安感も、全然消え去ってはいない」のだ。それを克服するには森に入るしかない。「樹木の厚い壁」を抜けていくしか方法はないのだ。「砂嵐」を抜けるように、その「壁」を抜けるのだ。

森はときには頭上から、ときには足もとから僕を脅かそうとする。首筋に冷たい息を吐きかける。千の目の針となって肌を刺す。様々なやりかたで、僕を異物としてはじきだそうとする。でも僕はそんな脅しをだんだんうまくやりすごせるようになる。ここにある森は結局のところ、僕自身の一部なんじゃないか――僕はあるときからそういう見かたをするようになる。僕は自分自身の内側を旅しているのだ。血液が血管をたどって旅するのと同じように。僕がこうして目にしているのは僕自身の内側であり、威嚇のように見えるのは、僕の心の中にある恐怖のこだまなんだ。そこに張られた蜘蛛の巣は僕の心が張った蜘蛛の巣だし、頭上で鳴く鳥たちは僕自身が育《はぐく》んだ鳥たちなんだ。そんなイメージが僕の中に生まれ、根をおろしていく。

巨大な心臓の鼓動にうしろから押し出されるように、森の中の通路を進みつづける。その道は僕自身のとくべつな場所に向かっている。それは暗闇《くらやみ》を紡《つむ》ぎ出す光源であり、無音の響きを生み出す場所だ。僕はそこになにがあるのかを見とどけようとしている。僕はかたく封をされた重要な親書をたずさえた、自らのための密使なのだ。

この森は実際にカフカが足を踏み入れている森であり、同時にそれはメタファーでもある。彼は彼自身の「内側」へと足を踏み入れているのだ。自身の「闇」を作り出す場所に自ら向かっているのだ。それはまたカラスと呼ばれる少年のいう「砂嵐」を思わせる。それは荒野に出て行くことであり、深い森に入り込むことでもある。「すべてはメタファー」なのだ。シャツについた赤い血も、砂嵐も森の中も、すべてがカフカの心の闇につながっている。その闇を克服するには、その闇の中に自ら入るしかない。『ねじまき鳥クロニクル』の「僕」、岡田亨が自ら深い井戸の底に入っていくように。そうしないかぎり、カフカは〈うつろな人間〉のままなのだ。

「うつろな人間」とは誰のことか。それは大島さんがもっとも嫌悪感を抱く種類の人々である。

僕がそれよりも更にうんざりさせられるのは、想像力を欠いた人々だ。T・S・エリオットの言う〈うつろな人間たち〉だ。その想像力の欠如した部分を、うつろな部分を、無感覚な藁《わら》くずで埋めて塞《ふさ》いでいるくせに、自分ではそのことに気づかないで表を歩きまわっている人間だ。そしてその無感覚さを、空疎《くうそ》な言葉を並べて、他人に無理に押しつけようとする人間だ。

エリオットと言えば『荒地』で知られた詩人である。これは第一次大戦後の人々の荒廃した心象風景を描いたもので、フィッツジェラルドの『グレート・ギャツビー』でも暗に言及されている。それはまさに「灰の谷間」を描いた章で、その場所は荒れ地そのものである。

大島さんはさらに続けてこう言う。

「(……) 結局のところ、佐伯さんの幼なじみの恋人を殺してしまったのも、そういった連中なんだ。想像力を欠いた狭量さ、非寛容さ。ひとり歩きするテーゼ、空疎な用語、簒奪《さんだつ》された理想、硬直したシステム。僕にとってほんとうに怖いのはそういうものだ。僕はそういうものを心から恐れ憎む。なにが正しいか正しくないか――もちろんそれはとても重要な問題だ。しかしそのような個別的な判断の過ちは、多くの場合、あとになって訂正できなくはない。過《あやま》ちを進んで認める勇気さえあれば、だいたいの場合取りかえしはつく。しかし想像力を欠いた狭量さや非寛容さは寄生虫と同じなんだ。宿主を変え、かたちを変えてどこまでもつづく。そこには救いはない。僕としては、その手のものにここには入ってきてもらいたくない」

自分では何も考えず、ただ組織のルールに従って行動するだけの自我を持たない人々と同じだ。これもある意味では村上のいう「効率」しか考えない人々のことだ。そこに決定的に欠けているのは「想像力」なのだ。「不自由さ」の中にどっぷりと浸かって生きることに満足している人々にとっては、この「想像力」は余計なものだろう。あるいは恐れるべき対象でもある。それを持つことは組織から外れる危険性が生じるからだ。しかし、それ以上に恐れるべきは「夢」だ。

君は想像力を恐れる。そしてそれ以上に夢を恐れる。夢の中で開始されるはずの責任を恐れる。でも眠らないわけにはいかないし、眠れば夢はやってくる。目覚めているときの想像力はなんとか押しとどめられる。でも夢を押しとどめることはできない。

それを避けて通ることはできない。いつかは通過しなければならないものなのだ。誰もが「責任」を放棄した社会とはどのようなものだろう。想像しただけで恐ろしくなる。しかしそれは現代社会のひとつの現実でもあるのだ。

カフカ少年はこの責任に立ち向かう。そうしてカフカ少年は自身の心の闇の「入り口」に立つ。彼は、柵を越え、壁を越え、真の自由を求めて最後の旅に出るのだ。そして不自由な世界から抜け出した少年は「世界でいちばんタフな15歳の少年」となるのだ。

物理的な闇と内なる魂の闇

大島さんはカフカ少年に、「怪奇なる世界と言うのは、つまりは我々自身の心の闇のことだ」と諭す。

「（……）19世紀にフロイトやユングが出てきて、僕らの深層意識に分析の光をあてる以前には、そのふたつの闇の相関性は人々にとっていちいち考えるまでもない自明の事実であり、メタファーですらなかった。いや、もっとさかのぼれば、それは相関性ですらなかった。エジソンが電灯を発明するまでは、世界の大部分は文字通り深い漆黒の闇に包まれていた。そしてその外なる物理的な闇と、内なる魂の闇は境界線なくひとつに混じり合い、まさに直結していたんだ（……）」

二つの闇のあいだに境界線がなかったということは、つまり夜の闇に包まれた人々は、同時に内なる闇にも包まれていたということになる。もちろんその逆もありうるが、人々は常に自分の心の闇と対峙する機会を持っていたことになる。夜になれば二つの闇に包まれた。しかし、エジソン以降、我々は夜になろうとも、闇を隠すことができるようになった。そうして、心の闇をも隠したまま、頻繁にそれに直面する必要がなくなったことになる。ただ、どれだけまわりを物理的に明るくしても、眠りの中ではそれは隠せない。ずっと覚醒していない限り、いつかはその闇は訪れることになるのだ。それは短編の「眠り」を見れば明らかだ。

大島さんは「柵」を作るという話の中でオーストラリアのアボリジニのことを引き合いに出しているが、アメリカン・インディアンの多くの種族も柵で囲うということをしない人々であった。彼らは自然の中を自由に歩きまわり、万物をあがめることで素晴らしい文明を築きあげた。しかし、ヨーロッパからやってきた白人たちには、彼ら先住民の生き方が理解できなかった。柵を作る、塀で囲むということで、白人は文明を築いたからである。まさに正反対の価値観が衝突したことになる。

このことを考えるとき、大島さんがカフカ少年に語る「柵」と「荒野」の関係が浮かび上がってくる。どちらの文明が優れているかは別として、少なくともアメリカ先住民たちは、荒野においてその想像力をたくましく保つことができたようだ。彼らは漆黒の闇を知っていた。それは同時に恐怖でもあったに違いない。自然の中での生活を送る彼らにとっては、それは当然のことである。しかし、だからこそ、夜が明け、朝が始まる瞬間を「奇跡」と捉える感性を持ち合わせていた。闇が消え、そこに光があふれるのだ。そのことを彼らは当然のこととは考えなかった。それは毎日訪れる奇跡だったのだ。そんなふうに彼らは、身の回りに起こるあらゆる現象を単調な出来事とは捉えず、奇跡として賞賛したのだ。彼らの目は、「真昼の花火」をも見逃さなかったに違いない。

それと同様に、カフカ少年も大島さんの兄が自分で作ったという森の中のキャビンで、真の闇を経験する。「この広くて深い森はすべて君のものだ」と大島さんはいう。そこで、カフカは自分の心の中が投影されたような深い森の闇を見るのだ。大島さんはカフカ少年に「生き霊」の話をする。

「紫式部の生きていた時代にあっては、生き霊というのは怪奇現象であると同時に、すぐそこにあるごく自然な心の状態だった。そのふたつの種類の闇をべつべつに分けて考えることは、当時の人々にはたぶん不可能だっただろうね。しかし僕らの今いる世界はそうではなくなってしまった。外の世界の闇はすっかり消えてしまったけれど、心の闇はほとんどそのまま残っている。僕らが自我や意識と名づけているものは、氷山と同じように、その大部分を闇の領域に沈めている。そのような乖離《かいり》が、ある場合には僕らの中に深い矛盾と混乱を生みだすことになる」

つまり現代人はどこかで錯覚をしているのだ。目に見える部分の闇は克服され、いつでも明るい場所にいられる時代になったために、見えない部分の闇のことをつい忘れがちなのだ。しかし、それは変わらず残っている。いかに文明が進んだからといって、それが消えたわけではない。この誤解によって我々の多くは混乱する。目に見えない部分の闇にはなかなか注意を払う機会がないためだ。つい目に見える明るい世界だけを見てしまう。あらゆる意味において。

大島さんはこう続ける。

「（……）人間が抱く激しい感情はだいたいにおいて、個人的なものでありネガティブなものなんだ。そして生き霊というものは、激しい感情から自然発生的に生みだされる。残念ながら人類平和の実現や論理性の貫徹のために人が生き霊になる例はない」

「偶然の旅人」の場合、主人公の感情が姉と通じ合ったというのは、この生き霊的なものなのではないだろうか。ただそれはネガティブなものではなく、その逆のものである。

それは姉への強い思いから、「偶然」と思われる現象が生まれたのだ。『源氏物語』の六条御息所が自分では生き霊になっていることに気づかず、「自分でも知らないあいだに、空間を超えて、深層意識のトンネルをくぐって、葵上の寝所に通っていた」ように、ピアノの調律師の話はこの「深層意識のトンネル」が作用した肯定的な場合の例である。その理由は、彼自身の姿勢にある。「かたちのないものを選ぶ」という姿勢だ。つまり彼はネガティブな感情を心の奥底に隠蔽するのではなく、それと向き合い、それと闘い、自分自身を勝ち取ったのだ。同じ無意識の中での出来事とはいえ、そこにもはやネガティブな要素はない。

カフカ少年の場合は、「夢をとおして父を殺したかもしれない。とくべつな夢の回路みたいなのをとおって、父を殺しにいったのかもしれない」と考える。つまり、これも生き霊的存在の仕業だ。彼は父親の「呪い」から逃れるために四国までやってきた。しかし、カラスと呼ばれる少年もいうように、いかに距離が離れようともその呪いからは逃れることはできない。それは、意識の奥底の問題なのだ。どんなに遠くに逃げたとしても、それは見えないトンネルでつながっているのだ。

つまり、「夢の中で責任は始まる」のだ。そこには絶対に逃れることのできない闇が待っているからだ。この責任とは、つまり自分自身の心の闇と対峙することである。我々はどれだけ死力を尽くしてもそこから完全に解放されることはない。いや、解放されるにはそれに向き合うしかないのだ。ピアノの調律師のように。

カフカ少年の白いシャツには新しい血がついていた。それがどこから来た血であれ、それは彼の血でもあるのだ。

「誰がその夢の本来の持ち主であれ、その夢を君は共有したのだ。だからその夢の中でおこなわれたことに対して君は責任を負わなくてはならない。結局のところその夢は、君の魂の暗い通路を通って忍びこんできたものなのだから」

「夢の中から責任は始まる」。彼はその血の責任をとらなければならない。

騎士団長の血

雨田具彦の描いた「騎士団長殺し」の絵を、隠されていた屋根裏部屋から「白日の下に晒《さら》したこと」で「私」は「環を開いた」。その「開かれた環は閉じられなければならない」と騎士団長は言うが、そのためには「私」が騎士団長を殺さなければならない。刺されることによって血が流されるが、彼は「その血を大地に吸わせるのだ」と「私」に言う。騎士団長の血が大地に吸い込まれることによって一体なにが起こるのだろうか。

騎士団長はイデアであって、その身体は彼のものではない。彼は「人の心を映し出す鏡」に過ぎず、「場合により、見る人により」、その「姿は自由に変化する」のだ。従って、「私」が刺すべき相手はいわゆるメタファーとしての「邪悪なる父」ということになる。田村カフカの場合と同じことだ。それはそれぞれが乗り越えなければならない心の闇のことなのだ。

ユズへの思いが断ちきれない「私」は、ある時から彼女とやり直すという意思を持つようになる。それは、結婚を決意したときに彼女の父親に言われた「呪い」のようなせりふがあったからかもしれない。「私の心は思った以上に深い傷を負い、血を流していた」。このときの血は今まさに騎士団長が流そうとしている血そのものなのだ。刺した後の身体からは多くの血が流された。しかしそれは「私」の手にはまったくついてはいない。その血は大地に吸収されたのだ。つまりそれは「呪い」、あるいは邪悪なるものがすべて洗い流されたことを意味しているのだ。

雨田具彦が描いた「騎士団長」の絵は、「かたちを大きく変えた寓意画」ではあっても、「彼にとっていまだにあまりに生々しい出来事」であった。それは、「彼の生きた魂から純粋に抽出されたもの」なのだ。彼が実際には達成できなかったことを「その絵の中でかたちを変えて、いわば偽装的に実現させた」のだ。現実には起こらなかったことではあるが、「起こるべきであった出来事として」絵に託したのである。それは、歴史という流れに身を翻弄されるしかなかった悔しさの現れであり、いつかはどこかで断ち切られるべきことだったのだ。そんな絵を「私」が発見したことが、つまりは「環を開いた」ということなのだ。

イデアは人の心を映し出す鏡であり、雨田具彦は今「見なくてはならないものを見ている」と騎士団長は言う。それは苦痛が伴うことであるとしても死ぬ前に見なくてはならないものである。「そこにあるのはおそらく、彼自身の精神の深い苦悶なのだ」。彼は今二十代の青年に戻ろうとしている。この時を捉え、「私」は騎士団長の胸に包丁を突き刺す。そうして雨田具彦の呪いは解かれる。「私」はその責任を果たしたのだ。

第3章　「地震」が呼び覚ますもの

故郷について書くのはとてもむずかしい。傷を負った故郷について書くのは、もっとむずかしい。それ以上に言うべき言葉もない。

「神戸まで歩く」（『辺境・近境』）

焚き火から見えてくるもの

『神の子どもたちはみな踊る』は、阪神・淡路大震災後、『新潮』に連載された連作小説『地震のあとで』の五編に書き下ろし一編を加えて単行本化されたものだ。英訳版では、この連作のタイトルが採用され、“after the quake” となっている。ただここではすべて小文字が使われていることに注目したい。それは翻訳者のジェイ・ルービンによると、村上自身の主張によるものであったらしいが、意図としては、特定の地震、つまり神戸やその周辺を襲った大地震が描かれているのではなく、それはあらゆる災害やそれに類する出来事にも通じるものであることを強調したかったのであろう。事実、これらの物語はすべて地震とは直接関係していない。あくまでも「きっかけ」にすぎないのだ。たとえば、「UFOが釧路に降りる」では、震災後ずっとテレビでそのニュースを見ていた妻が突然姿を消すといった具合だ。彼女は神戸の出身でもないし、そこに親戚や友人がいるというのでもない。その不条理で無情な「圧倒的暴力」の結果を目にしているうちに、心の中の何かに目覚めさせられたのだ。

「アイロンのある風景」も同様だ。三宅という男は神戸の出身であるようだが、今は茨城県の海岸の町でひとりひっそりと生きている。家族のことを聞かれても、特別何かを語ることもない。ただ、彼の部屋には冷蔵庫がない。そのため毎日コンビニに買い物にやってくる。三宅はその小さな閉ざされた箱が恐いのだ。それは瓦礫の下敷きになり、閉じ込められた人々の恐怖を連想させる。この男は、海岸に流れ着いた流木を集めて焚き火をすることで、過去に置いてきた人生を、その失われた人生を再現しようとしているかのようだ。

順子はこの焚き火に対して特別な感情を抱く。彼女は高校三年生の時に家出をして、三宅と同じ海岸の町にやってきた。それは、年齢は少し違うが、田村カフカの家出を思わせる。コンビニの店員として働く彼女は、店で三宅と知り合った。彼女は三宅と同様、何か複雑な事情を抱えているようだ。

そのとき順子は、焚き火の炎を見ていて、そこに何かをふと感じることになった。何か深いものだった。気持ちのかたまりとでも言えばいいのだろうか、観念と呼ぶにはあまりにも生々しく、現実的な重みを持ったものだった。それは彼女の体のなかをゆっくりと駆け抜け、懐《なつ》かしいような、胸をしめつけるような、不思議な感触だけを残してどこかに消えていった。それが消えてからしばらくのあいだ、彼女の腕には鳥肌のようなものがたっていた。

ここで順子が感じとった「気持ちのかたまり」とは何だろうか。それは「現実的な重み」を持っていたが、やがてどこかに消えていった。この火が彼女の中にあった何か石のような塊を取り除いてくれたのだろうか。順子は三宅にこう尋ねる。

「三宅さん、火のかたちを見ているとさ、ときどき不思議な気持ちになることない？」

「どういうことや？」

「私たちがふだんの生活ではとくに感じてないことが、変なふうにありありと感じられるとか。（中略）わけもなくひっそりとした気持ちになる」

三宅さんは考えていた。「火ゆうのはな、かたちが自由なんや。自由やから、見ているほうの心次第で何にでも見える。順ちゃんが火を見ててひっそりとした気持ちになるとしたら、それは自分の中にあるひっそりとした気持ちがそこに映るからなんや。そういうの、わかるか？」

「うん」

「でも、どんな火でもそういうことが起こるかというと、そんなことはない。そういうことが起こるためには、火のほうも自由やないとあかん。ガスストーブの火ではそんなことは起こらん。ライターの火でも起こらん。普通の焚き火でもまずあかん。火が自由になるには、自由になる場所をうまいことこっちでこしらえたらなあかんねん。そしてそれは誰にでも簡単にできることやない」

火は「かたちが自由」だ。自由であるから見る側の「心次第で何にでも見える」。ただ、それが自由になれる場所を用意してやらなければならない。そしてそれは簡単なことではないと三宅は答える。火はまるで意思を持っているかのようだ。火の意思をうまくコントロールすることができれば、焚き火は消さずに長続きさせることができる。三宅は火をそんなふうに捉えている。

自由なかたちを形成できる火が、順子の「気持ちのかたまり」、つまりそれまで心に持っていたひとつの「かたち」を自由に解き放ってくれたのだろうか。かたちのないもの、あるいは見えないものへと変貌させてくれたのだろうか。このとき順子の中で何らかの変化が起きたことはまちがいない。彼女は鳥肌が立つほどのぞっとするような真実を知ったにちがいない。それまで気づかなかった自分に関する真実を。

順子は三宅の家庭のことを訊きながらこう言う、「火を見ているときの人間の目って、わりに正直なんだよ」と。それは三宅に教えられたように、自分の心の奥を覗いているようだからだと。自分の気持ちがそこに映し出されるのだ。それは、またある意味では自分とその影の関係でもあるようだ。

「たき火」

順子は焚き火を見ながら、ジャック・ロンドンの「たき火」という短編のことを思い出す。そこには人間の存在についての根源的な問題が描かれている。それは生きるということ、生き延びるということだ。闘う相手はただひとつ、寒さだ。人間の耐えうる限界を超えたような寒さだ。その敵とどう闘い、生き延びるのか。余計な要素は何もない。ただ生きること。それは文学の本質でもある。

一匹の犬と共に、火を熾すことで暖を取りながら目的地へと向かう主人公の男には生きようとする執念が感じられる。そう解釈する読者は少なくないはずだ。しかし、順子はそれとは正反対の読み方をする。彼女によると、この男は「死を求めている」というのだ。順子は高校時代、夏休みの読書感想文の課題でこの短編を読み、その世界にのめり込んでいった。

物語の情景はとても自然にいきいきと彼女の頭に浮かんできた。死の瀬戸際《せとぎわ》にいる男の心臓の鼓動や、恐怖や希望や絶望を、自分自身のことのように切実に感じとることができた。でもその物語の中で、何よりも重要だったのは、基本的にはその男が死を求めているという事実だった。彼女にはそれがわかった。うまく理由を説明することはできない。ただ最初から理解できたのだ。この旅人はほんとうは死を求めている。それが自分にはふさわしい結末だと知っている。それにもかかわらず、彼は全力を尽して闘わなくてはならない。生き残ることを目的として、圧倒的なるものを相手に闘わなくてはならないのだ。順子を深いところで揺さぶったのは、物語の中心にあるそのような根元的ともいえる矛盾性だった。

こう解釈した彼女は担当の教師に呆れられ、クラスの他の生徒たちにも笑われた。それでも彼女は動じなかった。自分の読みに確信を持っていた。「もしそうじゃないとしたら、どうしてこの話の最後はこんなにも静かで美しいのだろう?」それが彼女の素直な感想だった。

それは生と死の距離があまりにも近い状態だ。ひとつの「火」が生死を分けるのだ。人生とは常にそれと同じであることを、我々は地震(あるいはそれに類する災害)によって改めて認識させられる。この「たき火」の物語では、男は最後はうまく火を熾すことができない。そこにもう火はない。待っているのは死だけだ。

三宅は順子に「順ちゃんは自分がどんな死に方をするか、考えたことあるか?」と尋ねる。しばらく考えてからわからないと答える彼女に、「俺はね、しょっちゅう考えてるよ」「冷蔵庫の中に閉じこめられて死ぬのや」という。ここで、三宅はいつも見る悪夢について語る。

「狭いところで、真っ暗な中で、ちょっとずつちょっとずつ死んでいくんや。それもうまいことすっと窒息できたらええけどな、そう簡単にはいかん。どっかから空気はかすかに入ってくる。だからなかなか窒息死できへん。死ぬまでにものすごい長い時間がかかる。声を上げても誰にも聞こえへん。誰も俺のことに気づいてもくれん。身動きもできんくらい狭いところや。どんなにあがいても内側からドアは開かへん」

そんな夢を何度も見るのだと三宅は順子に語り、さらにこう続ける。

「ゆっくりゆっくり暗闇《くらやみ》の中でもがき苦しみながら死んでいく夢や。でもな、目が覚めてもまだ夢は終わってない。それがこの夢のいちばん怖いとこや。目が覚めて、喉《のど》がからからになってる。台所に行って冷蔵庫の扉を開ける。もちろんうちには冷蔵庫はないから、それが夢やいうことはわからなあかんはずや。でもそのときは気づかんのや。変やなあと思いつつ、扉を開ける。そしたら冷蔵庫の中は真っ暗闇なんや。明かりが消えてる。停電かなと思いながら、首を中につっこむ。そしたらな、冷蔵庫の奥からひゅっと手が伸びてきて、俺の首筋をつかむんや。ひやっとした死人の手や。その手が俺の首をつかんで、すごい力で冷蔵庫の中に引っぱり込むねん。ぎゃあっと大声で叫んで、そこで今度はほんまに目が覚める。そういう夢。いつもいつも同じ夢や。隅から隅まで同じや。それでもいつも同じようにおそろしく怖い」

これは、「蜂蜜パイ」に描かれた「地震男」にもつながるような種類の夢だ。ときどきはこの悪夢から解放されることはあっても、それはまた戻ってくると三宅はいう。なぜ彼はその夢に苦しめられるのだろう。なぜ終わりが来ないのだろう。彼はそこから何とか脱しなければならない。そのためには火のように自由なかたちを持つことが大切なのだ。この火は自分をトラウマから解放してくれる存在だ。冷蔵庫のような狭い箱に閉じ込められて生きていく必要はない。三宅は順子にそう教えているようだ。それはまたピアノの調律師のいう「かたちのないもの」とも解釈できる。かたちに縛られるのではなく、自分がかたちを作っていけばいいのだ、火のように自由に。

三宅には神戸に残してきた家族がいるようだ。それは地震によって離ればなれになったのではなく、それ以前から彼は家族を捨ててしまっていたようだ。彼は今そのことを後悔しているのだろう。なぜ自分は家族を捨てたのか。いま妻や子どもたちはどうしているのか。地震を生き延びたのだろうか。そんな思いに悩まされる毎日なのだろう。自分が捨てた家族が瓦礫の下敷きになっているかもしれない。暗闇に閉じ込められているかもしれない。そんな思いが悪夢となって彼を襲うのだ。

なぜ、自分は家族を捨てたのだろう。そんな火に映し出された自分の「弱さ」と三宅は向き合い、そして闘っているのだ。さらにその自由な火によって何とか自分を再生させようともがいているのだ。順子も同様に家族を捨てた身である。自分を「からっぽ」だという彼女も自分の弱さを火の中に見ているのだろう。三宅が描いたアイロンだけがぽつんと置かれたからっぽの部屋、それは三宅自身である。アイロンは彼の「身代わり」なのだ。二人はこうしてつながっている。

生と死をつなぐ焚き火

村上がこの短編において、ジャック・ロンドンの「たき火」を引き合いに出してきたのはなぜか。たしかに両者には焚き火という共通点があるが、それらはまったく種類の違うものだ。ただ共通しているのは、二人とも生と死のはざまで闘っているという点だ。ロンドンの描く主人公は極度の寒さと闘っている。一方三宅にはそのような極限的な現実はない。だが彼の場合はその心の中の闇と闘っているのだ。それらはともに熾烈な闘いである。

順子と三宅の二人の行動の意味は、村上のエッセイ「どこまでも個人的でフィジカルな営み」(『職業としての小説家』)のなかにその答えを見出すことができる。

自分の内なる混沌に巡り合いたければ、じっと口をつぐみ、自分の意識の底に一人で降りていけばいいのです。我々が直面しなくてはならない混沌は、しっかり直面するだけの価値を持つ真の混沌は、そこにこそあります。まさにあなたの足もとに潜んでいるのです。

これは岡田亨と田村カフカが実際に行った行為でもある。前者は井戸の底に降り、そして最後には壁を抜ける。後者は深い森の奥に入り込み、最後には現実に戻ってくる。井戸と森の違いはあるが、結局は同じことだ。二人はそれぞれの「混沌」に直面し、そこから抜け出してきた人物だ。そうして「呪縛」から解き放たれたのだ。このことは三宅と順子にも当てはまる。つまり、二人は自由になれる場を与えられた火の中に自身の抱える「混沌」を見ているのだ。そして、順子は眠る。

「少し眠っていい?」と順子は尋ねた。

「いいよ」

「焚き火が消えたら起こしてくれる?」
「心配するな。焚き火が消えたら、寒くなっていやでも目は覚める」
彼女は頭の中でその言葉を繰り返した。焚き火が消えたら、寒くなっていやでも目は覚める。それから体を丸めて、束《つか》の間《ま》の、しかし深い眠りに落ちた。

「焚き火が消えたら、寒くなっていやでも目は覚める」という三宅の言葉は何を意味するのか。ロンドンの主人公は、寒さのなか眠りに身を任せて死んでいく。それは矛盾しているようだが、そうではない。三宅と順子は一緒に死ぬ話をする。死を話題にすることで男は生を考え、彼女にもそれを考えさせようとしている。死ぬ方法は焚き火が消えてから考えようと三宅はいう。つまり、火が消えたら目が覚め、それは生きることにつながるからだ。順子は「束の間の、しかし深い眠り」に落ちる。彼女はここで死ぬことはない。

眠りによってその混沌を自分の中に取り込み、彼女は生まれ変わるのだ。眠りから覚めたカフカ少年が、以前とは違い大きく成長しているのと同じだ。「俺と一緒に死ぬか」という三宅の誘いに順子はうなずく。「この火が消えて真っ暗になったら、一緒に死のう」と三宅はいう。しかし、死ぬ覚悟ができているなら、火が消えたら起こしてくれと頼むのは矛盾してはいないだろうか。火の中に自分の内面を見た順子は生きることを無意識のうちに決意したのだ。三宅もそれを知っている。二人はここで彼らの呪縛から解放されるのである。死を意識することで生きることを決意するのだ。

「たき火」の主人公が死を望んでいると解釈した順子は、その先に生への本能的な渇望を読み取っていたにちがいない。火に見放された主人公はここで強烈に生を意識する。そしてそれと同時に死を思う。「根元的な矛盾」がそこにある。しかしそれは美しい瞬間である。我々の人生とはそういう矛盾に満ちたものなのだ。生と死を同列に配置することで「生きる」ことの意味がより明確になるのだ――「生きることと死ぬこととは、ある意味では等価なのです」。

「たき火」では犬も生死の境目にいる。そして、最後の場面では必死で生きることを選ぶ。死に向かっている主人の姿を目の前にしながら、犬は生きる方向へと歩んでいくのだ。ここで、死にゆく主人に寄りそって犬も死を選ぶという筋書きなら、それは間違いなく読者の感動を呼ぶだろう。しかし現実は違う。主人のなかに死の臭いをかぎつけた犬はその場を去っていく。犬も人間と同じく生ある動物なのだ。生きるためにその場を去っていくのだ。

「アイロンのある風景」の焚き火の場面は、神戸の地震で家屋を失った人々が路地で火を焚くことで暖を取っている光景を思い起こさせる。あれは一月の出来事だった。真冬の火は人が生き延びるために必要不可欠なものである。その火の暖かみで命をつなぐのだ。三宅は順子に一緒に死なないかと持ちかけるが、それは火が消えたらいやでも寒さで目が覚めるというように、人は本能的に生きようとすることを教えるためにあえて死の話を持ち出したのだ。「生」に向かうための「死」の話を。

三宅の悪夢、すなわち彼のトラウマは、淳平の愛する小夜子の娘の沙羅に受け継がれている。彼女は「地震男」の夢に苦しめられる。淳平はその連鎖をなんとか断ち切ってやらなければならないと考える。そのためになすべきことは何かを考えたとき、淳平はひとつの結論に達する。それはいい物語を書くことだ。三宅や順子のような人々のトラウマを追い払い、希望が持てる物語を。それは作家村上春樹の決意でもある。

石という呪い

『神の子どもたちはみな踊る』の中の「タイランド」の舞台は日本から遠く離れたタイではあるが、そこで医者のさつきが、神戸に住んでいるはずの「あの男」が瓦礫の下敷きになって死んでいればいいのにと思う場面が描かれている。これは少々生々しい話ではあるが、現地で紹介された占い師のような老女に「あなたの身体の中には石が入っている」

と言われ、その石を取り除く方法を教えられる。そしてさつきは最後に、あの地震を起こしたのは自分自身だと悟るのである。

現地で運転手を務めてくれるニミットという男は、さつきにかつて彼が仕えたノルウェイ人の主人の話をする。この人も心に石を抱えていた人物で、一度も故郷に帰ることはなかったと教えてくれる。さつきとこのノルウェイ人に共通している「石」とは何だろうか。それは出口を見出せずに放置されたまま心の中にずっと抱えてきた問題のことであろう。老女は、さつきの「あの男」は死んではいないと告げ、そのことに感謝するべきだという。それは地震をきっかけによみがえった男への恨みを今ここで解消しなければ、これからの残りの人生をうまく生きていくことはできないということだ。その気持ちを持ち続けて生きていくことは、自己の克服がまだできていないことになる。それは『騎士団長殺し』の免色渉の言う次のことに相当する。

「暗くて狭いところに一人きりで閉じこめられていて、いちばん怖いのは、死ぬことではありません。何より怖いのは、永遠にここで生きていなくてはならないのではないかと考え始めることです。そんな風に考えだすと、恐怖のために息が詰まってしまいそうになります。まわりの壁が迫ってきて、そのまま押しつぶされてしまいそうな錯覚に襲われます。そこで生き延びていくためには、人はなんとしてもその恐怖を乗り越えなくてはならない。自己を克服するということです。そしてそのためには死に限りなく近接することが必要なのです」

つまり、さつきはその男の死を願うことで、それまで自分自身を壁に囲まれた狭い場所に閉じこめて生きてきたということだ。それはまさに自分の首を絞めることと同じだったのだ。さつきはそんな状況から自分を解放するために死に近づかなければならない。それはニミットのいう「生きることと死ぬることとは、ある意味では等価なのです」につながる。この自己の克服は、言うまでもなくピアノの調律師の体験にも通じるものだ。

死を意識すること。それは生き抜くことでもあるのだ。彼女は長年、心の奥に抱え込んでいた無意識のなかの意識を今ここでやっと明るみに出すことができたのだ。地震のおかげで。この物語には、村上の神戸への思いが重なるところがある。それは父親との長年の確執のことだ。これは同短編集の最後の作品「蜂蜜パイ」に受け継がれ、ここでついに長年のわだかまりは解消されることになる。

狭い壁の内側から自分を救い出すことができたのはさつきだけでなく、「蜂蜜パイ」の淳平も同様だったことになる。免色が言うように、「壁はもともとは人を護るために作られたもの」だ。「外敵や雨風から人を護るために」。しかし時にそれは、「人を封じ込めるためにも使われ」ることがある。「そびえ立つ強固な壁は、閉じこめられた人を無力にする。「視覚的に、精神的に」。我々は絶対にこの壁の犠牲者になってはならないのだ。そのためにも心の中の石を取り除かなければならない。

「石」と言えば、『東京奇譚集』に「日々移動する腎臓のかたちをした石」がある。これは淳平という小説家がずっと抱えてきた心の中の石の話だ。それは、彼が十六歳の時に父親に言われた言葉に原因している――「男が一生に出会う中で、本当に意味を持つ女は三人しかいない」。淳平はこの言葉をずっと抱えたまま生きてきた。それは一種の「呪い」であった。そんな呪いから彼を解放してくれるきっかけとなったのが、キリエという二人目の女性だった。短編小説の展開に行き詰まりを覚えていた淳平は、彼女の一言で先に進むことができるようになる。それは、「この世界のあらゆるものは意思を持っている」というものだ。

その物語の主人公は女医で、あるとき河原で拾った腎臓のかたちをした石に関して「奇妙な事実」に気づくという展開であったが、その先がキリエとの出会いによって見えてくることになる。結局、その石は毎日場所を移動するもので、意図的に捨て去ってもまた翌日にはもとの位置に戻って来るのだった。書き進めるうち、淳平はその石は女医自身の

「内部にある何か」であることに気づく。それはつまり、彼自身についても言えることであった。淳平は最後に自分の意志で「誰か一人をそっくり受容しようという気持ち」を持つことだと気づくのだ。こうして彼は三人の女性という「呪い」から解放され、小説の中の女医の机の上から石を消し去ることができるのだ。

結局、淳平は父親の意志につきまとわれて、自分自身の意志を見失っていたのだ。結果としてキリエは淳平の二番目の女性であったが、彼はもうそれ以上数えることに意味はないと思えるようになる。カウントダウンはもう必要ないと確信するのだ。自分自身の意志をやっと獲得し、そこに侵入する敵と闘うことができたのだ。

想像力で闘う

『神の子供たちはみな踊る』に話を戻せば、その中に巨大な蛙が東京を地震による壊滅から救うという、一見漫画風のストーリーがある。「かえるくん、東京を救う」だ。かえるくんから、巨大地震を起こそうとしている「みみずくん」を倒すために協力を依頼された片桐はいよいよというときになって意識を失ってしまい、約束を果たせないまま、時間は過ぎてしまった。しかし、地震は起こることなく東京は無事だった。そこでかえるくんは言う、「すべての激しい闘いは想像力の中でおこなわれました。それこそがぼくらの戦場です」。片桐は夢の中でかえるくんを助けたのだった。

想像力の中での闘い、それこそが淳平の闘いであり、そこはすさまじい戦場でもあるのだ。我々は、残念ながら、そこでの闘いを放棄してしまうことが多い。そしてあらゆる呪いから解放されないまま人生を送ることになるのだ。

「蜂蜜パイ」で最後に淳平が「これまでとは違う小説を書こう」という決意に至るのも、この闘いに勝利したからに他ならない。この淳平は、おそらく腎臓のかたちをした石の話を書いていた淳平と同一人物だろう。「蜂蜜パイ」の淳平は、実家のある神戸が地震に見舞われたとき、仕事でスペインにいた。両親とのあいだに長く深い確執を抱えている彼は、実家には連絡を入れなかった。帰国後も地震から目をそらし続けた。しかし、この地震によって、彼の心の奥深くに眠る何かが目を覚ましたことは事実だった。そして彼は深い孤独に陥り、自分には根というものがなく、どこにもつながっていないということに気づくのであった。

それは遙《はる》か昔に葬《ほうむ》り去った過去からの響きだった。大学を出て以来その街に足を踏み入れたことすらない。にも関わらず、画面に映し出された荒廃の風景は、彼の内奥《ないおう》に隠されていた傷あとを生々しく露呈させた。その巨大で致死的な災害は、彼の生活の様相を静かに、しかし足もとから変化させてしまったようだ。淳平はこれまでにない深い孤絶を感じた。根というものがないのだ、と彼は思った。どこにも結びついていない。

これはヘミングウェイの『日はまた昇る』のジェイク・バーンズたちの心境にも通じるものだ。その原因は戦争による破壊だ。彼らも淳平と同様に根を失ってしまったのだ。まさに「失われた世代」だ。ここでも、地震は直接ではなく間接的に影響を及ぼしているが、それはある意味では地震そのもの以上に長く尾を引く問題へと発展するものかもしれない。淳平は学生時代から好きだった小夜子とは結ばれず、彼女は友人の高槻と結婚する。二人の間には沙羅という娘が生まれるが、二人の結婚は破綻する。それでも四人は今も定期的に食事をする仲である。淳平の小夜子への気持ちは今も変わらないが、それを引きずったまま今日に至っている。今ふたたび独身となった彼女に対して、本当の気持ちを伝えることがなかなかできないでいる。小説家としては少しずつその地歩を固めつつあったが、心の中の「根」を見つけられないまま時は過ぎていった。

しかし、ついにその時はやってきた。神戸の地震以来、夢に出てくる「地震男」に悩まされ続けている幼い沙羅を、なんとか救ってやりたいという気持ちから彼は小夜子へのプロポーズを決意する。

「沙羅は、知らないおじさんが自分のことを起こしに来るんだっていうの。それは地震男なの。その男が沙羅を起こしに来て、小さな箱の中に入れようとするの。とても人が入れるような大きさの箱じゃないんだけど。それで沙羅が入りたくないというと、手を引っ張って、ぽきぽきと関節を折るみたいにして、むりに押し込めようとする。そこで沙羅は悲鳴を上げて目を覚ますの」

それは沙羅だけの問題ではない。淳平もまったく同じ状況にいるのだ。彼は長い時間をかけて、やっとのことで「出口」を見出さなければならないと気づくのだ。夢や想像の中の地震にいつまでも囚われているわけにはいかない。そこから脱出しなければならない。彼は闘ったのだ。想像力の中で。地震から東京を救ったかえるくんと片桐のように。そうしない限り、沙羅の言うように、地震男の箱に閉じ込められたまま生きていくことになってしまうのだ。こうしてついに出口にたどり着いた淳平は、「相手が誰であろうと、わけのわからない箱に入れさせたりはしない」と誓う。

ここには「呪い」を振り切り、新たな一歩を踏み出そうとする姿勢が読み取れる。そこには希望が見いだせる。かえるくんの言うように、「ぼくの敵はぼく自身の中のぼく」であったのだ。つまり、淳平の敵は彼自身の中にいたのである。それは目に見えないものであり、「目に見えるものが本当のもの」だと信じている人間には永久に克服できない相手なのである。かえるくんはそれを「非ぼく」と表現する。

地震を食い止めることはできたにも関わらず、かえるくんは最終的に「損なわれ、失われ」ていくのはなぜなのか。それは片桐の夢の中での出来事だが、まだほんとうの闘いはこの先にあるということなのだろうか。「非ぼく」にはまだ勝利できていないということなのか。それはつまり、二人にはまだみみずくんとの闘いが残っているということなのだろう。「非ぼく」とは結局「みみずくん」という存在なのだ。この闘いはある意味では永遠に続くのかもしれない。いったん勝利したと思っても、また新たな「みみずくん」が出現するということなのか。我々の闘いは続く。そして人生も続く。

「UFOが釧路に降りる」には箱が登場するが、そこにはいったい何が入っているのだろうか。小村は神戸の地震のあと、家を出て行った妻の意図が今もわからない。結局離婚に同意し、休暇を取った彼は同僚から小さな包みを釧路に届けてほしいと頼まれる。中身を知らないまま相手に届けた小村だが、あとになってそこには小村の中身が入っていたのだと告げられる。そのことを知らないまま手渡してしまった今となっては、もうそれは戻ってこないと言われる。自分の中身を知らずに手渡してしまった小村は動揺する。そしてここから小村の闘いは始まるのだ。それまでは意識していなかった自分自身の中身との闘いが。それは「みみずくん」との闘いかもしれない。「非ぼく」はどんなに遠くに追いやっても、いつか必ずまた再会しなければならないときが来るはずだ。追いやれば追いやるほど、その闘いはきついものになる。出て行った妻がすでに気づいたことを彼はこれから模索しなければならないのだ。

かたちのある箱の中にあるかたちのない中身という図式がここに見て取れる。それはピアノの調律師のせりふを思い出させる。小村はこれまでかたちのあるものにしか目がいかなかったのだ。すべては「想像力」の問題なのだ。『海辺のカフカ』において繰り返し強調されるように。

閉塞的社会

『神の子どもたちはみな踊る』には地震がきっかけとなって生じた心の変化が描かれているが、それは見方を変えれば我々の社会全体の閉塞的状況への言及と捉えることもできる。それは「目じるしのない悪夢」(『アンダーグラウンド』)で村上が論じていることであり、またそれは『海辺のカフカ』にもつながっていく。

閉塞感といえば、まず『ねじまき鳥クロニクル』に顕著に描かれている。それはまさに小説の冒頭の部分だ。そこは第1章でも言及した「出口」のない路地だ。行方不明の「猫」を探しに行く「僕」は、塀を乗り越えなければ外に出ることができない。それは単に物理的な意味だけではなく、一九八〇年代のバブル景気の中で人々が作り上げていったものであり、結果的に自分たちを精神的に苦しめることとなっていったものである。そこからどう脱出するかが大きな課題であった。少なくとも作家村上春樹にとっては。この長編の冒頭には次のような描写がある。

二時少し前に庭のブロック塀をのりこえて路地に下りた。路地とはいっても、それは本来的な意味での路地ではない。正直なところ、それは何とも呼びようのない代物《しろもの》なのだ。正確に言えば道ですらない。道というのは入口と出口があって、そこを辿《たど》っていけば然《しか》るべき場所に行きつける通路のことだ。しかし路地には入口も出口もなく、両端は行き止まりになっている。それは袋小路でさえない。少なくとも袋小路には入口というものがあるからだ。

この高度成長期にできてしまった「路地」はまさに社会の閉塞的状況の象徴といえるものだ。

この小説から十年後、村上は『海辺のカフカ』を発表する。ここで、主人公の少年である田村カフカは、日本が歩んだ道を一人たどりなおすことになる。まだ少年である彼が、戦後を生きてきたまわりの人々との交流の中で、一人の人間として成長を遂げていく物語だ。ナカタさんをはじめ、大島さんや佐伯さん、そして星野青年など、多彩な顔ぶれはそれぞれ戦後の復興期から経済成長期の日本を象徴する人々だ。

物語の最後の場面は実に象徴的だ。「君は新しい世界の一部になっている」というくだりだ。長い閉塞的な状況を抜け出し、彼はついに世界へと歩み出す準備が整うのだ。彼も父親という「呪い」から解放され、やっと独り立ちできるという設定だ。この長編で強調されているのも「想像力」である。これを欠いた人間はいつまでたっても、「クローズド・サーキット」から抜け出すことはできない。それが村上の主張だ。我々現代人の多くはこの「閉鎖的周回路」の中をただぐるぐる回っているだけなのだ。どんなに走っても、そこから出ることはない。出口はないのだ。このことも「目じるしのない悪夢」につながる点である。

その意味で「出口」に到達したのは、『1Q84』の青豆と天吾ということになる。ただ、それはあくまでも一つの出口であって、それが終着駅ではない。また次の出口に向かって歩き続けなければならないのだ。そう考えるとき、結局我々は大きな意味での「クローズド・サーキット」に入り込んでいて、そこからは永遠に出られないという悲観的な見方もできなくはない。『スプートニクの恋人』に描かれたライカ犬のように、我々は同じ軌道を回ることを運命づけられているのだろうか。たとえそれが地球を周回するという大きな規模であっても。それを村上は完全に否定してはいないし、それが現実だといえば現実だ。

『騎士団長殺し』では一枚の絵との偶然の出会いが、「私」を壮大な旅へと導いていくことになる。それは想像の世界であり、また同時に現実の世界でもある。それをどちらと捉えるかは我々次第だが、この絵との出会いの後、「私」は実際に「地下世界」へと足を踏み入れることになる。「顔なが」の案内によって。

この絵の中には明らかに、普通ではない種類の力が漲《みなぎ》っている。それは少しなりとも美術に心得のある人なら見逃しようがない事実だ。見る人の心の深い部分に訴え、その想像力をどこか別の場所に誘《いざな》うような示唆的な何かがそこには込められている。

そして私はその画面の左端にいる髭だらけの「顔なが」から、どうしても目が離せなくなった。まるで彼が蓋を開けて、私を個人的に地下の世界に誘っているような気がしたからだ。他の誰でもなく、この私をだ。実際のところ、その蓋の下にどのような世界があるのか、私は気になってならなかった。

絵は見るものに勝手に語りかけてはこない。見る側に求めるものがあるから、絵がそれに反応してくれるのだ。そこに描かれた風景なり、人物なりが額縁から抜け出て語りかけてくる。それはまさにピアノの調律師が言うように、「強く求める気持ち」があれば、それは「ひとつのメッセージとして浮かび上がってくる」。そこにある「図形や意味合い」を解読できるようになるのだ。「私」は地下の世界を意識しているからこそ、「顔なが」の存在が目に留まったのであり、その強い思いがその人物に蓋を開けさせたのだ。

「私」を捉えて離さないその「息を呑むばかりに暴力的な絵」は、モーツァルトのオペラ『ドン・ジョヴァンニ』の冒頭にある「騎士団長殺し」の場面を描いたものだ。ただ雨田具彦はそのオペラの世界を日本の飛鳥時代に「翻案」して描いている。それまで「私」は日本画を、「静的な、様式的な世界」を描くものだと思っていたが、この『騎士団長殺し』という絵によってその考えは覆されたのだった。

雨田具彦の描くその二人の男の命を賭けた、激しい果たし合いの光景には、見る者の心を深いところで震わせるものがあった。勝った男と負けた男。刺し貫いた男と、刺し貫かれた男。その落差のようなものに、私は心を惹かれた。この絵には何か特別なものがある。

「私」はそこに特別な何かを見たのだ。「何のために彼はこうして古代の地中に潜んでいるのだろう?」この画家はいかなる目的で「この得体の知れない奇怪な男の姿を、釣り合いの取れた構図を無理に崩すようなかたちで、わざわざ画面の端に描き込んだりしたのだろう?」そう強く「私」は感じるのだった。もしこの気持ちが芽生えてなければ、その絵は元の場所に隠されたまま、また同じような日常が続いていたことだろう。しかし、なぜ雨田具彦はわざわざ飛鳥時代に置き換えなければならなかったのだろう。その意図はいったい何なのだろうか。

もしかりにこの絵の舞台が日本ではなく、そのままヨーロッパであったとしたらどうだろう。その絵は同様に「私」を惹きつけただろうか。やはりそこには雨田具彦の洋画から日本画への大転換があり、またさらにそれが日本画の伝統的様式を打ち破っているからこそ、その絵は特別な魅力を放つこととなったのではないだろうか。何かの機会を捉えて、自分は変化しなければならないという気持ちが自身の中にあったからこそ、「私」はこの画家のメッセージを読み取ったにちがいない。そこにはまた世界の中の日本を描き続けてきた村上の意図も見て取れるようだ。

その絵は「隠喩《いんゆ》としての告白」であり、そのために雨田は洋画から日本画に転向したのだ。そこに隠された「暗号」を解読させるには、「ウィーンでの痛切な体験を、日本画のより象徴的な画面に移し替え」る必要があった。そこで背景を「千年以上昔の飛鳥時代の情景に」置き換えたということだ。それは彼が自分自身のために描いたもの、つまり青年時代の記憶を保存するためのものであったのだ。こうして「私」はひとつの出口へと導かれた。その想像力を最大限に発揮することで。

それでは我々はどうすれば出口を見出すことができるのだろうか。「想像力」といわれてもそう簡単なことではないが、それは、たとえばひとつの「信仰」ではないだろうか。宗教にかぎらず、自分がほんとうに信じられるものを見出すという意味での信仰だ。我々はもしかしたらこの信仰をいつのまにか失ってしまっているのかもしれない。その結果、想像力を欠き、人の作り上げた「物語」にやすやすと便乗してしまうのだ。自分の信仰を守り切るよりもその方が楽だからだ。次章で詳しく取り上げる短編「沈黙」のなかの青木を取り巻く生徒たちのように。それは自分の物語を持つことの意味につながる。つまりそれこそが信仰を持つということだからだ。

人は偽の信仰を持つことが多いために、それは不安定で変化しやすい。相手の顔色や状況を見ながら判断するために、安定した信念のようなものは存在しない。軸がぶれるのだ。それとは逆に、真の信仰を見出した人間は、ぶれることなく、それを守り切ることができる。たとえば、プーランクやピアノの調律師のように。

想像力というのは、結局そういうものなのかもしれない。それは何かを空想するといった単純な意味のものではなく、まず自分の定点を見極め、そこから世界を見ていくという姿勢だ。それを達成できた人間は、また次の「砂嵐」に遭遇しても、しっかりと出口を見出すことができる。回転木馬で回り続けるのではなく、ちゃんとそこから降りることができるのだ。

「信仰」、それは天吾と青豆が十歳の時に体験した手の温もりのようなものだ。そのときの気持ちを揺らぐことなく二十年間守り続けた二人は、多くの砂嵐に遭っても、最終的に出口に到達できたのだ。二人はきっと次の砂嵐をも乗り越えることだろう。

地震という出来事がきっかけとなり、それぞれの人々の中にそれまで見えていなかった何かが顔を見せ始める。それによって、それまでの人生が大きく変わっていく。しかし、それは唐突であるようでいて、実はそうなるべくしてそうなっただけなのだ。ただそれまで心の奥にしまい込んでいただけなのだ。

しかし、なぜ地震なのだろう。なぜこの自然災害が人間の心の奥底からそれまで意識していなかったものを呼び覚ますのだろうか。それは突然のあまりにも大きな変化だ。大地は揺れ、ほんの数十秒のうちに、それまで強固で不動に見えていたものが、がたがたと音を立てて崩れ落ちるのだ。それを体験した人の心にも大きな変化が起きて当然だろう。それまでずっと信じてきたものに一瞬にして裏切られるのだ。ゆっくりと時間をかけて変化していくのであれば、人はそれについていくこともできる。しかし、何の心の準備もないまま、そこにあるべきものが目の前から突然消えることに人は戸惑うしかない。村上はそれを「圧倒的暴力」と呼ぶ。

第4章　圧倒的な「暴力」に立ち向かう

直子の十本の指がまるで何かを——かつてそこにあった大切な何かを——探し求めるように僕の背中の上を彷徨っていた。

『ノルウェイの森』

戦争と震災をつなぐ『日はまた昇る』

地震、津波、豪雨など、日本は災害頻発国である。それらはいつどこを襲うかわからない。ある日突然やってくる自然の暴力により、家族を失ったり家財産をなくしたりした人たちが呆然と立ちすくむ光景を見るたびに、僕はヘミングウェイの『日はまた昇る』を思い出す。この小説をはじめて読んだ大学生の時には、正直何も感じなかった。特別な感動もなく、取り立てて何か印象に残るような場面もなかった。パリの街とカフェ、スペインでの釣りや闘牛の光景だけが、何の脈絡もなく、ただ景色として残っただけだった。そこでは人々はただ飲み続けていた。

それからも何度か読み返す機会があったが、それはなかなか僕を受け入れてくれなかったというか、僕が受け入れなかったというべきか、よそよそしい関係が長く続いた。そんな小説が災害と結びつくようになったのは、村上春樹の「神戸まで歩く」(『辺境・近境』)というエッセイがきっかけだった。

一九九五年一月、予想もしなかった大地震が僕の故郷の神戸及びその周辺を襲った。当時アメリカの東海岸に住んでいた僕は、テレビや新聞の報道を通して、毎日次から次へと飛びこんでくる悲惨な光景に耐えきれず、やりきれない気持ちをどこに向けてよいのかわからないままに混乱した日々を送っていた。自分にとってなじみ深い場所の風景が大きく様変わりしているのを目にするのは、残酷そのものだった。街が崩れるだけでなく、自分の心の中でも何かが崩れ落ちていった。

それから数年後に神戸を訪れたときには、街は少なくとも表面的には復興を果たし、何事もなかったかのように動いていた。しかし、何かが違っていた。建物が新しくなり、景観も変わっていたのはもちろんだが、それとは違う何か別の次元のところでとんでもないものが失われてしまったような気がしたのだ。それは紛れもない喪失感であったことは事実だが、どこか挫折感といってもいいような不思議な感情だったことを覚えている。ただ、それ以上どう表現していいのかわからなかった。その歯がゆさを抱えたまま月日は過ぎていった。

そんな時、村上春樹のエッセイに出会った。その中で村上は『日はまた昇る』のことを書いていた。それを読んだとき、僕自身の中のもやもやした行き場のない感情がどういうものなのかがわかった気がした。そして、自分の中でかたちにならなかったこの小説のイメージがその時はじめて明確になったのだった。それは「喪失」という共通項で僕とこの小説が結ばれた瞬間だった。

『日はまた昇る』は戦争のあとの物語であり、僕自身の体験は大震災のあとのことである。状況はまったく違っている。でもどこかに共通点があるにちがいない。では人為的災害の戦争と天災である地震とはどうつながるのか。

ジェイク・バーンズをはじめ、『日はまた昇る』に登場する人物たちはみな何不自由なく暮らしているどころか、贅沢三昧の生活を繰り返している。さらに、真面目に仕事をしているという雰囲気もほとんど伝わってこない。しかしそれはあくまでも表面的なことであって、実はその背後には精神的な空虚さを抱えているようだ。彼らのなかには強い喪失感があるが故に、飲んで食べてということを繰り返すことでしか心を満たすことができない。彼らがどこに何をぶつけていいのかわからない状況に置かれているとすれば、それ以上の苦悩はないのではないだろうか。

この物語の舞台は第一次世界大戦後のパリである。そこにはもはや戦争そのものは描かれていない。ただここに登場する若者たちは別のなにかと戦っている。それは精神的な空虚さだ。物質的には不自由はないが、なにか肝心なものが足りないというもどかしさを抱えて生きている。何か取り返しがつかないほど大切なものが失われてしまったという感覚が彼らを襲うのだ。もうもとには戻れないという絶望的な寂寥感が漂っている。それでも、何事もなかったかのように日は昇り、そして沈む。それが毎日繰り返されるのだ。こうして時は無情にも過ぎていくという虚しい感覚。それがどこか災害後の喪失感につながる。

この小説には、パリという都市の華やかな雰囲気とスペインの大自然が対照的に描かれている。さらに闘牛士ペドロ・ロメロの存在は、目的意識を失った「自堕落な」若者たちとは一線を画している。彼は他のどの登場人物にもない特別な高貴さを有している。その彼に惹かれていくブレット・アシュレーは、その闘牛士のなかに、戦後の男たちが失ってしまった男らしさのようなものを見出していたにちがいない。

ここでロメロは神的な存在として描かれているが、それは戦後神を見失った人々がその代替物を探し求めていた証拠でもある。この傾向は『グレート・ギャッツビー』に描かれる

Ｔ・Ｊ・エクルバーグの巨大な看板を神と見做しているウィルソンにも見られるが、さらに、繁栄の中、目的意識を失い、酒に溺れることしかできなかった二〇年代の人々が、空を飛ぶことによって自分たちの目を覚まさせてくれたチャールズ・リンドバーグに対して見せた異常な反応にも見られる。それはまさに宗教的熱狂と言えるものであった。

表面的には、ただ飲んで騒いでいるだけのように見えるが、実は内面的には計り知れない苦悩や葛藤を抱えている登場人物たち。しかしヘミングウェイはそれをすべて描かずに、あえてその一部だけを描く。いわゆる「氷山の理論」だ。その結果、より人物の喪失感が強調されることになる。それは、言葉を失い呆然と災害の現場に立ちすくむ人々の姿と重なる。小説の場合は映像がないにもかかわらず、それをわざと少ない言葉で描き、全体像を想像させるヘミングウェイの文章力はすごいとしかいいようがない。

さらにまた『日はまた昇る』の魅力を支えているのが、ヘミングウェイ独特の文体だ。その文体に関して、筒井康隆はこう振り返っている。

> 何よりもその文体にまいってしまったのである。ぽつん、ぽつんと途切れる、句点の多い、投げやりで吐き捨てるような文章からぼくが受けたものは、それまでの自然主義リアリズムの小説からは得られない新鮮な感覚だった。失われた世代の喪失感や虚無感

を描くのに、これほどリアリティのある文体はなかった。

文体が醸し出す喪失感や虚無感。これこそがヘミングウェイの成し遂げた最大の業績の一つだろう。

氷山の見えない部分に描かれているもの――それは、記憶だ。壊れた街は復興する。元通りに、あるいはそれ以上に。しかし、絶対に取り返せないものがある。それは、風景に溶け込んだ記憶だ。街の記憶であり、住み慣れた家の記憶であり、風景の記憶なのだ。これはもう戻らない。目には見えない記憶。見える部分と見えない部分の落差は実に激しい。そのコントラストがより失われたものの大切さを強調する。

二〇一一年の東日本大震災のあと、よくニュースで目にしたのが泥にまみれた写真を必死で復元しようとする人々の姿だ。それは当事者たちにしかわからないものなのだろう。たかが写真、といった次元の問題ではないようだ。それはある意味、何よりも大切なものなのだ。なぜならそこには今はもう消えてしまった風景が記録されているからだ。実際の風景、そして心のなかの風景のすべてがそこにあるのだ。

『日はまた昇る』では何かが決定的に失われてしまっている。それは目に見える風景でもなく、物質的なものでもない。それはどうあがいても取り戻せない精神的な何かだ。心のなかの風景だ。壊れた家や道路はいつかは再生できる。しかし、失われ、損なわれた心は簡単にもとには戻らない。それは生涯続くのだろう。でもそれに耐えて生きていかなければならない。日が昇り続けるかぎり。

日常のなかの暴力装置

芦屋市にあった村上の実家は一九九五年一月の阪神・淡路大震災で壊れてしまい、両親は京都に移り住んだ。

というわけで、僕と阪神間とを結びつける具体的な絆《きずな》は、今では――記憶の集積（僕の重要な資産）の他には――もはや存在しない。だから正確な意味でそこを「故郷」と呼ぶことは、もうできない。その事実は、僕にいくらかの喪失感をもたらす。記憶の軸が、身体《からだ》の中でかすかな音を立てて軋《きし》む。とても、物理的に。

ここでいう「記憶の軸」とはどのようなものだろうか。それはひとつの風景を土台とした数々の記憶の集積のことだ。風景と記憶は常に分かちがたく一体化している。震災によってそうした風景が失われたことは事実だが、村上はここで別の形で失われていった風景に言及している。それは『羊をめぐる冒険』などの作品にも描かれている芦屋の失われた海岸線だ。彼は子供の頃によく遊んだ海の方へと足を向ける。しかし、かつてそこにあった海はもう存在しない。

僕は今、神奈川県の海岸の町に家を持って、東京とこの町を行き来して暮らしているのだが、この海岸の町は僕に――それは残念といえば、とても残念なことなのだが――今では故郷よりも強く故郷を思い出させてくれる。そこにはまだ泳げる海岸があり、緑の山がある。僕はそういうものを、僕なりに護《まも》っていきたいと思っている。過ぎ去ってしまった風景は、もう二度とはもとに戻らないのだから。人の手によっていったん解き放たれた暴力装置は、決して遡行《そこう》はしないのだから。（傍点筆者）

ここでいう「暴力装置」とは、住宅開発のために山を切り崩して、その土で海を埋め立てたことを言っているのだ。まさに高度経済成長期のことだ。

村上はまた子供のころによく遊んだという神社にも立ち寄るが、その「傷跡は見るからに痛々しい」。「激しい破壊のあとがいたるところに生々しく残り、あたり一帯はなにかの遺跡のようにさえ見える」。まるで激しい戦闘が行われた場所の描写のようだ。それはまさに戦争となんら変わりない。ここで戦争と地震が重なり合う。そして村上はそれらを人為的な破壊行為にも結びつける。いずれの暴力にせよ、結局われわれにとっては同じことなのだ。それまでそこにあったなじみの風景が消えてなくなることに違いはないのだから。人はそこに呆然と立ちすくむしかないのだ。

> でもコンクリートの堤防に腰を下ろして、かつてほんものの海のあったあたりをじっと眺めていると、そこにあるすべてのものごとが、まるでタイヤの空気が抜けるみたいに、僕の意識のなかで少しずつ静かに現実味を失っていく。
> その平和な風景の中には、暴力の残響のようなものが否定しがたくある。僕にはそのように感じられる。その暴力性の一部は僕らの足下に潜んでいるし、べつの一部は僕ら自身の内側に潜んでいる。ひとつは、もうひとつのメタファーでもある。あるいはそれらは互いに交換可能なものである。彼らは同じ夢を見る一対の獣のように、そこに眠っているのだ。

村上が強調するのは、平和な日常のなかに潜む「暴力の残響」である。それは大地にも存在するし、また心の中にも存在するものだ。それは互換性のあるメタファーなのである。このことは、たとえば先に触れた「タイランド」についても言えることである。

さつきは出張先のタイで雇った運転手のニミットに神戸の地震のことを聞かれる。そこには長年憎み続けてきた男が住んでいるが、彼女は神戸に知り合いはいないと嘘をつく。彼女は思う――「あの男が重くて固い何かの下敷きになって、ぺしゃんこにつぶれていればいいのに」。彼女はずっとそう願ってきたのだったが、それは彼女の心のなかにも暴力性が潜んでいるということだ。実際に起きた地震とそれはまさに共振しているのだ。

地震で被害を受けた町もやがてはその活力を取り戻し、復活を遂げるだろう。しかしそこにある景観は以前のものとは違ったものである。

しかしそうなったとき、そこに生まれでた新しい風景と、僕という人間のあいだには、自明な共有感はもはや存在しないかもしれない……。地震という圧倒的破壊装置が否応《いやおう》なく露呈させた新たな分水嶺《ぶんすいれい》が、そのあいだにはあるかもしれない……。僕は空を見上げ、薄く曇った朝の空気を胸に吸い込み、僕という人間を作ってきたこの土地について想《おも》い、この土地に作り上げられた僕というひとりの人間について想う。そのような、言うなれば、選びようのないものごとについて。

ここで村上は地震のことを「圧倒的な破壊装置」と呼んでいるが、それはわれわれの足もとに潜む暴力でもあり、戦争という破壊的暴力ともなんら変わりないものである。このように、地震、戦争、そして町の開発はすべて互いに「破壊装置」のメタファーとしてつながっている。さらにまたそれらは我々の心のなかの暴力性とも連動しているのだ。

村上は西宮から神戸まで歩く旅の友として、ヘミングウェイの『日はまた昇る』をポケットに入れてきたが、この時にはじめて彼はこの小説の魅力にはまっていったという

——「どうして昔はこの小説の素晴らしさがわからなかったのだろう。そう思うと、なんだか不思議な気がする。たぶんなにか別のことを考えていたのだろう」。それは、震災で崩壊した町並みが村上に与えた心理的影響と、この作品の核心をなす喪失感とがぴたりと呼応したからだ。この小説には、取り返しのつかない何かを失ってはじめて気づいたことが描かれていたのだと村上は思ったのだろう。

村上は偶然この文庫本をポケットに忍ばせたかのように書いているが、もしかしたらそれは意図的だったのかもしれない。あまりにも現実と虚構の世界が一致しすぎているからだ。つまり、このエッセイのエッセンスはこの小説の解釈と同質のものであることを暗に示しているかのようなのだ。地震で傷ついた故郷の光景を直接目にして思ったことを、小

説の解釈にあえて託しているかのようである。地震に関するエッセイの一つの解釈のための装置としての機能をこの小説に与えている。それほど互いに補い合っている。旅の最後に村上は昔ガールフレンドと何度か来たことのあるピザの店に立ち寄る。かつて二人はそこで将来についてあれこれと話し合った。

でもそれは大昔の話だ。まだここにちゃんと海があって、山があった頃の話だ。いや、海も山も、今だってちゃんとある。もちろん。僕が話しているのは今ここにあるのとは別の海と、別の山の話なのだ。二杯目のビールを飲みながら、『日はまた昇る』の文庫本のページを開き、続きを読む。失われた人々の、失われた物語を。僕はすぐにその世界に引き込まれる。

村上は彼らがどう「失われた」のかの説明はしていない。ただ、店を出たあと、雨に「ぐっしょりと濡れた」という表現がなにかを示唆しているようだ。「いまさら傘を買うのも面倒なくらい」村上は雨に濡れ、ホテルへと帰って行ったのだろう。その時の気持ちはジェイクやブレットと同じものだったのかもしれない。今更どうこうあがいても仕方がないという諦めの気持ちと、あまりにもずぶ濡れになってしまった惨めさとが混在した何とも表現しがたい感覚。それこそがまさに「失われた」人々の素直な気持ちにちがいない。

かつてそこに海があった。「そう思うだけで素敵なことじゃないか」そう呟くジェイクの声が聞こえてくるかのようだ。

村上のエッセイには町のあらゆる傷跡が描かれているが、ヘミングウェイの場合、それは一切描かれていない。彼はそれをあえて描かないことで人の心の深遠な部分を描こうとしたのだ。戦争への言及はわずかにあるものの、目に見えない心の傷だけが重くのしかかる。では村上がその解釈を託した「失われた物語」では、何がどのように失われているのだろうか。『日はまた昇る』の世界に目を向けてみよう。

『日はまた昇る』の喪失感

ジェイクは戦争で性器に傷を負い、性的に不能となった男性である。一方ブレットは男性遍歴を繰り返しながらも真の愛を得られないままにさ迷い続ける女性だ。二人は互いに惹かれ合いながらも、男女の関係を成就することはできない。ともに失われた存在だ。しかし、一つどうしても拭いきれない疑問が残る。それは、ジェイクが性的に不能だということが、二人の関係を引き裂く決定的な要因なのかという点である。ジェイクはブレットを深く愛している。彼女もまた彼に大きく依存している。最後に頼れるのはいつもジェイクなのだ。それにもかかわらず、二人は結ばれないというのは納得がいかない。男女にはいろんな結ばれ方があってしかるべきではないだろうか。

ジェイクはあるときブレットに一緒に暮らそうと提案するが、彼女はそれを拒否する。それにはきっと別の理由があるからにちがいない。戦争による体の傷だけが二人を引き裂いているのではないはずだ。だからこそ、二人の関係は終わることもなく、かといって進展することもないのではないか。結局は、堂々巡りを繰り返すだけで、二人はどこにも到達できないまま時間だけが過ぎていく。

酒に溺れることも一時しのぎにすぎず、酔いが醒めたらまたもとの状態に逆戻りするだけだ。そしてまた飲む。そのことの繰り返しなのだ。スペインでの釣りも闘牛も一時の休息や啓示を与えてはくれるものの、それで生まれ変われたわけではない。すべての癒しは本物とは言えない。物語の最後に描かれているのは、ただ飲み歩くことで心の傷を癒やそうと、パリの街をタクシーで回っている場面だ。そして、最後のセリフがなんと言ってもすべてを物語っている。それは最後の一撃でもある――「そう考えるだけで面白いじゃないか」。つまり、考えることしかできないのだ。何も実現はできない。なにかを修復することもできない。ただ想像するだけなのだ。

村上の喪失感もこれと同じだ。かつてここに自分を育てた風景があった。しかしそれはもう存在しない。いま目の前にあるのはまったく異質の風景にすぎない。それはここにかつて存在したのだと想像することしかできない。いくら考えてもそれは二度と戻っては来ないのだ。写真の中の風景は留まったまま永遠にそこから出ることはできない。これほどの喪失感があるだろうか。人々はただそこに立ちすくむしかない。そして、想像するだけ。ここにあの風景があったのだと。自分を包み込んでいた、自分がその一部であった景色があったのだと。それでも人々は生き続ける。二度と戻らない風景を求めてさ迷いながらでも。日がまた昇ってくるかぎり、人は歩き続ける。それしかできない。

当然そこにあるべきあたりまえの生活という概念が、ものの見事に打ち砕かれてしまったとき、平凡な日常が断ち切られてしまったとき、人々は戸惑い、何とかそれを取り戻そうとする。しかしそれはもう戻らないものなのだ。「圧倒的な暴力」で打ち砕かれてしまったものは記憶の彼方にしか存在しない。ヘミングウェイはその暴力を直接描くことはしなかった。だからこそ抗いがたいものとして迫ってくる。そして人々はただそれに身を任せるしかないのだ。

愛はあるのに相手を自分のものにできない歯がゆさ、目の前にあるにも関わらず何もかたちにできないもどかしさ。これこそがジェイクの置かれた立場であり、それこそがこの世代の苦悩を象徴している。彼らこそが失われた世代の失われた人々なのだ。ジェイクは決定的な取り返しのつかないものを失った。そのことをブレットは知っていた。そしてそれを取り返して欲しいと願い続けたのではないだろうか。性的不能というのはあくまでもメタファーであって、彼女はジェイクとの性行為ができないから彼以外の男に走ったのではない。ジェイクが失ったものを探し求めてさ迷っていたからにほかならないのだ。そして、ロメロに出会った彼女は、この若き闘牛士こそがジェイクの失ったものを持っていることに気づく。にもかかわらず再びジェイクの元に戻っていく彼女の意図とは何か。「いやな性悪女になりたくない」とは何を意味するのか。それは当然のことながら、彼女が本当に愛しているのはジェイクだからだ。ロメロをその身代わりにはしたくないのだ。

ジェイクは闘牛を観ることで、生の裏には必ず死が存在すること、あるいは生と死は隣り合っていることを学んだ。そして自分が失ったものの大きさを悟ることができた。それは言い換えれば「諦め」の境地だ。現実を受け入れるという姿勢を身につけることができたのだ。だからこそブレットの言葉に対して最後のひと言が言えたのだ。

「ああ、ジェイク」ブレットが言った。「二人で暮らしていたら、すごく楽しい人生が送れたかもしれないのに」

前方で、カーキ色の制服を着た騎馬警官が交通整理をしていた。彼は警棒をかかげた。タクシーは急にスピードを落として、ブレットの体がぼくに押しつけられた。

「ああ」ぼくは言った。「面白いじゃないか、そう想像するだけで」

そんな時代があった。そう思うだけで楽しいじゃないか。ジェイクは以前とは変わったのだ。そこにあるのは前向きな意味での諦め以外の何ものでもない。これほどシンプルにして切ないセリフはない。失われたもののすべてがそこに凝縮されている。そしてそれは、『ノルウェイの森』の次の部分を思い起こさせる。

「ここを出ることができたら一緒に暮さないか？」と僕は言った。「そうすれば君を暗闇やら夢やらから守ってあげることができるし、レイコさんがいなくてもつらくなったときに君を抱いてあげられる」

直子は僕の腕にもっとぴったりと身を寄せた。「そうすることができたら素敵でしょうね」と彼女は言った。

この二人も失われているのだ。

人は「圧倒的暴力」によって取りかえしのつかないものを失う。そしてそこに残るのは「暴力の残響」だけだ。それは我々の心の奥深くまで入り込み、響きわたり、内部を掻きまわす。自然災害である地震と我々の内面に潜む暴力性は表裏一体なのだ。それらはいつもそこに影を潜めていて、いつその姿を現すかわからない。『神の子どもたちはみな踊る』の作品群に見られる地震のあとの心の変化は、必ずしも暴力とは直結してはいないかもしれない。しかし「心の闇」が噴出した場合、それは時に暴力性を帯びることもありうる。あるいはそのきっかけとなることもあるのだ。

あの大震災の二ヶ月後、地下鉄サリン事件は起こった。それは地震がきっかけであったのかはどうかはわからないが、タイミングとしては一致している。『神の子どもたちはみな踊る』のように、それがきっかけで心の中の獣が目を覚ますことになったかのようだ。それは「声なき人々」の声が一気に噴出したかのようでもあった。

社会と身体にたまる澱

ここで「澱《おり》」の話をしよう。村上は短編集『回転木馬のデッド・ヒート』の序論「はじめに・回転木馬のデッド・ヒート」の中でこんなことを言っている。

（……）僕の中に小説には使いきれないおりのようなものがたまってくる。僕がスケッチに使っていたのはそのおりのようなものだったのだ。そしてそのおりは僕の意識の底で、何かしらの形を借りて語られる機会が来るのをじっと待ちつづけていたのである。

人々の話の多くは使いみちのないまま僕の中につもる。それはどこにもいかない。（中略）自分自身の中に抱えこんで生きていくしか道がないのである。

村上はここで、アメリカの南部作家カーソン・マッカラーズの『心は孤独な狩人』に登場する唖の青年の話を紹介している。彼は誰のどんな話にも耳を傾ける。その結果、多くの人が彼に打ち明け話をしにやってくる。しかし、青年は最後にみずから死を選ぶ。「その人々は自分たちがあらゆるものを彼に押しつけ、誰一人として彼の気持を汲んでやらなかったことに思いあたる」。村上がここで言おうとしているのは、「おりというものは体の中に確実にたまっていくもの」だということだ。それは「身よりのない孤児たちのよう」であり、それらはとにかく「話してもらいたがっている」と村上はいう。つまりは出口を見出してくれと言っているのだ。それらはその存在感をほとんど失った、居場所もないものなのだ。それは場合によっては社会の片隅に追いやられた人々と捉えることもできるだろう。

他人の話を聞き、それを通して人の人生を垣間見れば見るほど、「我々はある種の無力感に捉われていく」。おりというのはその「無力感」のことであり、「我々はどこにも行けないというのがこの無力感の本質だ」と村上は説明する。そして、それを回転木馬にたとえる。

> 我々は我々自身をはめこむことのできる我々の人生という運行システムを所有しているが、そのシステムは同時にまた我々自身をも規定している。それはメリー・ゴーラウンドによく似ている。それは定まった場所を定まった速度で巡回しているだけのことなのだ。どこにも行かないし、降りることも乗りかえることもできない。誰をも抜かないし、誰にも抜かれない。しかしそれでも我々はそんな回転木馬の上で仮想の敵に向けて熾烈なデッド・ヒートをくりひろげているように見える。

村上はこの序論を次のように締めくくる。

事実というものがある場合に奇妙にそして不自然に映るのは、あるいはそのせいかもしれない。我々が意志と称するある種の内在的な力の圧倒的に多くの部分は、その発生と同時に失われてしまっているのに、我々はそれを認めることができず、その空白が我々の人生の様々な位相に奇妙で不自然な歪みをもたらすのだ。

この一見シニカルに思える結論の真意はどこにあるのだろうか。「不自然な歪み」とはなんだろうか。

この短編集で最初に紹介されるのは「レーダーホーゼン」だ。これはドイツに旅行に行った女性が突然離婚を決意する話である。それはまさに突然のように見える。しかし、実はそうではない。気づかないうちに離婚へのプロセスはしっかりと進んでいたのだ。ただ日常の型にはまった生活の中で見落とされていたにすぎないのだ。つまり「傾向の檻」のなかでは気づかなかったのである。しかしそれはある日突然やってくる。青天の霹靂のごとく、何気ないきっかけによって。わずか三十分のうちに、彼女の中でそれまで漠然としていたひとつの思い出が少しずつ明確になり、いかに自分が夫を憎んでいたかに気づくのだ。

それは時間の経過とともにかたちをなしていく澱《おり》のようなものだ。それは彼女の中に着実にたまっていたのだ。澱は人間の体の中に確実に溜まっていくものだ。それは古いヴィンテージのワインのボトルに溜まった澱と同じだ。最初は見えないが時間の経過とともにそれは少しずつその姿を現すようになる。それは飲まれることなく、ボトルの底に残されたまま行く先を見出すことはできない。このどこにも行けない澱は、「我々はどこにも行けない」という人の無力感そのものだ。ただ同じところをぐるぐると回る回転木馬なのだ。それはまた『スプートニクの恋人』にエピグラフとして描かれたライカ犬の孤独な姿でもある。地球のまわりを回り続けるだけの「スプートニク」という人工衛星に乗せられた一匹の犬は、その小さな窓から同じ地球の景色を繰り返し見続けているだけだ。どこにも到達することはない。我々はこれと同じようにただ傾向の檻の中で回り続けるだけなのだ。ただ、観覧車も同じで、そこには「不思議な心地よさ」がある。「上までのぼって、また戻ってくるだけ」にもかかわらず。

とはいえ、その澱はある日突然何かのきっかけで地表に現れることがある。たとえば「緑色の獣」のように。我々はそれに戸惑う。そして多くの場合はそれを再び地底に押し戻そうとするが、中にはそれと向き合うことで新たな人生を歩む場合もある。「レーダーホーゼン」の女性は澱と向き合い、回転木馬から降りることを決意したのだ。

『1Q84』に登場するリトル・ピープルの存在は、どこかこの澱を思わせるところがある。それは不純物や異物として排除されたもの、あるいは自らの心の奥にしまいこんで二度と出てこないようにしようとしたものが、実は澱のようにどこかに溜まっていて、それがたとえばワインのボトルを振った瞬間などのように、何かのきっかけでその存在感をふたたび示し始めることではないだろうか。じっと瓶の底で眠っていたものが表出することなのではないだろうか。

それはあくまでも象徴的なものであるから、人によって捉え方は異なる。つまり、リトル・ピープルはそれぞれの中に存在するものであり、そのかたちは様々だということだ。ワインの場合もそうだが、澱は一種の犠牲者として捉えることができる。うまみ成分としての働きをしたにもかかわらず、最後は邪魔者扱いされて捨てられてしまうからだ。山羊からこのリトル・ピープルという存在が現れるというのは、どこかスケープゴート（贖罪の山羊）と関連しているようでもある。

またこの澱は、二〇一六年のアメリカで起きたトランプ現象を思い起こさせる。そのうち消えてしまうだろうと多くの人々が相手にもしていなかったドナルド・トランプがその予想を大きく覆し、大統領の座を勝ち取ったのだ。その背後には彼を支持する人々がいたということだ。ただその人々の存在に誰も気づいていないというか、目を向けようとはしなかっただけなのだ。

それでも彼らは存在していた。その形跡は澱のごとくずっとあったのだ。ただ人々の目には見えなかっただけだ。それが少しずつ時間の経過とともにかたちを成し、気がつけば澱の塊として存在感を持つようになっていたのだ。声なき人々の声が澱のように結集し、トランプは支持を拡大していったのだ。

声なき人々という澱の噴出

トランプはなぜここまで来たのか。誰が彼を支持してきたのか。報道を見る限りでは消えるはずだった彼が、共和党の大統領候補にまで上り詰めた背景には、いったいどのような現実があるのだろうか。支持者がいるから彼がいる。しかし、その支持者の姿はあまりよく見えない。彼らはどこに潜んでいるのだろう。

その正体はどうやらこれまで投票に縁のなかった人々のようだ。いわゆる「投票しない人々」と呼ばれる有権者たちだ。アメリカの大統領選では、自動的に選挙権が与えられるわけではなく、自らがその権利を申請しないかぎり、投票権は得られない。そこが日本人にはわかりづらい部分だ。つまり、選挙に関心を持ち、投票に行こうと思う人々が結果を左右するのであって、そういうことに関心のない人々、あるいは、関心はあってもそんな暇のない人々も多く存在するのである。もしそんな人々が立ち上がれば、かなりの勢力になることは確かだ。そして、今回はまさにそうした人々がトランプを支えたのだ。

なぜ彼らはこれまで声を上げてこなかったのだろうか。その答えは明らかだ。つまり、彼らにはそんな余裕はないのである。生活に追われ、その日その日を生きることで精一杯なのだ。トランプはこうした人々の心を動かすことに成功した。もしかしたら、彼が我々を救ってくれるかもしれない。そんなかすかな希望を見いだし始めたのだ。

二〇一六年四月の『ニューヨーカー』の記事に、「サンダース、トランプ、そして投票しない人々の興隆」というのがある。ここでは、最終的にはヒラリー・クリントンに敗れはしたものの、民主党で最後までその存在感を示したバーニー・サンダースとともにトランプのことが取り上げられている。この二人はともに「投票しない人々」の目を覚ましたのである。それまで選挙に無縁だった人々の心の琴線に触れたのだ。彼らは「アウトサイダー的」候補という点で類似している。政治の世界とは無縁のトランプと、民主党員とはいえ、社会主義的傾向を持つサンダースの二人は、決して主流ではなかった。

トランプはサンダースの場合と同様、「経済格差の問題」を他の誰よりも深刻に捉えてきた。この記事では、今回の選挙戦は「これまでになく、より広い層をターゲットにしている」とし、「それは、未熟で粗野ではあるものの、以前にも増して民主的だ」と主張している。言い換えれば、これまではある特定の層の人々はほとんど無視されてきたということにもなる。つまりそれは白人の労働者階級だ。彼らは経済的豊かさから見放された白人たちなのだ。

同じく『ニューヨーカー』には、「クラス（階級）の最優等生――ドナルド・トランプはいかにして白人労働者階級を取り込んでいるか」（二〇一六年五月）という記事もある。ここで強調されているのは、共和党の候補者は一九六四年以降、白人の大多数の票を獲得してきたが、トランプほど白人の労働者階級（貧困層）に訴えている候補はいないという点だ。レーガンやニクソンでさえそうはしなかったのだ。さらに衝撃的なのは、二十一世紀に入って、中年層の白人（主に教育をあまり受けていない層）の死亡率が高まっているという事実である。その主な原因は、アルコール、オピオイド（モルヒネ的な作用を示す薬剤）、そして自殺である。まさに絶望の連鎖だ。こうした現象は、中西部及び南部の田舎に多く見られ、特に中年女性に顕著だということだ。彼らにとっての特権とは、肌の色が白いという点だけである。その他にはないのだ。

この地域の白人労働者階級の痛みは、経済的、文化的に自分たちは置き去りにされているという点である。トランプはこうした人々に目を付けた。彼らをもう一度アメリカン・ライフの中心に引き戻してやるという安心感を与えたのだ。メディアはそれを偽りの約束だと非難したが、いずれにせよ、人々がそこに希望を見出したことは事実である。

さらにアメリカ以外のメディアに目を向けてみると、カナダの『トロント・スター』紙は、「トランプ氏を支持する有権者は、右寄りの白人低所得者層で、現在の政治システムに裏切られたと感じている人々だ」と説明している。また、「七一パーセントのトランプ・サポーターが、懸命に働き成功するという『アメリカン・ドリーム』は消滅したと感じている」としている。同紙は、オバマ政権下で格差が拡大し、ミドルクラスの生活も苦しくなったとする識者の意見を紹介し、「偉大なアメリカを取り戻す」というトランプ氏の言葉が、不当に下層市民扱いされていると感じている白人労働者階級の支持を集めていると指摘している。また、イギリスBBCも、トランプの支持者は、貧しい年配層で、教育もあまり受けていない人々だという点を挙げている。彼らは国の将来に悲観的で、オバマ大統領と主流派メディアを嫌い、イスラム教徒にも慎重であるという。このような特徴からして、主流派メディアがトランプ批判をすることが、かえって彼の勢いを強める結果となったとも言えそうだ。

こうした支持者はこれまであまりその存在感を示すことはなかったように思われる。彼らは白人であるにもかかわらず、ある意味見えない存在であり、その声はほとんど誰にも聞かれることはなかったのだ。われわれ日本人にとって、白人がアメリカ社会において見えない存在であるというのは信じがたいことである。しかし、現実には経済的豊かさからかけ離れたところで生きている白人層が存在するのだ。アメリカには黒人やヒスパニックのように、マージナルな存在の人々が多くいることも事実だが、そこにも属さず、ただひっそりと生きる影のような白人も数多くいることを、今回のトランプの台頭によってあらためて考えさせられる機会を与えられたと言える。

彼らは長きにわたり、アメリカ文学の主人公にさえなれなかった。しかし、そんな声なき人々を地味に、しかし堅実に描き続けた作家がいる。それはレイモンド・カーヴァーだ。彼は短編小説作家であり、詩も書き残しているが、そこに描かれる主人公たちはまさに白人の労働者階級の人々なのである。経済的に逼迫し、アルコール中毒に苦しみ、家庭の維持もままならないアメリカ人がそこにいる。彼らは生きることに精一杯で、社会に対して異議を唱える余裕や気概もない。毎日朝早くから働いて、夜になるとくたくたで、酒をあおってただ寝るだけの生活を日々続けるしかないのである。そんな彼らの存在がアメリカを支えていることも事実だが、彼らの声はほとんど聞こえてはこない。

アメリカが抱くギャッツビーの夢

カーヴァーとその作品について語る前に、まず『グレート・ギャッツビー』の話をしよう。この小説の主人公は、アメリカで出世するために自分を作り替えなければならなかった。さもなければ、一生うだつの上がらない見えない存在として生きていくしかないことは明らかだったからだ。彼の場合、どんなに頑張ってみても正しい生き方では成功できない。そこで、裏社会で荒稼ぎすることに手を染めるのだ。尾高修也の指摘にもあるように、この小説には、「かりに俗悪であるとしても、アメリカそのものが凝縮されている」。つまり、ドイツ系の貧しい移民の子であったジェイムズ・ギャッツがジェイ・ギャッツビーへと変身していく物語は、アメリカ人のあこがれなのである。世の中が経済的に不安定だと、彼らはみなギャッツビーの時代に思いを馳せるのだ。

したがって、これはハリウッドが好んで取り上げる作品ともなっている。良くも悪くも、世界が羨んだアメリカの特質をもっとも兼ね備えている作品だからこそ、ハリウッドは何度も映像化してきた。ロバート・レッドフォードがギャッツビーを演じた一九七四年版がリリースされた時は、アメリカはベトナム戦争敗北の後遺症に苦しんでいた。そして、レオナルド・ディカプリオの二〇一二年版（日本公開は二〇一三年）は、リーマン・ショックから四年ということになる。こういう状況下のアメリカ人は、あの空前の好景気に湧いた一九二〇年代に郷愁の念を抱くのである。

ここで注目しなければならないのは、アメリカにおいてはいくら努力しても、結局貧しい農民の子はそこから這い上がれるチャンスは稀少だという点である。だから若き日のギャツビーは違う自分に生まれ変わることを目指したのだ。貧しい親のもとに生まれた子は、同じく貧しい人生を送ることを余儀なくされるというのが、アメリカにおいては運命づけられている。その証拠となるのが、「ギャツビー・カーブ」という経済用語だ。これは、二〇一二年一月、米・経済諮問委員会の委員長であるアラン・クルーガーが、格差の拡大と固定化を示すグラフを公開し、これを「グレート・ギャツビー・カーブ」と名づけたものだ。現状から何とか抜け出したい、這い上がりたい。しかし、それが不可能に近いのがアメリカの実情である。

ギャツビーももう少しで目標に手が届きそうなところまではきたものの、結局は立ちはだかるワスプの壁には勝てなかった。最後はあっけなく体制側の手によって抹殺されてしまう。しかも、彼らは自らの手を汚すことなく、他人に処理させるのだ。そして自分たちは何ごともなかったかのように生きていく――「トムとデイジー、彼らは思慮を欠いた人々なのだ。いろんなものごとや、いろんな人々をひっかきまわし、台無しにしておいて、あとは知らん顔をして奥に引っ込んでしまう――（中略）そして彼らがあとに残してきた混乱は、ほかの誰かに始末させるわけだ」。この部分は経済学者のサイモン・ジョンソンらも、銀行の巨大化を問題視した『国家対巨大銀行』のエピグラフに引用している。フィッツジェラルドが捉えたこのアメリカ人の特質は、あらゆる場面に当てはまる。

こうして夢を果たせなかったギャツビーだが、ドナルド・トランプはそのギャツビーにどこか似ている。不可能なことを可能だと言い切る大胆さがトランプにはある。たとえば、メキシコとの国境に壁を築くといったような発言だ。それはまさに、「過去は繰り返せないよ」と諭すニック・キャラウェイに対して、「もちろん繰り返せるさ」("Of course you can!") と言い切るギャツビーの姿勢に近いものがある。そんな人物にアメリカ人は憧れを抱くのだ。不可能だとわかっているからこそ、ヒーロー視するのだ。

またさらにこのセリフは、オバマ大統領の "Yes, we can!" にもつながる。アメリカ人がそのヒーローに求めるものは、力強い希望にあふれる言葉なのだ。ロナルド・レーガンの時は、「アメリカを再び偉大な国にしよう」というスローガンだったが、それをレーガン独特の「安心感を与える声」で語りかけることで国民の心を掴んだことにも似ている。

カーヴァーが描いたアメリカの庶民

この「ギャツビー・カーブ」を象徴するような人々を描いているのが、レイモンド・

カーヴァーだ。この作家はアメリカ本国よりも、日本において先に評価された作家だと言える。それはアメリカ人にはある意味で見えない存在の人々の姿を描いてきたからだ。その見えない存在に焦点を当て、アメリカの現実を描き出したのがカーヴァーなのだ。彼の作品に登場するプア・ホワイトたちは、ある意味、黒人やヒスパニックよりも目立たない存在かもしれない。それほど影の存在なのだ。

カーヴァーはオレゴン州の田舎町クラッツカニーの貧しい製材職人の息子として生まれた。文化的洗練とは無縁の世界で成長した。高校時代の恋人と十代で結婚し、小さな子どもたちを抱えて日々の生活に追われ、人生に対する淡い幻滅を感じながら、その中で徐々に文学に目覚めていった。彼の前半の人生は苦難と失望に満ちたものだった。失業を経験し、アルコールにおぼれ、破産宣告を受け、妻と子どもたちに去られ、友人たちには愛想を尽かされ、人生のどん底にまで落ちていった。大半の人間はここであきらめてしまうのが現実だが、それでも彼は文学をあきらめなかった。

村上春樹は、カーヴァーを評してこう言っている。「『自分は結局のところ、ただのアメリカの庶民なのだ。そのアメリカの庶民として、自分には語らなくてはならないものがあるのだ』という矜持《きょうじ》のようなものが、彼の文学世界にはきっちりとある。それは、長い間アメリカ文学の中でなおざりにされてきた視点だったし、彼の作品は一九八〇年代のアメリカの文学シーンに、新鮮な活力を注入することになった」（『村上春樹 雑文集』）。

カーヴァーの特徴は、「地べた的な倫理観の強さ」だと村上はいう。そういう倫理観はその生活に表れている。つまり「質素」なのだ。「それは結局、アーカンソーから食うや食わずではるばるやって来て、一九三〇年代を苦労して生き延びてきた両親から引き継がれているもの」だ。彼の両親には、スタインベックの『怒りの葡萄』を彷彿とさせるところがある。この小説に登場する人々もいわゆるプア・ホワイトだ。大恐慌後の一九三〇年代、オクラホマの農民たちは土地の荒廃によるダストボウル（砂嵐）によって耕作が不可能となり、その結果、そこからはるかカリフォルニアを目指すことになるという物語だ。

スタインベックはこうした社会問題に真っ向から取り組んだ作家だったが、その後のアメリカ文学においては、こうした作家は影を潜めていった。「ワーキング・クラスからのアクチュアルな文学的異議申し立てがなされたこと」は、「スタインベックやコールドウェルの時代以来、つまりニューディールの流れを受けた時代以来、ほとんどなかったこと」だ。「そういう流れが五〇年代のマッカーシズムで徹底的に潰されて、それ以来途絶えていた」。ビート・ジェネレーションも、ヒッピーと呼ばれた人々も「反体制的」ではあったが、それは「どちらかといえばインテリ層の知的な遊び」だった。その意味において、カーヴァーの小説は、「アメリカ文学のひとつの流れの復権でもあった」と村上は強調する（『夢を見るために毎朝僕は目覚めるのです』）。

たしかにスタインベック以来、貧困に喘ぐ白人のワーキング・クラスを描いた文学は登場しなかった。カーヴァーが登場する七〇年代後半まで待たなければならなかった。しかし、それはあまり歓迎されるものではなかったことも事実だ。八〇年代半ばは、文壇的にはポスト・モダニズムの時代であり、彼らからすると、「カーヴァーの作風が彼らの生息している知的風土には受け入れがたい」ものであったからだ。カーヴァーは、「彼ら知的選良にとってはまさに『戸口にやってきた野蛮人』だった」のだ（『意味がなければスイングはない』）。つまり、どこかでカーヴァー的なものを排除しようとする傾向があったのだ。その結果、日本人が先にカーヴァーを評価することになったといえるかもしれない。

確かにカーヴァーの作品に登場するのは、アルコール中毒の煙突掃除人や、寝る間もなくあくせく働く小さなパン屋の主人、はたまた道路沿いのダイナーでせっせと料理とコーヒーを運ぶウェイトレス、あるいは決して歓迎されない訪問販売のセールスマンといった人たちだ。カーヴァーのすごさは、諦めや絶望と隣り合わせの主人公を描きつつも、その結末では必ず読者に熱くこみ上げる何かを用意している点だ。そこには僅かながらも希望があるのだ。どこか不思議な世界である。

アメリカ文学全般を眺めてみても、社会のメインストリームから外れた人々が主人公として描かれているという点では、ソローやサリンジャーも同様の作家と言えるかもしれないが、根本的に違うのは、彼らの描く人物は本来エリートであるということだ。そこからあえて離脱することで体制側に反抗を試みているのである。カウンター・カルチャーとはそういうことだ。だが、ギャツビーやカーヴァーの主人公たちはそうではない。元々エリートでも何でもない。最初から見えない存在の白人たちなのである。

スプリングスティーンが歌ったアメリカの労働者階級の夢

二〇〇八年六月三日、僕がミネソタ州セント・ポールのエクセル・エナジー・センターで行われたオバマ上院議員の演説会場に入る機会を得たことは拙著『アメリカの消失』でも紹介したが、この日、彼は接戦を繰り広げてきたヒラリー・クリントンに競り勝ち、民主党の大統領指名候補を確実なものにしたことを発表した。あの会場の興奮ぶりは今でも鮮明によみがえってくるが、会場を埋め尽くす人々がオバマの政策に対して期待を膨らませているというよりも、むしろヒーローを求める庶民の熱狂が渦巻いているといった雰囲気であった。それはもはやロック・コンサートと何ら変わりないものであった。日本人からすると、政治にここまで熱狂できるアメリカ人が心底羨ましく思えてくる。それは華やかな政治ショーだ。オバマとミシェル夫人の登場を待ちきれない人々のあいだからは、“Yes, we can!”の大合唱がわき起こってきた。それは今にも大物のロック・シンガーが登場してきてそうな雰囲気だったし、もしそうであったとしてもなんら違和感はなかった。

ロック・シンガーといえば、この流れにぴたりと当てはまる人物がいる。それは、ブルース・スプリングスティーンだ。彼はまさにこのオバマと同じ会場でコンサートを行い、数万人を集めることのできるアーティストなのだ。国民的ロック・シンガーであるスプリングスティーンに熱狂する人々と、政治家のオバマやトランプに熱いコールを送る人々とのあいだには基本的にはなんら違いはない。みな庶民たちのヒーローなのだ。この人物がわれわれを現状から救い出してくれるかもしれないという熱い期待が込められているのだ。

村上春樹はこのロック・シンガーをレイモンド・カーヴァーに重ね合わせる。スプリングスティーンは一九四九年生まれで、カーヴァーより約ひと回り若いが、二人には多くの共通点が見られるというのだ。

彼らはともに六〇年代のカウンター・カルチャー、ヒッピー・ムーヴメント、反戦運動等には巻き込まれなかった。当時の彼らには、そういう余裕がなかったのだ。「彼らにとっての60年代後半は、まわりを見回す暇もないくらい慌ただしく、また挫折とフラストレーションに満ちた日々であった」。二人にとって、こうした六〇年代のムーヴメントは「結局のところ、金持ちの大学生が中心になって展開されていたもの」であり、「基本的に『よそ事』の世界だった」のだ。つまり、白人ワーキング・クラスはある意味置き去りにされた感が強い集団であったということになる。

七〇年代に入り、リチャード・ニクソンが「サイレント・マジョリティー」という言葉を使い始めたが、それこそが、カーヴァーやスプリングスティーンの描く世界の人々なのだ。

> （……）「６０年代シンドローム」を回避した彼らの手つかずの世界観は、カウンター・カルチャーがほぼ壊滅状態に陥った１９７０年代半ばに至って、徐々に強い説得力を発揮し始めることになる。１９７０年代初頭、「サイレント・マジョリティー」という政治用語を最初に使用したのはリチャード・ニクソンだが、スプリングスティーンとカーヴァーは、ニクソンとはまったく違う角度から、この「サイレント・マジョリティー」という概念的存在の具象化に取り組むことになった。というか、彼らにとって、自らのアイデンティティーのルーツを探ることは、まさにこの「サイレント・マジョリティー」の実体化に取り組むことにほかならなかったのだ。（『意味がなければスイングはない』）

二人に共通しているのは、「荒々しい、痛々しいまでのリアリティー」だ。スプリングスティーンは三作目のアルバム「明日なき暴走」（一九七五年）で、「ワーキング・クラスの若者たちの心情を実に正直に、実に率直に」表現した。そこにはロックンロールという手段で訴える「生きている物語」があるのだ。彼の歌からは、労働者階級の貧しい田舎町に漂う閉塞感から何とか抜け出そうする心情がありありと伝わってくる。

労働者階級にもアメリカの夢はあったはずだ。でもそれが自分たちの町では死に絶えてしまっている。あるのはあまりにも平凡な日常生活だけだ。ただ働いてビールを飲んで寝るだけの繰り返し。こんな小さな町でくすぶってなんかいられない。ハイウェイにしか僕らの夢は残されていない。「明日なき暴走」でスプリングスティーンはそう歌っている。

今回のアメリカ予備選挙においても、正統派が排除しようとしても、それでも予想に反して最後まで生き残ったトランプ、そしてヒラリー・クリントンが民主党の指名を獲得してからも依然として根強い支持者を持つサンダースの影にはこうした声なき主人公たちがいたのだ。特にトランプは彼らをうまく利用したということができるが、彼に大統領の資質が備わっているかどうかは別として、今こうしたうねりがアメリカのみならず、世界を覆い始めていることは否定できないだろう。それは、二〇一六年、イギリスのEU離脱の国民投票にも見られる。移民の問題など、「政治的に正しい《ポリティカリー・コレクト》」というだけでは判断しきれない問題に世界は直面しているのではないだろうか。これはどこかで「影」を捨てているというか、「あちら側」を無視している、あるいは、「負の部分」を隠しているような側面が見られてならない。それは社会の分断への予兆であると言わざるをえない。

現実に、「政治的に正しい」ことを望む人たちばかりではないことも事実だ。実際、トランプはそれとは縁のない世界を展開している。常識ある人々からは、過激すぎる発言として敬遠されている。それでも中には、トランプが自分たちの本音を代弁してくれていると考える一般大衆も多くいるようだ。そこにはアメリカ文学の特徴の一つである、主流から外れる生き方へのあこがれもあるのかもしれない。

政治未経験のドナルド・トランプ大統領が誕生した今、世界は予想外の方向に向かうことになるのかもしれない。その八年前にバラク・オバマが訴えた「変革《チェンジ》」とはまったく種類の違う変化がもたらされることになるかもしれないのだ。

日本にも遅かれ早かれこうした新たなうねりがやってくることはまちがいない。それに備える意味でも、われわれは現在のアメリカ、そして世界の動向に注視していかなければならないが、これと似たような現象はすでに日本にもあったのだ。それはオウム真理教という現象である。

そのリーダーの麻原彰晃も、「貧乏な叔母さん」の物語のように、社会が「胡散臭いもの」として無視しているうちに、その中でひっそりと存在していた澱《おり》のような人々を着実に集めていった。その瓶の底や、あるいは社会の片隅に付着していた澱も、瓶を振れば一気に全体に広がっていく。無力に見えた澱も、何かのきっかけや力を得れば、その存在感を発揮するのだ。

澱はかならずしも悪いものというわけではない。ただその扱いに気をつければいいのだ。そうすればワイン全体をだめにしてしまうことはない。澱は異物ではない。外から勝手に入り込んできたのではなく、それはボトルの中で、そして我々の体内で、あるいは社会の中で生成されてきたものである。言い換えれば自分で作り出したものなのだ。それを、異物のように分け隔て、自分の範囲外に葬り去ろうとすることは、自分の一部を、あるいは歴史を否定することにもなりかねない。

ワインの澱はふつう「不純物」のように扱われているが、ただ取り除いてしまえばいいというものではない。それどころか、それはときには、ワインの味に厚みをつけるために、あえて使われることもある。澱の存在がボトル全体にいい効果をもたらすのだ。うまみ成分といってもいいものなのだ。つまり、それを取り除いてしまうことによって、味気のないワインになってしまうこともありうるということだ。たしかにそれ自体はおいしいものではない。舌ざわりもよくない。かといって有無を言わせず取り除いてしまうことはワイン全体にとっていい効果をもたらさない。社会においても全く同じことが言えるのではないだろうか。

この澱という観点から村上春樹の文学世界を考えるとき、まず真っ先に思い浮かぶのがあの地下鉄サリン事件だ。一九九五年一月の阪神・淡路大震災に続き、三月にこの事件は起きた。村上はこの二つの出来事には何らかの関連性があるとして、ノンフィクションというそれまでにないかたちで素早い反応を示した。それはこの事件に遭遇した六十数名に及ぶ人々へのインタビュー集である。

そして何よりも見逃せないのが、巻末に付された「目じるしのない悪夢――私たちはどこに向かおうとしているのだろう？」というエッセイだ。これは内容的にみても、また長さの点においても、単なる「あとがき」とは呼べない重みを持ったものとなっている。しかもそこには作家村上春樹の世界観が凝縮されている。

村上は最初に街でオウム真理教の若者たちに遭遇したときのことをこんなふうに振り返っている。それは一九九〇年二月、オウム真理教から衆議院選挙に多くの候補者が出たときのことだ。

私はそのときもたまたま日本に戻っていた。麻原は私が当時住んでいた地域（東京都渋谷区）を含む選挙区から立候補し、あの異様な選挙戦があちこちで派手に展開されていた。不思議な音楽が毎日毎日宣伝車のスピーカーから流され、象の面や麻原の面をかぶった若い男女が、白い服を着て千駄ヶ谷駅前に並んで、手を振ったり、わけのわからない踊りを踊ったりしていた。

オウム真理教という教団の存在を知ったのは、それが最初だったが、そのような選挙キャンペーンの光景を見たとき、思わず目をそらせてしまった。それは私がもっとも見たくないもののひとつだったからだ。まわりの人々も私と同じような表情を顔に浮かべ、信者たちの姿をまったく見ないふりをして歩いているようだった。私がそこでまず感じたのは、名状しがたい嫌悪感であり、理解を超えた不気味さであった。でもその嫌悪感がどこから来ているのか、なぜそれが自分にとって「もっとも見たくないもののひとつなのか」ということについて、そのとき深くは考えなかった。深く考えるほどの必要性を、私はそのときには感じなかったのだ。「自分とは関係のないもの」として、その光景をさっさと記憶の外に追いやってしまった。

これは村上の実に率直な告白であるが、僕も含め、当時の大半の人々は同じ反応をしていたのではないかと思う。「自分には関係のないもの」として誰もが目を背けたのだ。そしてそれぞれの日常に戻っていった。ただ村上はあとになってみて、そのことが「不思議なこと」であったと考える。なぜなら街で布教活動をしている宗教団体は他にも多数存在しているからだ。それにもかかわらず我々はなぜ彼らにだけ「生理的嫌悪感」を覚えたのだろうか。なぜ彼らにだけ「心を乱され」たのか。村上は考え続けた。そしてひとつの仮説にたどり着く――「私たちがわざわざ意識して排除しなければならないものが、ひょっとしてそこに含まれていたのではないか」。そしてさらに村上はこう考えた――「『こちら側』＝一般市民の論理とシステムと、『あちら側』＝オウム真理教の論理とシステムとは、一種の合わせ鏡的な像を共有していたのではないかと」。

つまり、「こちら側」と「あちら側」の世界のあいだには実は明確な境界線はなく、それらは互いにどこかでつながっているということだ。この論理は言うまでもなく村上の作品世界のひとつの大きな特徴でもある。いわゆる「パラレル・ワールド」のテーマだ。もちろんそれらはまったく同じ世界というわけではないが、どこか似ている部分があるのだ。

それはある意味では、我々が直視することを避け、意識的に、あるいは無意識的に現実というフェイズから排除し続けている、自分自身の内なる影の部分（アンダーグラウンド）ではないか。私たちがこの地下鉄サリン事件に関して心のどこかで味わい続けている「後味の悪さ」は、実はそこから音もなく湧き出ているものではないのだろうか？

我々は無意識のうちに、自分の澱を体の奥底に溜めているように、社会においても知らず知らずのうちに、都合の悪い不純物的なものを「あちら側」にため込もうとしているのではないだろうか。それによって「こちら側」は純粋に保てると錯覚をしているのかもしれない。その二つの世界が見えない部分で密接につながっていることをつい忘れて。さらに、実はそれは異物でも不純物でもなく、自分の一部であり、自分が作り出したものであるということを忘れているのだ。あるいは忘れようとして処理してしまうのだ。しかしそれは簡単に消し去ることのできるものではない。なにかのきっかけで自分に跳ね返ってくるのだ。それは「自我」と関係しているのかもしれない。

（……）もしあなたが自我を失えば、そこであなたは自分という一貫した物語をも喪失してしまう。しかし人は、物語なしに長く生きていくことはできない。物語というものは、あなたがあなたを取り囲み限定する論理的制度（あるいは制度的論理）を超越し、他者と共時体験をおこなうための重要な秘密の鍵であり、安全弁なのだから。
物語とはもちろん「お話」である。「お話」は論理でも倫理でも哲学でもない。それはあなたが見続ける夢である。（中略）その「お話」の中では、あなたは二つの顔を持った存在である。あなたは主体であり、同時にあなたは客体である。あなたは総合であり、同時にあなたは部分である。あなたは実体であり、同時にあなたは影である。あなたは物語を作る「メーカー」であり、同時にあなたはその物語を体験する「プレーヤー」である。私たちは多かれ少なかれこうした重層的な物語性を持つことによって、この世界で個であることの孤独を癒やしているのである。

ここで村上は物語の重要性を強調しているが、それは簡単に言えば「お話」であり、我々が見続ける夢だという。そこでは我々は「二つの顔」を持ち、それらのバランスを保って生きているのだ。しかし、この物語を持たない人間は、そうしたバランスを失い、「個」を失うことにもなる。そうして他人の自我、あるいは物語に身を委ねる結果となるのだ。それは、短編「沈黙」において、青木という悪意を持った自我の作り出す物語に身を預ける影のようなクラスメートと同じである。彼らは「実体を譲り渡したのだから、その代償として、影を与えられる」のだ。それはある意味、非常に楽な生き方かもしれない。

悪意という暴力

『レキシントンの幽霊』に収められた短編「沈黙」は人生で一度だけ人を殴ったことがあるという大沢の話だ。彼は中学の頃からボクシングをやっていた。そのことが原因で、彼はある事件の犯人に仕立て上げられることになる。ことの発端は彼のクラスメートの嫉妬だった。この青木という男は、自殺したクラスメートが大沢に殴られていじめられたからだという噂を流す。それは根も葉もないものであったにもかかわらず、担任の教師は、大沢がボクシングをやっているというだけで、その噂を真に受ける。さらに他の生徒たちも、何の根拠もなく、担任や青木の言うことを鵜呑みにしていく。大沢は孤立していく。

これは社会ではよくあることだ。人はいとも簡単に噂を信じてしまう側面がある。特にそれが青木のような成績のいい生徒であったりすればなおさらのことだ。成績の良さがその人間のすべてを保証するかのように、周囲は疑うことをしない。大沢は体調を崩してでも孤立状態を耐え抜く。そしてあるとき、電車の中で遭遇した二人は互いに睨み合うが、そのうち大沢の青木への怒りや憎しみは消えていく。そして「哀しみとか哀れみに近い感情」が芽生え始める。これ以降彼は立ち直り、残りの高校生活を何とか乗り切ることができた。ただ、周囲の生徒たちの姿勢には何の変化も見られないままだった。

この体験から大沢が学んだのは、人生において、突然の悪意というものはいつ起こるかわからないということだった。「僕が本当に恐いと思うのは、青木のような人間の言い分を無批判に受け入れて、そのまま信じてしまう連中です」。そこにあるのは悪意という暴力だ。自分が気づかないうちに犯している暴力だ。

ここで思い出されるのが、『ノルウェイの森』のレイコの告白だ。彼女もピアノの調律師と同じように、幼い頃からピアノを弾いてきたものの、それがすべて人のためであり「自分のための音楽」ではなかったことに気づく。そして「ある年齢をすぎたら人は自分のために音楽を演奏しなくてはならない」と悟った彼女は「エリート・コースからドロップ・アウト」して、自分の音楽を追究するようになる。そこまでは何の問題もなかった。しかしその後、彼女は悪意の罠にはめられていく。たまたま断り切れずにピアノを教えることになった少女の悪意だ。やがてそれはまわりの大人をも巻き込み、ついにはレイコの家族をも飲み込んでいく。彼女は一度は悟ったのだが、まわりに壊されてしまったのだ。それは大沢のように強い意志がなかったからなのか。結局、青木のような子供とその周囲の大人たちによって追い込まれ、そして壊れていったのだ。

大沢は逆に復讐を試みたり、仲間を集めることで青木たちに対抗することもしなかった。彼はただ沈黙を保つことでこの暴力に耐え抜いた。なぜならそれしかほかに術がないからだ。自分の信仰を持たない連中は、人の軽率な言葉を信じ、軽々とその尻馬に乗ることをはばからない。そこには意思も何も存在しない。正義ももちろんない。あるのは多数派の中に身を置くことで得られる安心感だけだ。こうして人々は「クローズド・サーキット」に入り込んでいくのだ。

これは圧倒的暴力に囲まれて生きている我々現代人にとって、「信仰」とは何かを考えさせられる物語だ。我々は時に自分の信仰を捨ててでも生きていかなければならない状態に追い込まれることがある。それは戦争であったり、国家による弾圧であったりする。個人の意思というものはそこでは何の意味も持たないのだ。かといって我々は簡単に信仰を捨てることができるだろうか。それは時には命よりも大切なものである場合もあるかもしれない。それを捨てるとき、人はどうなるのだろうか。暴力と沈黙は複雑な関係にあるようだ。

あちら側とこちら側

二〇一七年一月、アメリカ大統領の就任式の間近になっても、相変わらず多くの人々がトランプ大統領の誕生に反対運動をしていた。数字的に見ると、少なくとも六割近くの国民が彼を大統領とは認めたくなかったようだ。なぜ彼らはそこまで彼を嫌ったのか。なぜこの期に及んでまでも排除しようとするのか。そこには、もしかしたら村上のいう「合わせ鏡」的な共通点を無意識のうちに見出していたからなのではないだろうか。トランプという人物はこうした人々の内面にある負の感情を代弁していたのかもしれない。もちろん、こう言えばきっと「そんなことはない」と反対されるにちがいない。たしかにトランプはその政策において過激すぎるところはある。

それでも、アメリカから少し距離を置いて客観的に見ることのできる我々からすると、トランプは民主主義のルールに基づいて選ばれた大統領であるはずだ。それは、いかに彼を嫌っていようとも、潔く認めるのが民主主義であるはずだ。それにもかかわらず、これほど向きになる背景には、やはり自身が否定しようとしながらも、どこかでそれを自分の一部であると認めていることの裏返しであるように思えてならない。あのブッシュ大統領のときでさえノーサイドとなったのに、なぜ今回はこうも尾を引くのだろうか。

ひとつ理由として考えられるのは、アメリカの理想がなかなか達成できないどころか、その正反対のことが起こっていることへのいらだちがあるのではないかということだ。アメリカ人の原点であるイノセンスだけでは理想が遠のいていくことを彼らは知らなければならないのだろう。大統領就任後、トランプへの反発は続いている。

我々はこうしてときには意図的に、そしてときには無意識のうちに、「沈黙」の主人公である大沢のような人物を作り上げ、あちら側へと追いやることで、自分たちは安心して生きているのだ。それは、常に個人とは限らない。オウム真理教の場合のように、特定の集団とのあいだに見えない線を引き、あちら側とこちら側に分類しているのである。こうして追いやった人や集団も、自分、あるいは社会の一部であるということをどこかで拒否しているのだ。自分たちはこちら側にいることで、あちら側の人々とは違うのだという差別的意識を持ち、優位に立っていると思いたいのである。しかし、問題はその地位がいつも安定しているとは限らない点だ。いつどんなきっかけで自分もあちら側に追いやられるかわからない。「沈黙」の場合のように、青木が大沢に嫉妬することによって、意図的に目障りな分子をあちら側に追放することがいつ起こるかわからない。自分は何も悪意もなく、普通に生きていても、他人の悪意の罠にかかることは十分にありうるのだ。これも明らかに暴力の影だ。

「沈黙」の大沢は自分の物語を持っていたのだろう。だから、罠にかけられても、それに屈することなく自分を貫き通せたのだ。それとは逆に、青木の取り巻きたちは自分の物語を持たない人間たちだ。青木が作った物語に身を委ねて生きていこうとしている連中であり、彼らには自我はない。単なる影のような存在にすぎないのだ。

権力を手にした者は、こうした影をまわりに多く侍らせることで、その組織をますます大きなものにしようとする。そしてそこに属さない者たちは組織の片隅に追いやられ、見えない存在のように扱われることとなる。これは単に学校におけるいじめの問題として見過ごすことはできない。社会においては、同じ組織や団体、あるいはサークルに属する者たちは、お互いを認め合い、仲間として親密な関係を保てるが、それ以外の人々に対しては冷たい視線を送るか、場合によっては関係のない人々として無視してしまうのだ。こうして、多くの「こちら側」と「あちら側」が形成されていく。

それは、短編「TVピープル」において、普通とはサイズの違う人々がせっせと何かの作業をしているにもかかわらず、「僕」以外の多くの人々にはその姿が見えないという状況に似ている。彼らはそこにいるのに見えない。あるいは、見ようとしていないというべきかもしれない。なぜなら、自分たちの組織には属さない異分子的存在だからだ。それはまさに「澱《おり》」的存在ともいえる。

我々はみな「固有の自我というものを持たずして、固有の物語を作り出すことはできない」。それは、「物理的実体のないところに影がないのと同じことだ」。もし自分の自我を他人に預けてしまったとしたら、我々はその他人から「新しい物語を受領することになる」のだ。「実体を譲り渡した」結果、「その代償として、影を与えられる」ことになる。そして、自分の「自我が他者の自我にいったん同化してしまえば」、その「他者の自我の生みだす物語の文脈に」合わせて生きていくことになるのだ。

それは一見楽な生き方に思える。自分自身は何も考えなくてもいいからだ。現代人はあらゆる意味で疲弊している。そんな我々にとっては好都合なことかもしれない。他者の物語に自分を同化させるだけでいいのだから。「人々の多くは複雑な、『ああでありながら、同時にこうでもありうる』という総合的、重層的な——そして裏切りを含んだ——物語を受け入れることに、もはや疲れ果てているからだ。そういう表現の多重化の中に身を置く場所を見出すことができなくなったからこそ、人々はすすんで自我を投げだそうとしているのである」。

もちろんいい物語に巡り会えば何も問題はない。しかし残念ながらこうした物語は「粗雑で単純」であることが多い。その方が自分を同化させやすいからだ。しかし、気がつけば二度と抜け出すことのできない「クローズド・サーキット」にはまり込んでしまっていることになる。ただし、それもある意味では、その方が楽に生きられると考える人々もいることは事実だ。それほど、複雑な考え方についていけない、疲れきった人々が多く存在するのだ。そして、彼らはさらにその仲間を増やしていく。その落とし穴の縁で必死で頑張っている人々はますます少数派になっていく。村上がサリンジャーの『キャッチャー・イン・ザ・ライ』に対して、強い思いを抱いているのはその点にある。

こうした観点からして、村上が言うように麻原という人物は「現在という空気を掴んだ希有な語り手」だったことになる。彼が「ジャンク（がらくた、まがいもの）」から紡ぎ出した「稚拙な」物語は、ある意味でクローズド・サーキットに入り込むことを望んでいる現代人には恰好のものであったのだ。それは安易であればあるほどよかったのだろう。欠陥があろうがなかろうが、もはやどうでもいいのだ。もう自分で思考することに疲れている人々にとってはなおさらである。

それが「あちら側」であるオウム真理教が提供する物語だとすれば、「こちら側」としてはそれにどう対処すればいいのか？　これが作家村上にとっては「大きな命題」となった。そしてこの事件を期に、彼はあらためて「それこそが、小説家として、長いあいだ私のやろうとしてきたことなのだ」と気づいたという。

オウム事件を小説化しなかった理由

それではなぜ村上春樹はこの事件を物語化しなかったのだろうか。アメリカではドン・デリーロやジョナサン・サフラン・フォアらが9・11というテロ事件そのものを題材とした小説を書いたが、村上はこの事件そのものを書くことはなかった。もし戦争や地震が「圧倒的暴力」であるとするならば、テロ事件としての地下鉄サリン事件もれっきとした暴力だ。阪神・淡路大震災のあと、『神の子どもたちはみな踊る』を書いたように、なぜ彼はこの暴力を物語として描かなかったのだろうか。それは突然何の前触れもなく人々の安全を脅かし、恐怖に陥れていくという点において同列に並ぶものである。しかし、実は形を変えてすでに物語化しているのである。次の一節を見てほしい。

あなたは誰か（何か）に対して自我の一定の部分を差し出し、その代価としての「物語」を受け取ってはいないだろうか？　私たちは何らかの制度＝システムに対して、人格の一部を預けてしまってはいないだろうか？　もしそうだとしたら、その制度はいつかあなたに向かって何らかの「狂気」を要求しないだろうか？　あなたの「自律的パワープロセス」は正しい内的合意点に達しているだろうか？　あなたが今持っている物語は、本当にあなたの物語なのだろうか？　あなたの見ている夢は本当にあなたの夢なのだろうか？　それはいつかとんでもない悪夢に転換していくかもしれない誰か別の人間の夢ではないのか？

この村上の鋭い問いかけに、我々は一瞬はっとさせられる。そして思い出されるのが、『東京奇譚集』や『レキシントンの幽霊』に収められた短編群だ。さらに、長編では『海辺のカフカ』もこれに当てはまる。田村カフカは悪夢を乗り越え、自分自身の夢を獲得したという点において。村上はこういう形で、あるいは間接的にこの事件のことを描いていたのだ。そこにあるキーワードは、まさに「アンダーグラウンド」だ。我々の内面という意味においてのアンダーグラウンドだ。

『ねじまき鳥クロニクル』もその例外ではないが、この作品が書かれたのはこの事件の少し前である。それはつまり、先にも言及したように、この事件がきっかけであらためてこのことに気づいたのであって、それ以前から村上は作家として、常にこのことを意識していたのだ。「どこまでも個人的でフィジカルな営み」の中にこんな一説がある。

（……）物語を語るというのは、言い換えれば、意識の下部に自ら下っていくことです。

心の闇《やみ》の底に下降していくことです。大きな物語を語ろうとすればするほど、作家はより深いところまで降りて行かなくてはなりません。大きなビルディングを建てようとすれば、基礎の地下部分も深く掘り下げなくてはならないのと同じことです。また密な物語を語ろうとすればするほど、その地下の暗闇はますます重く分厚いものになります。

作家はその地下の暗闇の中から自分に必要なものを——つまり小説にとって必要な養分です——見つけ、それを手に意識の上部領域に戻ってきます。そしてそれを文章という、かたちと意味を持つものに転換していきます。その暗闇の中には、ときには危険なものごとが満ちています。そこに生息するものは往々にして、様々な形象をとって人を惑わせようとします。また道標もなく地図もありません。迷路のようになっている箇所もあります。地下の洞窟《どうくつ》と同じです。油断していると道に迷ってしまいます。そのまま地上に戻れなくなってしまうかもしれません。その闇の中では集合的無意識と個人的無意識とが入り交じっています。太古と現代が入り交じっています。僕らはそれを腑分《ふわ》けすることなく持ち帰るわけですが、ある場合にはそのパッケージは危険な結果を生みかねません。

この『騎士団長殺し』にもぴたりと当てはまりそうな内容は、作家にとっての「アンダーグラウンド」について語っている部分だ。そのことが地下鉄サリン事件を契機に再認識され、より鮮明なかたちで浮かびあがってきたのだろう。またここでいう「暗闇の中の危険」の最たる例として、「やみくろ」が挙げられる。それは『世界の終りとハードボイルド・ワンダーランド』の片方である「ハードボイルド・ワンダーランド」の物語に登場する架空の生き物だが、これは予言的ともいえるもので、村上がここで危惧していたことがまさに地下鉄サリン事件として現実化したのである。このことに本人もさすがに驚きを隠せなかったのではないだろうか。また集合的無意識に関しては、カフカ少年や岡田亨が闇の中に入っていくことに相当する部分だ。それは歴史を遡り、日本が近代化の中で通過してきた「圧倒的暴力」としての戦争に意識は及んでいく。

村上はこの「やみくろ」の存在を「目じるしのない悪夢」で次のように説明している。

私が『世界の終りとハードボイルド・ワンダーランド』の中で「やみくろ」たちを描くことによって、小説的に表出したかったのは、おそらくは私たちの内にある根元的な「恐怖」のひとつのかたちなのだと思う。私たちの意識のアンダーグラウンドが、あるいは集団記憶としてシンボリックに記憶しているかもしれない、純粋に危険なものたちの姿なのだ。そしてその闇の奥に潜んだ「歪められた」ものたちが、その姿のかりそめの実現を通して、生身の私たちに及ぼすかもしれない意識の波動なのだ。

これこそがまさに村上の作品の中で描かれている恐怖だ。つまり、心の闇との闘いが主たるテーマだとすれば、そのすべての象徴として「やみくろ」という存在があるのだ。それは架空のものではあるが、実は目に見ないところで実在している。この闇は自分が心の奥底にしまいこんでしまっているものとは違う別の種類のものだ。「それらは何があっても解き放たれてはならない」と村上は強調する。

その闇の特徴とは何か。個人が避けることなく、いつかは対峙しなければならない闇となにが違うのか。答えは簡単である。「やみくろ」に象徴される人々は、自我を捨て、他者の物語に身を預けてしまったものたちの集団だ。そこが決定的に違っている。彼らを絶対に社会に解き放ってはいけない理由はそこにあるのだ。彼らがなんらかの「狂気」の提示する物語に身を委ねた場合、それは取り返しのつかない事態を引き起こすことになる。彼らは実体を持たず、他者の影を与えられた人々だから、自身の中に葛藤を持たない。したがって、バランスを取ることもできない。

村上の描く主人公はほとんどがこの葛藤を経て、本当の自我を獲得することで成長を遂げている。それはたとえば田村カフカやピアノの調律師といった主人公たちだ。彼らは

「あちら側」にも気持を向けることのできるバランスのとれた人物なのだ。ジャズの用語を使えば、二つの世界のあいだを「スイング」できる人たちである。

地下の世界は私にとって、一貫して重要な小説のモチーフであり舞台であった。たとえば井戸や地下道、洞穴、地底の川、暗渠、地下鉄といったものは、いつも（小説家としての、あるいは個人としての）私の心を強くひきつけた。（中略）とりわけ、『世界の終りとハードボイルド・ワンダーランド』と『ねじまき鳥クロニクル』においては、地下の世界は物語の中で中心的な役割を果たす。人々は何かを求めて地下の世界に降りていき、そこで様々な物語と巡り会う。それはもちろん物理的なアンダーグラウンドであると同時に、精神的なアンダーグラウンドでもある。

村上は結局直接この事件を小説化することはなかったが、「アンダーグラウンド」というものを、物理的側面と精神的側面の双方から捉えることで、物語に落とし込むことに成功していたといえる。ときには予言も含めて。

ＰＴＳＤという暴力

戦後七十年を迎えた二〇一五年の夏は、テレビで多くの特集番組を見る機会があった。改めて戦争の悲惨さ、愚かさ、恐ろしさを再認識させられたが、これまで極秘とされていた真実にも触れ、大きな衝撃を受けたことも事実だ。人間はなぜこれほどまでに残酷になれるのだろうか。命の価値とはいったいどのようなものなのだろうか。あれこれ挙げればきりがない。

そんな中、デイヴィッド・シールズ、シェーン・サレルノによる伝記『サリンジャー』を読んだ。それはドキュメンタリー映画のような形式で書かれており、圧倒的な数の証言がつなぎ合わされている。日本語訳で八〇〇ページに及ぶ大部であるが、まるで小説を読んでいるかのようにその世界に引き込まれていった。そして、強烈に脳裏に焼きついたのが、サリンジャーの戦争体験とＰＴＳＤ（心的外傷後ストレス障害）だ。それは戦後七十年の夏と重なり、僕の中で重くのしかかる巨大な岩のような存在と化していった。テレビで見た多くの生々しい映像とサリンジャーの体験がひとつになっていったのだった。

この強烈な読書体験は、それまで僕の中にあったサリンジャーの小説観を大きく変えるものでもあった。もちろん、『キャッチャー・イン・ザ・ライ』の翻訳者である村上春樹の指摘にはすでに大きな衝撃を受けていた。それは、「サリンジャー、『グレート・ギャツビー』、なぜアメリカの読者は時としてポイントを見逃すか」というインタビューで彼が強調していることである。その中で村上が「心のなかの闇」と表現しているものの正体がサリンジャーの戦争体験によるＰＴＳＤだ。また村上はそれ以前にもすでに『『キャッチャー・イン・ザ・ライ』訳者解説」の中で、はっきりとこの用語を使っている。したがって、サリンジャーがこの精神的疾患を患っていたことは承知していたつもりであるが、それでも、僕はこの伝記でその生々しい詳細を知り、改めてサリンジャーの「心の病」に関してより深く考えさせられることとなったのだ。

第二次世界大戦に陸軍歩兵として従軍したサリンジャーは、Ｄデイ（ノルマンディー上陸作戦）、ヒュルトゲンの森、バルジの戦い、そしてカウフェリングⅣ強制収容所と続いた凄まじい体験のあと、ＰＴＳＤへと追い込まれていった。一九四五年の終戦から、その人生を終えるまで、この精神的疾患は彼につきまとった。このことが彼の人生を決定づけたといっても過言ではない。

サリンジャーはＤデイで「巨大な集団の死」を直接その目で目撃することとなり、ヒュルトゲンの森で味わった「孤独感」によって多くの兵士は「永遠に損なわれた」。もちろん彼もその一人であり、ここでも「大量に命が失われる無意味さを目の当たりにした」のだった。ある時彼は、大戦中からの友人のジョン・L・キーナンの晩餐会に姿を現した。

キーナンの晩餐会で興味深いのは、共に従軍し死を免れた兵士たちだけに注がれるサリンジャーの愛情だ。彼は家族も、妻も、娘も、子供のころの友人たちも、文学上の友人たちも、編集者たちも、街の住人たちも、とうの昔に捨て去っていた。しかし、三十四年が経っても、彼は自ら他人の前に、ジャーナリストたちもいるなか姿を現し、ノルマンディーの記憶を慰め分かちあうために、かつての――そして永遠の――仲間に会いに来た。それは、彼にとっていかに戦争の影響が大きかったかを伝える、明確な意思表示なのだ。

これは世間との交渉をできる限り避けてきたサリンジャーの行動としては異例のものだ。それだけこのノルマンディーでの体験は彼の一部となっていたのだ。さらにまた、バルジの戦いも彼にとって残虐きわまりないものであった。アルデンヌで繰り広げられたこの戦いで、サリンジャーは「無数の人間の苦しみと破滅」を体験し、「自分は根本から、認識できないほど変わってしまったのだと考えずにはいられなかった」。

娘のマーガレットの思い出にこういう出来事がある。それは家の増築中のことだ。筋肉隆々の若い大工たちを見て、「こういう大きくて逞しい青年たちは、いつも前線にいて、いつも最初に殺されるんだ、波のように次から次へと」とサリンジャーは言ったそうだ。

大戦が終わり、疲弊しきったサリンジャーと第十二歩兵連隊はカウフェリングⅣに入る。「様々な意味において、サリンジャーは永遠にその場所に留まり続ける」とこの伝記は記している。一九四五年の春、サリンジャーがこのドイツの強制収容所に入ったとき、彼は「ナチス政権の純然たる悪を目撃した最初のアメリカ人の一人となった」のだった。「そこにあったのは、うずたかく積み上げられた焼死体の山だった」。この光景を目にした彼は、「すでに経験豊富な兵士」ではあったが、そんなことは何の役にも立たなかった。「中世の画家たちは想像上の地獄を描いたが、これは本物の地獄だった」。サリンジャーはこの場所で完全に壊れてしまったのだった。

サリンジャーとホールデン

サリンジャーは身体的には戦争を生き延びた。しかし、精神的には「ひどく損なわれていた」。そんな彼が、誰にも邪魔されずに、自分の人生を生きたいと思ったことは十分に理解できる。それは、ホールデンが西部の森で一人ひっそりと暮らしたいと望んでいることと重なる。ある戦友はこう証言している――「どうして人は戦争に行くのか？　どうして殺し合うのか？　どうしてダッハウやアウシュビッツのような場所が生まれてしまうのか？　彼は人間のもう一方の面を見てしまったんだよ」。そしてまた次のような証言もある。

毎日考えてしまうものさ。フラッシュバックが起きる。当時は毎日、殺されるか負傷させられるかで無事に帰れなくなるんじゃないかという気持ちがあったからね。しばらく経ってからもそういう感情が続いたり、時間を経てから耐えきれなくなったりするんだ。今でもリビングに座っていると、部屋か庭に大砲が降ってくることがある。ピカッと光る。轟音が響く。まさしく大砲だ。で、そいつは去っていく。何度も何度も大砲の下をかいくぐって来たから、それでこういうフラッシュバックが起きるんだろう。妻に話したことはない。ほかの退役軍人にもね。だから彼らにもこういうフラッシュバックがあるかはわからない。サリンジャーは私と同じ恐怖を見てきた。彼も同じ悪夢を抱えていたんじゃないかと考えてしまうよ。

フラッシュバックに襲われ、トラウマを抱え、生きて帰還した兵士たちはその後も過酷な人生を送ることを強いられたのだ。ＰＴＳＤ――それは生き地獄なのかもしれない。それでもサリンジャーはそれに耐えて生きようとした。彼は書くことで自分を救済しようとしたのだった。

サリンジャーのＰＴＳＤはどの程度『キャッチャー・イン・ザ・ライ』に反映されているのだろうか。この伝記では次のように分析している。

　この小説の出版が世界的現象にまでなったのは、彼が自身のトラウマをホールデンのなかに埋め込んだからだった。私たちの誰もが壊れている。ある点においては誰しもが、とりわけ青年期には、修復できないほどに壊れていると感じていて、みな癒しを必要としている。『キャッチャー』はその癒しを与えてくれているのだ。ただし、かすかに、である。どのようにして与えられたかにさえ気づかない――結末に至って、十分に気持ちは高まるのだが、癒しが与えられたとは気づきもしない。ただ、言葉では言い表せないどこか深いレベルで、自分が治癒されたことが感じられるのだ。

サリンジャーはなんと最初の六章の原稿をノルマンディー上陸の際にも携行し、ヒュルトゲンの森でも、強制収容所でも離さず持ち運び、最後は精神科病棟にも持ち込んだのである。

戦争の間中、彼は想像力のなかでその長編小説を運びつづけた。それが、もはや支えきれないような日々にもずっと彼の精神を支え、耐えきれないような日々にもずっと彼の心を耐えさせた。それは、彼と崖のあいだに立っていたのである。

ここまでくると、それは単なる執筆中の原稿といった種類のものではない。それは彼にとっての守護神的存在であり、彼の分身とも言えるものだ。それを手放すことは死を意味したにちがいない。

［ホールデン］の声はサリンジャーそのものであり、（中略）直接的である。それは彼の人生であり、彼の思考であり、彼の感情であり、彼の憤怒であり、世界のインチキに突き立てられた、巨大で美しい彼の中指なのだ。

サリンジャーは何度も何度もこの中指を立てながら、戦争を罵ることで自分を何とか保つことができたのだろう。そう考えると、ホールデンは「疎外されたティーンエイジャー」というよりも、「トラウマを背負った兵士」といったほうがいいのかもしれない。そこで思い出されるのは、ホールデンが五番街をひたすら歩き続ける場面だ。彼は「もうこの通りを向こう側まで渡りきることができないんじゃないか」という不安に駆られる――「どんどん沈んでいって、僕の姿はそのまま誰の目にも見えなくなっちまうんだってね」。彼はひどい汗をかく。そして、死んだ弟のアリーに懇願する――「アリー、僕を消したりしないでくれよな」と。無事に道路を渡りきると、彼はアリーにお礼を言う。しかし、また次の交差点で同じことが繰り返される。これはまさに戦場を歩き続ける兵士のトラウマと重なる場面だ。セントラルパークのアヒルのことを気遣う場面も、寒さとの戦いだったバルジの戦いのトラウマから生まれたものかもしれない。冬が来て飛べなくなるアヒルたちは、寒さの中で死んでいった戦友たちを想起させる。

サリンジャーが昇華させた戦争体験

サリンジャーは、自身が体験した戦争を直接書くことはできなかった。その代わりに、「社会と自分自身との戦争を行う若者についての本」を書いたのだ。

「文脈を変えて、戦争と関係のないような人物と状況を選んで、幅広く人々に受け入れてもらうために疎外の感覚を普遍化させなければ」ならなかった。「彼自身の経験や思考は、それゆえそういう文脈のなかで姿を現すことができた。世界の精神科医や愛国者たちから十分な距離を置くことで、インチキ／クソッタレに対する異議申し立てを表明できたのだ」。そうして、彼はホールデン・コールフィールドを発明した。

しかし、ホールデンは治癒されることはなかった。サリンジャーと同様に救済は見出せなかったのだ。

戦争につながる場面は他にもいくつか描かれている。ひとつは寮の窓から身を投げたジェームズ・キャッスルの「潰れた死体」だ。サリンジャーはそうした死体を数え切れないほどその目で見てきたのだ。またアックリーやストラドレイターは「かつての戦友」と見なすことができる。ホールデンは最後にこんなふうに言う。

僕にとりあえずわかっているのは、ここで話したすべての人のことが今では懐かしく思い出されるってことくらいだね。たとえばストラドレイターやらアックリーやらでさえね。まったくの話、あのやくざなモーリスのやつでさえ懐かしく思えるくらいなんだ。

わからないものだよね。だから君も他人にやたら打ち明け話なんかしない方がいいぜ。そんなことをしたらたぶん君だって、誰彼かまわず懐かしく思い出しちゃったりするだろうからさ。

サリンジャーはいうまでもなく戦友たちのことを忘れてはいない。しかし彼らのことを思い出すことは辛い体験がよみがえることでもある。できることなら記憶の彼方に追いやりたいのだ。それでもそれは何かの拍子にどっとあふれ出てきてしまう。だから迂闊に人に話したりするものではないということだ。

このように、「戦争小説」という表現が適切かどうかは別にして、『キャッチャー』が戦争とは切り離せない作品であることは事実だ。だからといって、その解釈がすべて戦争に関連づけられなければならないということではない。サリンジャーの場合は戦争によるPTSDを抱えていたが、読者はそれぞれ違った時代や環境で、別の形での精神的問題を抱えて生きている。われわれは自分たちのケースに当てはめてこの作品を読むことができるのだ。

ホールデンが「ろくでもない」戦争映画を観た後、四年間軍隊に入っていた兄のDBの話を始めるくだりがある。彼はDデイに敵前上陸をした経験もあり、戦争を心から憎んでいた。それなのに、その兄からヘミングウェイの『武器よさらば』を薦められたといってホールデンは憤慨している。それを素晴らしい作品だという兄が理解できないというのだ――「DBはあんなにも戦争と軍隊を激しく憎むことができるのに、どうしてこんなインチキ本を好きになれるんだろう」。実際に戦争を体験し、負傷までしたヘミングウェイの作品でさえ、サリンジャーはインチキだという。

サリンジャーは大戦中にパリでヘミングウェイと出会い、大いに感銘を受けている。また「氷山の理論」など、この偉大なる先輩作家からは大きな影響を受けているにもかかわらず、なぜサリンジャーはこのような言い方をするのだろうか。それは、いわゆる戦争小説など、自分には絶対に書けないという強い気持ちの表れにちがいない。それを書くことは拷問そのものだったのだ。つまり、ヘミングウェイを揶揄するというよりは、直接的な戦争描写をサリンジャーは憎んでいたのだ。戦争そのものを克明に描くことは、映画であれ小説であれ、サリンジャーにはインチキな行為と言わざるをえないほど、彼の戦争体験は極度のトラウマとして記憶に刻まれていたからだ。

ホールデンはヘミングウェイに次いでフィッツジェラルドに言及する。そして『グレート・ギャツビー』を絶賛する。フィッツジェラルドは地獄から帰還したサリンジャーの場合とは違い、その地獄を見る機会を逸した作家だ。『夜はやさし』の中に、ディックたちがパリに向かう途中で第一次大戦の戦場を訪れる場面がある。

ディックは防弾側壁の角を曲がり、塹壕に沿って踏板の上を進んでいった。展望鏡があったので、少しのあいだそれを覗く。それからステップに上り、胸壁のむこうをじっと見つめた。目の前には、暗い灰色の空の下、ボーモン・アメルの戦場跡が広がっている。左手に、あの悲惨なティープヴァルの丘が見える。ディックは持ってきた双眼鏡でそれらを眺めながら、悲しみに喉を引きつらせた。

塹壕沿いに先に進むと、次の側壁のところで他のみんなが待っていた。気が高ぶっていて、彼らにもその興奮を伝えたかった。ここで何が起こったかを教えてやりたかった。もっとも、実際の戦場を知っているエイブ・ノースに対し、彼自身にはその経験がなかったのだが。

戦争に直接関わっていないディックは、どこか感傷的になっているところが見受けられる。戦場跡を見て興奮さえ覚えている。ここには、経験がない分、なんとか現実味を帯びさせたいという欲求が見られるようだ。

ディックはそこでガイド役を務めるが、戦闘経験のない彼は戦場のガイドブックを読むことで、「この戦場で起こったことを手早く頭に叩きこんでいたのである。そしてそれをせっせと単純化して、どことなく彼の開くパーティーに似たものに仕立て上げたのだった」。ディックはその戦いを「愛の戦闘」と呼んでいるが、どこか戦争を美化しているかのような雰囲気がある。エイブには戦争体験があるとはいえ、ディックとともに手榴弾ごっこに興じる場面はサリンジャーには理解できないだろう。

ディックの妻であるニコルが最終的にトミー・バーバンという戦争経験豊富な男に奪われることになるという設定にも、どこか戦争体験者をヒーロー視し、彼らに対するあこがれが背後に潜んでいるようだ。言い換えれば、ディックは戦争未経験者としてのコンプレックスを抱えているのである。

フィッツジェラルドは、戦争のことが頭から離れないディックを「戦闘未経験者の戦争神経症」に罹っていると表現しているが、それは戦争を経験できなかったことによる精神的疾患もありうることをほのめかしている。自分が時代の波に乗れなかったことへの後悔か、あるいは戦争によって変わり果てた世の中への失望か、原因は何であるにせよ、妻のニコルが近親相姦によるトラウマを抱えているように、ディックもまた間接的な形での戦争のトラウマを抱えているのである。サリンジャーがヘミングウェイではなく、フィッツジェラルドを礼賛しているのは、戦争など知らないほうがいいに決まっているよといった意味合いにおいてだろうか。

映画『ディア・ハンター』

サリンジャーの戦争体験のことを考えているとき、ふと昔観た映画『ディア・ハンター』のことを思い出した。三十年以上の歳月を経て再びＤＶＤで観てみた。細部は覚えていなかったものの、やはりあのロシアン・ルーレットのことは鮮明に脳裏に焼きついていた。ベトナムでの戦いのさなか、極限状態に置かれた三人のアメリカ兵。ロバート・デニーロ扮するマイクは祖国に帰ることだけを思って最後まで正気を保ち続けるが、スティーブンは重傷を負い、ニックの精神は損なわれてしまう。三人とも命は助かったものの、戦争という狂気の犠牲者として、その後の人生を送ることとなる。マイクは一度帰国したものの、ニックを何とか救い出そうと再びサイゴン（現ホーチミン）の地に向かうが、精神を病んだニックとはもはやかつてのように意思の疎通ができなくなっていた。彼は完全に人として思考する機能を失っていたのだ。ここで思い出されるのが、サリンジャーの短編「エズメに――愛と悲惨をこめて」だ。ここに描かれている兵士も「機能不全」に陥っている。

やっとニックを見つけ出したマイクは、あのロシアン・ルーレットの賭博のなかで親友を説得しようと試みるが、ニックが引いた引き金は無残にもひとつの弾丸を彼の頭の中に送り込む。噴き出す血をその手で押さえながら友を抱きかかえるマイク。

人の命を賭博のさいころのようにもてあそぶ光景は、狂気以外の何物でもなく、それは地獄絵図以上の世界だ。それは人間が展開している光景とはとうてい思えないものだが、戦場はまさにそれと同等、あるいはそれ以上の非人間的な殺戮の場なのである。そこでは、兵士同士だけではなく、民間人をも巻き込んで、日夜このルーレット的行為が行われているのだ。人はここまで狂気に走れるものなのか。あるいは走らされるものなのか。

ニックの遺体を祖国で埋葬した後、仲間たちが静かに「ゴッド・ブレス・アメリカ」を歌うところで映画は終わる。それでも彼らはアメリカ人として生きていかなければならないという決意か、それともアメリカの犠牲となった仲間への弔いか。その光景はあまりに哀しく、残酷だ。

この映画を最初に観たのは一九八〇年の夏、ディンキータウンと呼ばれるミネソタ大学の学生街にある二番館だった。観客のほとんどが学生だったと思う。エンド・クレジットが流れるなか、満席の館内のあちこちからすすり泣く声が聞こえてきた。スクリーンからすべての文字が消えた後も、誰一人として席から立ち上がることができなかった。あれから三十五年余り、この映画はいまもその現実味を失っていない。

サリンジャーが出征したのはベトナムではない。第二次世界大戦の激戦地だ。そこで彼もロシアン・ルーレットのような日々を送ることを余儀なくされていたのだ。地獄と狂気をその目で見てきたアメリカ人の一人だった。映画の中のニックほどは壊れていなかったかもしれないが、二人のあいだに大きな差はないだろう。「エズメに」の中の表現を借りれば、ともに「機能万全のまま戦争を切り抜けたとは言いがたい青年」であることは確かだ。

戦争を想起させるサリンジャー作品は他にも存在する。たとえば「バナナフィッシュ日和」では、シーモアが最後に自分のこめかみを打ち抜くところで話が終わる。この結末は再び『ディア・ハンター』へとつながっていく。そこで次に言及せざるを得ないのが、帰還兵の自殺についてである。二〇一五年に日本でも話題になった本に『帰還兵はなぜ自殺するのか』というのがある。これはイラク戦争に派遣された兵士たちのことを描いたものであるが、戦場から無事帰還した後に、また次の別の形での戦争が始まるという話だ。それは本人だけではなく、家族をも巻き込んだ悲惨なものだ。

二〇〇万人のアメリカ人がイラクとアフガニスタンの戦争に送られ、その帰還兵の二割から三割が、PTSDやTBI（外傷性脳損傷）に苦しんでいるという。つまり、今も五十万人もの元兵士が精神的障害と戦っていることになる。そしてその多くが自殺へと走ろうとするのだ。これはイラク戦争に派遣された兵士に限られたことではないだろう。両大戦にもベトナム戦争にも同じことが当てはまるはずだ（イラクに派遣された日本の自衛隊員もその例外でない）。そして、サリンジャーが描くシーモア・グラスがとる行動もこの範疇に入るものなのだろう。

ジョアンナ・ラコフの『サリンジャーと過ごした日々』には、ニューヨークの出版エージェンシーで、サリンジャーへのファンレターの処理を任された新人アシスタントの話が紹介されている。山のように送られてくる読者からのファンレターの中には、退役軍人からのものが多くある。彼らは一様にサリンジャーと同じ経験をした人たちであり、帰還後の彼らを支えてくれたのは『キャッチャー』だったという。この本に出会わなければ彼らの中にも自殺者が多く出ていたかもしれない。

残念ながら、『帰還兵はなぜ自殺するのか』では、『キャッチャー・イン・ザ・ライ』を読むことで回復するという話は紹介されていない。もしここで彼らがサリンジャーの作品と出会っていたら、事態は大きく変わっていたかもしれない。そう思うと、一冊の本との出会いが持つ重みをあらためて感じざるを得ない。そのたった一冊が人の運命を変えるのである。もちろんいい方向へと。

間接的な戦争のトラウマ

村上春樹が『ライ麦畑でつかまえて』とは違った解釈の『キャッチャー・イン・ザ・ライ』を世に出した理由は、先に言及したように、彼がこの作品に潜む著者の「心のなかの闇」を見出したからであり、アメリカが抱える「社会の病理」に気づいたからであった。その村上に戦争体験はないが、彼は間接的に戦争のトラウマを抱えている。それは彼の父親の体験だ。

それまで父親のことに関してはいっさい口を閉ざしていた村上が、ジャーナリストのイアン・ブルマに対して心を開いた瞬間があった。それはインタビューというよりは、食事をしたり散歩をしたりしながらの長時間に及ぶ会話であった。村上は父親が京都大学在学中に徴兵で陸軍に入り、中国に渡ったことを話し始めた。

村上は子供の頃に一度、父親がドキッとするような中国での経験を語ってくれたのを覚えている。その話がどういうものだったかは記憶にない。目撃談だったかも知れない。あるいは、自らが手を下したことかも知れない。ともかくひどく悲しかったのを覚えている。

中華料理が苦手なのはそのせいかもしれないと言うくらいだから、それは村上にとってよほど衝撃的な内容の話だったのだろう。「父親に中国のことをもっと聞かないのか」という質問に対して、「聞きたくなかった」という答えが返ってきた。村上はその時こう言った――「父にとっても心の傷であるに違いない。だから僕にとっても心の傷なのだ」。そして彼はこうつけ加えた――「僕の血の中には彼の経験が入り込んでいると思う。そういう遺伝があり得ると僕は信じている」。

これは間接的な戦争のトラウマである。遺伝子の中に組み込まれた過去の記憶とでも言おうか。あるいは集合的無意識と呼べるものかもしれない。それは実体験ではないだけに、余計に作家の想像力の中で増幅されていったのかもしれない。彼はまたエルサレムでのスピーチで次のように話している。

私の父は昨年の夏に九十歳で亡くなりました。彼は引退した教師であり、パートタイムの仏教の僧侶でもありました。大学院在学中に徴兵され、中国大陸の戦闘に参加しました。私が子供の頃、彼は毎朝、朝食をとるまえに、仏壇に向かって長く深い祈りを捧げておりました。一度父に訊いたことがあります。何のために祈っているのかと。「戦地で死んでいった人々のためだ」と彼は答えました。味方と敵の区別なく、そこで命を落とした人々のために祈っているのだと。父が祈っている姿を後ろから見ていると、そこには常に死の影が漂っているように、私には感じられました。

父は亡くなり、その記憶も——それがどんな記憶であったのか私にはわからないままに——消えてしまいました。しかしそこにあった死の気配は、まだ私の記憶の中に残っています。それは私が父から引き継いだ数少ない、しかし大事なもののひとつです。

(『村上春樹 雑文集』)

こうして村上は父親の記憶を遺伝子の中に受け継いだのだ。そしてそれは彼の作品の中にも描かれることになる。まずは『ねじまき鳥クロニクル』でそれは残虐な拷問や殺戮の形となって現れ、さらに『海辺のカフカ』では、メタファーとしての「血」が強調されることになる。ナカタさんは猫探しの途中で出会った黒い犬に導かれ、ジョニー・ウォーカーと名乗る猫殺しの男のもとへと連れて行かれる。そこでナカタさんは、ジョニー・ウォーカーを殺すか、探していたゴマという猫を殺されるかのどちらかの選択に迫られる。そして、ジョニー・ウォーカーは戦争の話を始める。

「（……）君は人を殺したこともないし、殺したいと思ったこともない。君はそういうことにはあまり向いていない。しかしね、ナカタさん、世の中にはそういう理屈がうまく通じない場所だってあるんだ。向き不向きなんてことを、誰も考えちゃくれない状況があるんだ。君はそいつを理解しなくてはならない。たとえば戦争がそうだ。戦争のことは知っているね」

ナカタさんは自分が生まれたときにも戦争が行われていたことを知っていると答え、ジョニー・ウォーカーはさらに続けてこう言う。

「戦争が始まると、兵隊にとられる。兵隊にとられたら、鉄砲をかついで戦地に行って、相手の兵隊を殺さなくてはならない。それもなるべくたくさん殺さなくちゃならない。君が人殺しが好きとか嫌いとか、そんなことは誰も斟酌《しんしゃく》しちゃくれない。それはやらなくてはならないことなんだ。さもないと逆に君が殺されることになる」

ナカタさんは追い詰められる。目の前で猫が殺されていく光景に耐えなければならないことほど残酷なことはない。それは、戦場で仲間が次々と殺されていく光景を目の当たりにすることだ。『帰還兵はなぜ自殺するのか』を読んでいて思うことは、見えない傷に苦しむ人々がいかに世の中に溢れているかということだ。それは戦争を体験した兵士たちのＰＴＳＤはもちろんのこと、その家族も同様の傷を負っているわけである。現代人の多くは、何らかの形でのそれに似た体験によって、程度の差こそあれ、ＰＴＳＤあるいはそれに近い精神的疾患を患うことになる場合が多い。戦争だけがこの疾患の原因ではない。「たとえば戦争がそうだ」というふうに、村上はここで戦争に限定していないところが大切な点だ。

帰還兵の多くは薬に頼ったり、また講習を受けたりすることでなんとかそこから脱しようともがいているが、サリンジャーの場合には書くことによる救済があった。もちろん、宗教にその救済を求めたことも事実だが、戦時中から彼は書き続けることで自分を何とか維持できたのだった。この行為は、村上を始め、ほとんどすべての作家に共通することだろう。書くということがなければ、彼らだってどうなっていたかはわからない。精神的疾患を抱えて生きていかなければならない帰還兵たちの日常は生き地獄のようだ。いっそのこと死んでいる方がはるかに楽だと感じてしまうのもうなずける気がしてくる。ホールデンが、墓場がいちばん落ち着くというのはこのことに関係しているに違いない。見えない傷を抱えて生きていくほど残酷なことはないのだ。安らかに眠っている状態の方がずっといいにちがいない。

集合的無意識という戦争の記憶

『サリンジャーと過ごした日々』のジョアンナ・ラコフは、ある少年からの手紙の一節を思い出す。それは「世界に自分の感情をさらけ出して生きていくことはできません」というものだ。もちろん見えない傷と戦う帰還兵にもそれはできない。しかし、サリンジャーに対しては事情は違うのだ。「彼なら理解してくれるに違いない」と読者の誰もが思うのだ。数多くのファンレターに触れ、自身もサリンジャーの作品を読むにつれ、ラコフはなぜ読者の多くがファンレターを書きたくなるのかがわかるようになっていった。

> サリンジャーの物語を読むということは、小説を一篇読むという行為よりも、サリンジャー本人に耳元で彼自身の話を語りかけてもらう体験に近いからだ。（中略）サリンジャーを読むということは、非常に親密な行為に加わるということだ。（中略）サリンジャーは登場人物を丸裸にしてみせる。心の一番奥にしまいこんだ考えを露わにし、そ

の本性を明らかにするような行為を描いてみせる。

ホールデンは、「説明のつかないあらゆる感情の仲介者となる少年」なのだ。だから読者の多くはファンレターを書く。彼らも手紙を書くことで救済を得ているにちがいない。サリンジャーからの返事は来なくとも。

村上は『１Ｑ８４』において、天吾が昏睡中の父に長い告白をする場面を描いているが、ここは村上の遺伝子の中に戦争の記憶を残していった父親との関係を読み取ることもできる。少々長すぎるのではないかという批判もあるこの告白は、生前に父親から戦場での事実を聞き取り、そのことに癒しを与えてあげることのできなかった罪を村上が償おうとしているかのようである。村上はそうすることで、同時に自分を癒やすことをも試みたのだろう。

「エズメ」における機能回復の可能性と眠りの関係は、『海辺のカフカ』における最後の眠りと同一のものとして捉えることができそうだ――「本当に眠い男ってのはね、エズメ、いつだって望みがあるのさ、もう一度機――き・の・う・ば・ん・ぜ・んの人間に戻る望みが」。眠りから覚めた後、カフカ少年が「新しい世界の一部」になるというのは、父親の呪いから解放されたことを意味している。高松にいる彼のＴシャツが、東京で殺された父親の血に染まるというのは、父親の体験がカフカの遺伝子にも受け継がれているということだ。眠るという行為によって、想像力は正しく機能し、その中で責任をしっかりと受け止めることができる。カフカはここでやっと歴史のトラウマから解放されるのだ。それはつまり、村上自身が父親の戦争体験から受け継いだ遺伝子によるトラウマを克服するときでもあるのだ。「夢の中で責任は始まる」――それは避けては通れない現実を、砂嵐の中をくぐり抜けるかのように自分の目で確かめることだ。それは帰還兵にも、トラウマを抱える誰にとっても過酷なことだ。彼らにとって、眠ることは拷問に近い。なぜならそこで否が応でも現実に直面しなければならないからだ。しかし、そのプロセスを乗り越えたあとには呪いから解放されて強くなった自分がいるのだ。

聞くことのできなかった父の体験、それを村上はサリンジャーの作品に読み取ったにちがいない。こうして村上とサリンジャーはつながっていく。日本が再び戦争に巻き込まれるかもしれない不安が渦巻くなか、こうした観点からサリンジャーを再読することの意義は大きい。

戦争体験によるPTSD、そしてそれが集合的無意識として後世に伝えられていく。それはまさに暴力の連鎖であり、これ以上の残酷な暴力はない。こうした「暴力がもたらす負の連鎖」はなんとしてでも断ち切らなければならない。そのためには、我々は社会に対する無関心や想像力の欠如といった問題を乗り越えていかなければならない。それこそが社会における真の暴力だからだ。それらは直接人を脅かすものではないが、時間の経過とともに、気がつけば大きな脅威となることがある。短編「沈黙」の場合、それはごく小さなものかも知れないが、やがて青木のような連中が社会に大きな暴力をもたらすことになるのだ。教師も生徒も含めて。村上のいう暴力とはそうした些細なことからやがて強大な勢力となっていくような、あるいは悲惨な結果を招くような目に見えないもののことを言っているような気がする。つまり、「象の消滅」において象が消えたからそれがどうしたというようなことが、やがては戦争や原発事故のようなことを引き起こす原因になりかねないと言うことだ。圧倒的暴力の根源はすべて人の想像力に関わっているのだ。

第5章　「ジャズ」と個の確立

「(……)もし君に僕を信じることができるんなら、僕を信じてくれ。僕は必ずそれをみつける。ここには何もかもがあるし、何もかもがない。そして僕は僕の求めているものをきっとみつけだすことができる」

「私の心をみつけて」しばらくあとで彼女はそう言った。

『世界の終りとハードボイルド・ワンダーランド』

新たな文体が模索するもの

戦後民主主義やエルビス・プレスリーに代表されるようなロックンロール、そして進駐軍と呼ばれるアメリカ兵が日本に持ってきたアメリカ的なもの、これらを一言でいうとジャズということになる。ジャズはアメリカ文化の総称として使われていたのだ。アメリカの文化はそれほど日本人にとっては鮮烈であり強烈なものであった。それを否定する人々ももちろん存在したわけだが、多くの人々にとってこれは無条件に受け入れるしかないものであった。むしろ積極的に受け入れた人たちも多くいた。つまり大半の日本人は、戦時中は敵国であったアメリカの文化にうまく同化していったのである。

そんな戦後の日本で、ジャズに代表されるアメリカ文化をごく普通にすんなりと受け入れて育った人物の一人が村上春樹だった。ジャズはそうした戦後文化の代表的な存在であったが、多くの日本人がジャズを聴いたかというとそれはまた別問題である。とにかくジャズそのものは別にしても、少なくともジャズ的な雰囲気というものを多くの人々が味わってきたことは事実だ。それは、もしかしたらガムだったかもしれないし、チョコレートだったかもしれないが、それらも含めての広い意味でジャズということだ。

村上は『意味がなければスイングはない』の「あとがき」にこう書いている——「書物と音楽は、僕の人生における二つの重要なキーワードになった」と。ジャズ・バーを経営していた彼は、七年間、朝から晩までジャズを聴いて過ごした。ところが、文学であれ音楽であれ、常に「受け手」であり続けてきたことにある種の不満を感じ始め、二十九歳のときに「ふと思い立って小説を書き」、小説家となった。聴くばかり、つまり自分は受け入れるばかりで何も発信していないという思いに駆られたのはごく自然な成り行きだったと言えるだろう。

作家になってからの五、六年間、村上はほとんどジャズを聴かなくなってしまったそうである。それは「自分がただのレシピエントに過ぎなかったことへの反動だったのだろうか？」と自問しているが、いずれにせよ、数年間にわたり、彼は「ジャズを敬して遠ざけ」、「和解」するまでにはしばらく時間がかかった。これは、言い換えれば、彼とジャズとの関係が人間関係にも相当するような深く、真剣なものであったということだ。このように、村上とジャズの関係はただならぬものであり、それは彼の小説世界にもしっかりと反映されている。

村上は今や世界的な作家となったわけだが、まず日本において彼が読者の心をつかんだ最大の理由は、その文体の音楽性にあると言えるだろう。村上作品の翻訳者の一人であるジェイ・ルービンが言うように、村上は結果的に作家の道を選んだわけだが、別の意味でミュージシャンになったと言えるのかもしれない。彼は楽器を演奏するのではなく、小説の中で言葉を使って音楽を奏でているからだ。それはただ単に作中に多くの曲名が散りばめられているということではない。彼自身の文章そのものが音楽を奏でているということなのだ。

村上は「いい音楽を聴くように、あるいはいい音楽を演奏するように」の中で、音楽は文章を書くには最適だと強調している。

要素は大体同じですから。リズム、ハーモニー、トーン。にプラスしてインプロヴィゼーション。ボクは日本の小説は読まないでやってきてたから、書き始めた頃、日本語をどう書いていいかわからなかった。(中略)日本語を使って小説を書くという道筋が自分のなかにまったくなくて(中略)すごい困ったんです。で、何が手伝ってくれたかというと、いい音楽を聴くようにあるいはいい音楽を演奏するように、文章を書けばいいんだという発想。

これが彼の創作の基本だったようだ。さらに村上はカリフォルニア大学バークレー校での講演で、今度はジャズを具体的に強調して次のように言っている。

僕の文体は結局こういうことなんだ——まず、絶対に必要なもの以外、余計な意味を文章に込めようとしない。次に、文章にはリズムがなければならない。このことは僕が音楽から学んだことなんだ、特にジャズからね。ジャズの場合、すごいリズムというのは、すごいインプロヴィゼーションを可能にするものなんだ。それはすべてフットワークにかかっている。そのリズムを維持するためには、余計な重みがあってはならない。ただ重みを完全に否定しているわけではないんだ——必要以上の重みはいらないということだね。余計な脂肪は取り除けということだよ。（*Music of Words* 筆者訳）

リズム、即興

そうして村上独特の文体は誕生したのだ。では実際、彼の小説とジャズはいかに密接につながっているのだろうか。

まずリズムについて。村上の作品を読んでいると、そのリズムの良さが、内容の理解は別にして、読者をぐいぐいと引っ張っていってくれる。音楽がわれわれを惹きつけていくのと同じように、文章にぐっと引き込まれていくために、途中で読むことを止めるのが難しい。そういう種類のリズムである。

そのことを彼は「違う響きを求めて」の中で次のように説明している。

自然で心地よい、そして確実なリズムがそこになければ、人は文章を読み進んではくれないだろう。僕はリズムというものの大切さを音楽から（主にジャズから）学んだ。

それからそのリズムにあわせたメロディー、つまり的確な言葉の配列がやってくる。それが滑らかで美しいものであれば、もちろん言うことはない。そしてハーモニー、それらの言葉を支える内的な心の響き。その次に僕のもっとも好きな部分がやってくる——即興演奏だ。

即興というのは、時に誤解されていることもあるが、いい加減なものでは決してない。それはその時の気まぐれで行う演奏ではない。このことをフィリップ・ストレンジは、ジャズ・ピアニストのビル・エヴァンズを例に挙げてわかりやすく説明してくれている。

ジャズはリアクションの音楽です。「いつもこう」ではなくて、「あのときベースがああ来たからこう」の音楽です。

エヴァンズの即興性は、同じ小節を何百回何千回もさらって、無数のパターンを吟味しているからこそ、瞬間的にその場のムードにいちばんぴったりしたものを選べるという感じでしょうね。人間の行動には絶対にパターンがある。パターンのない行動は存在しません。たとえば、靴の紐を結ぶのにも、各自のパターンがある。パターンがないのは子供だけ。だから子供は靴の紐を結ぶのにも苦労する。無数のパターンがあるから自由になれるわけです。

その意味でジャズの即興は言語と似ていますね。いっぱい小説や詩を読んで、いっぱい映画を観て、いっぱい単語や熟語を覚えて、そうやって自由に会話をすることができる。

作家の場合は、多くを読み、そして多くを書くことで文章修行をしてはじめて、自然発生的に「じゃ、次はここに行けばいいかな」というふうにすっと移行できる、そういう意味での即興だということになるのだろう。決して適当な思いつきで書くものではないということだ。

村上はこの即興がもっとも好きだという――「特別なチャンネルを通って、物語が自分の内側から自由に湧《わ》きだしてくる。僕はただその流れに乗るだけでいい」。作家の中には綿密なノートを作ってから書き始める場合もあるが、村上はそれとは違うタイプの作家のようだ。まさに、ジャズ的な即興の作家なのだろう。

たとえば、村上が敬愛するフィッツジェラルドは克明なメモを取る作家だった。しかし、村上はまったくそれをやっていないようだ。何か出だしが決まればあとは一気に流れていくようだ。必要なのはそこだけであって、読者を牽引していくリズムを大切にすれば、あとは自然につながっていく。これは非常にジャズ的な執筆の仕方だ。

もうひとつ最後にもっとも大切なこととして、村上は作品が完成したときの「高揚感」を挙げている。それは、「作品を書き終えたことによって（あるいは演奏し終えたことによって）もたらされる、『自分がどこか新しい、意味のある場所にたどり着けた』という高揚感だ。そしてうまくいけば、我々は読者＝オーディエンスとその浮き上がっていく気分を共有することができる。それはほかでは得ることのできない素晴らしい達成だ」と言っている。

小説の場合、これは即座には感じ取れない。読者は別のところにいて、それぞれのペースで読んでいるからだ。ジャズは一回切りの演奏だと言われるが、聴衆はそれを目の前で同時に共有できる。それで、演奏が終わったときに一体感が生まれるのだ。そのときの高揚感というのは、まさにジャズマンたちの最高の瞬間なのだろうが、それを作家として村上は感じることができるのだ。これはもちろん、読者の反応であったり、売れ行きであったり、いろんなことで判断できるのだろうが、彼はこういう絶頂感まで音楽的に計算をしているということのようだ。これこそがまさに村上のいうスイングの世界だろう。

ジャズと「壁と卵」

スイングと言えば、デューク・エリントン作曲の「スイングしなけりゃ意味がない」が思い出されるが、それはごく簡単にいうとグルーブ感、つまり音楽におけるノリのことである。もちろんそれだけのものではなく、もっと深いものがあるわけだが、要するにこちら側とあちら側が互いに近づきながら一体化していく感じである。英語で"swing"と言えば遊具のぶらんこも時計の振り子の動きもスイングと表現できる。さらに深く解釈をすれば、被抑圧者の側の黒人が抑圧者側の白人と一体化していくことだと捉えることも可能だ。そしてそれに似た姿勢は村上文学の世界にも当然読み取れるものだ。

このように、村上は作家としてジャズを基本とし、そこから多くを学んだのだ。ただ、忘れてはならないのがアメリカ文学の影響である。村上春樹といえば、これまでアメリカ文学との深い関係が常に指摘されてきたし、彼自身もそのことをあらゆるメディアを通して公言してきた。さらに、カポーティ、サリンジャー、フィッツジェラルド、チャンドラー、カーヴァーといったアメリカ作家の翻訳まで手がけてきているわけであるから、誰もその濃密な関係を疑うものはいない。

事実、村上はアメリカの多くの作家の影響を受けている。しかしそれはあくまでも具体的な細かい部分のことであって、村上独特の文体の形成には直接関係はないと言っていいだろう。たとえば、彼がもっとも愛読してきたというフィッツジェラルドを例に挙げてみても、その文体はまったく違ったタイプのものである。少なくとも文体に関するかぎり、二人のあいだに共通点はほとんど見られない。あえて言うと、チャンドラーにいちばん近いかもしれない。カーヴァーやサリンジャーとの類似ももちろん見られるが、それで村上の文体をすべて説明できるかというとそうではない。やはり村上にしかないものがあり、それがつまりジャズからの影響ということになるのだ。

村上春樹とジャズとの出会いは一九六四年、彼が中学生のときに神戸で聴いたアート・ブレイキー&ザ・ジャズ・メッセンジャーズの公演に遡る。彼はこのとき、音を通してアメリカを感じたと回想しているが、この体験はその後の村上に大きな影響を残すことになる。はじめてじかに触れたジャズがこのグループであったことも見逃せない。彼らはファンキー・ジャズの代表的存在で、五〇年代のアメリカにおいて黒人のアイデンティティー宣言をしたジャズメンたちであったからだ。

この頃はアメリカのみならず、世界的にも人種問題が強く意識されるようになってきた時代であった。抑圧する側とされる側の緊張関係の中、「自分たちは黒人なんだ」という意志とメッセージを持った力強い演奏は、弱冠十四歳の村上には強烈な印象を残したにちがいない。それが後の彼の世界観を形成するきっかけになったとしても不思議はないだろう。

二〇〇九年、エルサレム賞を受賞した際に、村上が現地で行った「壁と卵」のスピーチは大きな話題となった。彼はここでひとつのメッセージを発した。「もしここに硬い大きな壁があり、そこにぶつかって割れる卵があったとしたら、私は常に卵の側に立ちます」というものだ。それは、人間を壊れやすい卵、制度を壁にたとえたものであり、「どんなに壁が正しくても、どんなに卵が間違っていても、わたしは卵の側に立ちます」と作家村上春樹は宣言したのだ。まさにイスラエルがガザ攻撃を行っているさなかに現地に乗り込んでの勇気ある発言だった。

村上はこのスピーチの終わりに向けて、次のように語っている。

国籍や人種や宗教を超えて、我々はみんな一人一人の人間です。システムという強固な壁を前にした、ひとつひとつの卵です。我々にはとても勝ち目はないように見えます。壁はあまりに高く硬く、そして冷ややかです。もし我々に勝ち目のようなものがあるとしたら、それは我々が自らの、そしてお互いの魂のかけがえのなさを信じ、その温かみを寄せ合わせることから生まれてくるものでしかありません。

あまりにも高い壁といえば、われわれは『世界の終りとハードボイルド・ワンダーランド』を思い出す。ここに描かれた二つの世界のひとつである「世界の終り」の原型が「街と、その不確かな壁」というタイトルの中編であったことも偶然ではない。そうした壁に囲まれて生きる我々は、時に魂をも見失いがちになることがある。しかし、この魂の触れあいを通して我々は何かを獲得できるかもしれない。その姿勢はまさに今や国籍も人種も宗教も超越したジャズの神髄であり、村上文学の根幹でもあるのだ。

村上は一九七四年に東京の国分寺に「ピーター・キャット」というジャズ・バーを開いたが、この店の佇まいは『風の歌を聴け』の「ジェイズ・バー」を髣髴とさせるものであったと小野好恵は回想している。彼は常連客として店主の村上と会話を交わすことも多かったようだが、一度として文学の話題に触れたことはなかったという。ただ、店がそれほど忙しくないとき、カウンターの背後で静かにアメリカ小説のペーパーバックに没頭している村上の姿は印象的だったようで、「彼が持っている誰にも侵すことのできない世界の強靭さを、私はそのときに強く感じた」と回想している。そこは誰も入り込むことのできない特別な領域であったわけだ。

このように村上の日常は、ジャズ（音楽）とアメリカ小説（書物）が常に一対になっていた。「ピーター・キャット」の特徴は、小野によると、扱う音楽が五〇年代の「クール・ジャズ」に限定されていたことである。村上はこの白人ミュージシャンたちが主体のジャズをこよなく愛し、このジャンルのレコードしか店では演奏しなかったようだ。七〇年代という時代からして、チック・コリアやマッコイ・タイナーをリクエストする客もいただろうと推測できるが、村上は流行を追いかけることなく、一貫してクール・ジャズに徹したのだそうだ。ジャズをただアメリカ文化の象徴として享受するのではなく、そこには何か確固たる信念のようなものが感じ取れる。村上はなぜこれほどまで頑なにクール・ジャズに固執したのだろうか。そこには何か奥深い理由があったにちがいない。

スタン・ゲッツから学んだもの

ジャズは言うまでもなく黒人によって始められた音楽である。労働歌からブルース、そしてブルースからジャズへという形で進化を遂げてきたわけだが、黒人奴隷がアメリカに存在したからこそ生まれた音楽というのはなんとも皮肉な話である。奴隷という言葉の響きには耐えがたいものがあるが、そうした過酷な環境の中から生まれてきたのがジャズである。これはそのあとユダヤ系の人たちの共感を得、白人のあいだにも広まっていく。そして今では世界音楽として親しまれ、日本にも一流と呼ばれるジャズ・ミュージシャンがかなり存在する。

白人のクール・ジャズがなぜ村上の心を捉えたのかということには理由がある。彼はジャズの中でも特にスタン・ゲッツという白人ミュージシャンを好んだ。ボサノバとのコラボでも有名なサックス奏者である。村上は特にこのスタン・ゲッツから多くを学んでいると小野好恵は指摘している。白人であるスタン・ゲッツが自己の表現の手段としてジャズを選んだということは、黒人と白人の双方からの差別に遭遇することだったと小野はいう。本来黒人の音楽として認識されているジャズの世界に白人が足を踏み入れるわけであるから、黒人の側はもちろんのこと、白人の側からも非難を浴びる結果になったのだ。こうして彼は幾多の困難に遭遇しながらも、いわゆるクール・サウンドというものを確立したのであり、それは黒人にも入り込めない彼独自のサウンドの世界だった。小野は、「ゲッツのジャズのクールさとスマートさは黒人のジャズに対する距離感の表現であり、見事な批評となりえていた」と言っているが、この「距離感」は村上を語るうえで重要なキーワードとなるものである。

スタン・ゲッツといえば、村上は「スタン・ゲッツの闇の時代 1953-54」というエッセイを書いている。ここにはヘロインとどうしても縁を切ることのできなかった天才テナーサックス奏者のことが描かれているが、この章はこんなふうに締めくくられている。

僕としては、西も東もわからないまま、一本のテナーサックスだけを頼りに、姿の見えぬ悪魔と闇の中で切りむすび、虹の根本を追い続けた若き日のスタン・ゲッツの姿を、あとしばらく見つめていたいような気がする。彼の素早い指の動きと、繊細なブレスが奇跡的に紡ぎだす天国的な音楽に、何も言わず、あるときには何も思わず、ただ耳を傾けていたいのだ。そこでは彼の音楽があらゆるものを――もちろん彼自身をも含めて――遥かに、理不尽に凌駕していた。それは共時的な肉を持つ、弧絶したアイデアである。それは欲望の根に支えられた形而上的な風景である。そのような理由で僕は、スタン・ゲッツといえばだいたいいつも、古いルースト盤やヴァーブ盤をとりだして、ターンテーブルに載せることになる。彼の当時の音楽には、予期しないときに、とんでもないところから、よその世界の空気がすっと吹き込んでくるような、枠組みを超えた自由さがあった。彼は軽々と世界の敷居を超えることができた。自己矛盾をさえ、彼は普遍的な美に転換することができた。しかしもちろん、彼はその代償を払わなくてはならなかった。「ジャズというのはね」と彼は晩年、あるインタビューの中で、まるで家庭の不快な秘密を打ち明けるように語った、「夜の音楽 (night music) なんだ」。(傍点筆者)

その言葉は、スタン・ゲッツというミュージシャンと、彼が作り出した音楽のすべてを語っているような気がする。

ここでゲッツが言っている「夜の音楽」とは何だろうか。それは少なくともネガティブな意味合いで使われている。夜といえば、それは闇の世界ともつながる。そして「やみくろ」を思い起こさせる。ゲッツが姿の見えない「悪魔」と「闇の中」で闘いつつも理想を追い求めたとは何を意味するのだろうか。

ジャズは「あちら側」の音楽として捉えられていた。白人であるゲッツは「こちら側」にいる人間である。両者のあいだには厚い壁が存在したことは事実だ。それを越えることは決して容易いことではなかった。その壁を破ることは悪魔と闘うようなものであった。「やみくろ」の目を覚まさせるようなものであった。それは黒人が白人の側に立ち向かう以上に苦しいものであった。しかしゲッツはそれに挑戦した。壁の向こうには虹が見えると信じて。しかしそれには多くの犠牲を払わなければならなかった。そのひとつがヘロインだ。

このゲッツの体験には、どこか「かえるくん、東京を救う」を思い起こさせるところがある。目に見えない敵と闘うためには強靱な想像力を必要としたにちがいない。ただゲッツがその闘いに勝利したとは言えない。ヘロインという悪魔と契約を結んでしまったのだから。しかし、その代わり音楽的には成功を収めた。彼のサウンドは「壁抜け」をやってのけることができたのだから。ゲッツにとってはやはりジャズは「夜の音楽」だったのだ。

アーティフィシャルなものへの転換

村上は言葉で音楽を奏でるミュージシャンだと先に表現したが、彼はスタン・ゲッツがやったことを、今度は文章で、すなわち枠組みを超えた自由さをもって、よその世界の空気を自身の作品に注入するということを実践したと言える。アメリカ文学なりヨーロッパ文学なり、外国のものをすっとうまく取り込んだのである。日本はこうなのだというふうに頑なに国粋主義的になるのではなく、戦後急速に西洋化（アメリカ化）が進む中、それを素直にそのまま表現していくという村上春樹の姿勢とゲッツの姿勢はぴたりと一致するのではないだろうか。

日本にはまだまだほんとうの意味での自由が確立されていない分（少なくとも村上はそう考えている）、村上にとってはその自由の追求ということが大きなテーマとなっている。たとえ代償を支払うことを強いられようとも、村上はゲッツが演奏したように文章を書きたかったのではないだろうか。大江健三郎ら先人の文体を真似るだけでは絶対にそれは不可能であったわけである。だからこそ、彼独自の新たな文体を創造することが必要だったのだ。

村上の文体は非常に軽妙で、読者は一気に読み進めることができるということを先に指摘したが、それはスタン・ゲッツのテナーサックスともどこか共通点があるようだ。スーッと軽く進んでいく感じがどこか似ている。重くなく、いい意味での軽さという点で村上はゲッツの影響を受けていると言えそうだ。ただそれはあくまでも表面上のことであって、その奥に潜んでいるものは決して軽くはない。村上のテーマは、文体の特徴に反して、かなり深刻で重苦しい。爽やかな読後感のものもなくはないが、全体的に読んだあと考え込んでしまうような深刻なテーマである場合が多い。それは簡単にいうと、現代人の抱く疎外感や他者とつながることの難しさといった問題がそこに描かれているのだ。先に距離感というキーワードを挙げたが、距離というものがまさにそこにあるのだ。現実社会にどうしてもうまく適応できない。純粋であればあるほど、正しく生きようとすればするほど、うまく適応できないでそこからはじき出されてしまう。そういう人たちを主人公にした重苦しいテーマが描かれるケースが多いのだ。

三浦雅士の指摘にもあるように、この軽い文体と重い憂鬱なテーマの共存が村上作品を成功に導いている。これがもし文体もテーマもともに暗く重苦しいものであったなら、読者はみな途中で読むことを放棄してしまうかもしれない。しかし村上文学の場合はとにかく読者を最後まで連れていく。それで、しばらくして、「ところでテーマは何だったんだろう」というふうに考えさせる技術を彼は身につけているのだ。この背後には、スタン・ゲッツの影響がかなりあったにちがいない。

村上はいわゆる「文壇」に所属することなく、彼一人で独自の世界を築き上げてきた。そこには当然のことながらまわりからの非難や圧力があったはずだ。それでも彼はそれを乗り越え、チャンドラーが描くフィリップ・マーロウのような一匹狼のスタイルを確立したのだ。それは決して生やさしいことではなかったはずだ。クールで洗練されたスタン・ゲッツのサウンドが、黒人の奏でるサウンドとは明らかに違った独自のものであるように、村上の文体もそれまでの日本の伝統的なものからはかけ離れたまったく新しいものとなっている。このように、アーティストとしての姿勢の点でゲッツと村上には共通点がある。村上はゲッツが好きな理由をこう説明している。

結局イミテーションでしょう、当時のね。そういうのはわりに昔から好きなんですよ。内在的な必然性というのが、黒人の場合には、歴史的というか人種的なものが一応あるわけですよ。白人の場合には借りものという感じがあるんですよ。やっぱりアーティフィシャルなものが好きだというかね。ナマのままのものというのはもうひとつしっくりこない。それは勿論それなりに好きなんだけど、そういうものは評価する人はいっぱいいるわけだから。(『ジャズの辞典』)

村上は現実を「ナマのまま」描くのではなく、「アーティフィシャルなもの」に変換しているのだ。この意見はある意味で非常に日本的ではないだろうか。明治維新以降、そして特に第二次大戦後、日本は西洋のあらゆるものをうまく取り入れてきた。それに共通する部分は大きい。ここで言う「借りもの」とは、われわれ日本人にとってのアメリカ文化のことであり、また「ナマのままのもの」とは谷崎潤一郎が主張するような日本特有の伝統文化を指すというふうにも解釈できる。事実村上の作品世界を見れば明らかなように、彼は日本の伝統的文化に執着するのではなく、日本が歩んできたとおりの現実をありのままに描いている。

その結果、村上の小説の中にはそういった日本独自の伝統文化みたいなものはまず描かれていない。たとえば『ねじまき鳥クロニクル』に見られるように、ジーンズをはいてロッシーニの音楽を聴きながらスパゲティを茹でているといった光景が展開されている。『海辺のカフカ』における『源氏物語』や『雨月物語』への言及は例外的だが、これは日本特有の文化として紹介されているというよりは、「意識のトンネル」との関連においてである。作品に散りばめられている音楽もほとんどが西洋の音楽だ。それは、言い換えれば、今日の日本がまさにそういう文化を享受しているということになる。そこには西洋のイミテーションが多分に含まれているのだ。しかし、それこそが戦後われわれが受け入れてきた現実なのだ。

村上が白人のジャズを好むもうひとつの理由は、その「ナマのままのもの」である黒人ジャズが少々重過ぎるということと、それがジャズの「メインストリーム」であるということである。彼は常にこの「メインストリーム」から距離を置く生き方をしてきた。それは彼自身が文壇から距離を置いてきたことであり、また彼の作品世界で言えば、社会の「こちら側」だけではなく、「あちら側」の世界にも目を向けようと意識していることでもある。さらに、それは時には自分自身の中の「あちら側」であったりもするのだ。井戸の底に降りていったり、壁を抜けたりというのはすべてこのことに関連している。それは、もう一人の自分と冷静に対話をしてみようという姿勢であり、また社会の向こう側の人たち、向こう側に追いやられた人たちへのやさしい眼差しでもある。それはまた『ねじまき鳥』以前の作品に顕著な「ディタッチメント」の世界とも共通している。要するに村上は徹底して社会のメインストリームに所属するという考え方を嫌ってきたのだ。小野が言うように、「制度」に服従するのではなく、それを乗り越えるというのが彼の生き方なのだ。

まさにジャズが本来そうであったように。

ただ集団のなかに身を置くのではなく、「個」を生きることこそが村上の信念だが、それはやはりアメリカ文学をずっと読んできた人間のひとつの行き着く先であることはたしかだ。アメリカ文学は、マーク・トウェインの『ハックルベリー・フィンの冒険』以来、落ちこぼれや社会からはみ出した人物が主人公として描かれている場合が実に多い。これこそがアメリカ文学の最大の特徴であり、村上もそこに大きな魅力を感じたのだろう。このように制度を乗り越えていくのだという姿勢はアメリカ文学の特質でもあるが、それはまたジャズの姿勢そのものでもあるのだ。その意味においても、村上の全体のテーマがジャズであるということもできる。現在のジャズは少々停滞ぎみで形骸化してしまっているところがあると言われるが、かつては十年単位で常に進化を遂げてきた。ひとつの形が受け入れられたからといって、そこに甘んじてそのまま同じことを繰り返すのではなく、どんどん新しいものに挑戦をしてきた。これがジャズの一〇〇年間の進化であり、その点こそが村上のいちばん気に入ったところなのだろう。

日本的なものの放出

作家としての村上春樹のジャズ的姿勢を知る上で重要なのが、「芭蕉を遠く離れて――新しい日本の文学について」と題するジェイ・マキナニーとの対話である。ここでマキナニーは村上の人気の理由として、「グループに属することをはっきりと拒否」していることを挙げ、村上の作品が「彼の先行世代の扱っていた主題からは決別している」点を指摘している。このことに関して、そしてまた結果的にジャズとの関連において、村上はこの対話の中で次のような発言をしている。

僕自身は決してノン・ナショナリティーを追及しているわけではないんだ。（中略）僕がまずだいいちに書きたいのは日本の社会なんだ。僕はその社会を、あるいはそれをニューヨークだかサン・フランシスコに場所を変えたとしても通用するという視点から書きたいんだ。（中略）僕はいわゆる〝日本的なもの〟をどんどん放り出していって、そのあとにどうしても残る、これ以上はもう放り出せないという日本的特性を描きたいんだ。

村上のいう「放り出す」ことは、先に引用した「余計な脂肪を取り除く」ことにつながるが、「日本的なもの」とはいったいどのようなものなのか。村上が最終的に描きたい日本的特性とは何なのか。これを読み取るのが村上研究の最大の焦点となってくる。それはわれわれ日本人が意識して日本的なものを考えるときに思い浮かぶものではなく、それらを排除したあとに残るもののことなのだ。

たとえば、能や歌舞伎といった伝統芸能、そして茶道や華道など、どれをとってみても、日本から消えてしまったわけではないが、誰しもがごく日常的に触れている文化とはいえない。このことは村上自身もこの対話の中で指摘しているが、こういったものを取り除いたあとに残るものとは何か。それは西洋化されたわれわれの生活様式と、あとは目に見えない精神的な部分の特性なのではないだろうか。つまりかたちに表せないだけではなく、西洋的な論理で説明することが不可能に近いものかもしれない。

『海辺のカフカ』に描かれた世界はまさにその典型である。カーネル・サンダースやジョニー・ウォーカーといった西洋から入ってきた文化の象徴のような名前が出てくるかと思えば、「入り口の石」といったような不可解なものが登場する。それは神道と密接に関連しているものだと思われるが、われわれにとっては理屈抜きで身についてしまっているものであり、それをうまく説明できる者はあまりいない。

日本はその文化が異文化の脅威に晒されたことがない。ヨーロッパなどとは違い、日本の言語や文化は、長きにわたり奇跡的に守られてきたところがある。こうした日本を描くためには、「新しい日本語の文体」の構築が必要になってくると村上は言っている——

「もし君が何か新しいことを語ろうとするなら、君は新しい言語を必要とする」。つまり、村上以前の作家たちが使用してきた言語では、今の日本は描ききれないということだ。この日本の言語文化に関して、彼は次のような歴史的見解を述べている。

その文化が異文化の真の脅威にさらされたことはほとんど一度もなかった。（中略）その反面、我々は言語文化的には他国に何も与えなかった。我々がやったのは、二十世紀前半の軍事的侵略の過程において、いくつかのアジアの国々に我々の言語を強制的に押し付けたことだけだ。それを別にすれば我々はずっと言語的・文化的孤立を保ってきた。

したがって、われわれ日本人は、自分たちの特殊性とか、差異性を確信して強調する傾向があるのだというのが村上の考え方である。

若手の作家たちも含め、村上らが実践してきたのは、「そのような頑迷さ、そのような確信に揺さぶりをかけること」であって、彼らは「長い間の文化的孤立のようなものを、どこかで解消しなくてはいけない時期に来ている」と考えていたのである。村上はすでに三十代の頃から日本語の「再構築」、「言語的組み換え」の必要性を説いていたのだ。その結果、彼の新しいスタイルの小説はみごとに受け入れられ、今やハルキ・ムラカミを知らない人はいないというほどに多くの国々で読まれている。それは日本という国にとって、大きな財産であり、遺産として引き継いでいかなければならないことだ。

こうして生まれた村上独特の文体は、川端康成や谷崎潤一郎、三島由紀夫などに基準を置いて見てみると、決して美しいとは言えない。細かく見ていくと、どこかぎこちなかったり、やたら英語的な言い回しに遭遇したりもする。しかし、美しいかどうかは別として、それが今の我々の言葉なのである。つまり、今われわれのあいだで使われている日本語を見れば、そこには英語の単語やフレーズがあふれ、正統派からすれば眉をひそめたくなるのが現状である。村上の文体はそうした意味で、特に若い世代にはごく自然に受け入れることのできるものだといえる。日常の言語と比べて、なんら違和感がないのだ。

ただ、村上は若者たちの日常語をそのまま作品に使っているというのではない。先人たちによって確立されたひとつの制度を打ち破り、そしてそれを乗り越え、新たな彼独自の世界を構築したのだ。かつてジャズがそのようにして進化していったように。言い換えれば、たとえば大江健三郎の時代に使われた言語で、村上が描く世界は語れないということだ。それは七〇年代後半から急速に変化を遂げ始めた日本の社会、いわゆる「高度資本主義社会」に突入した日本である。このことについて、村上は同じ対談で次のように語っている。

僕らの多くは今、日本語を再構築しようとしている段階に入っているのではないか。三島が用いていたような言語的美しさ、精妙さ、それはたしかにけっこうなことだ。でもそれが通用し機能していた時代は過去のものとなっている。われわれはもっと新しい試みに向かわなくてはならない。我々がやらなくてはならないのは、言語的バリヤーを越えて、より広い世界に語りかけることだ。そのためにはある種の言語的組み換えが必要なんだ。既成の文学言語ではなくて、自前の言葉が必要なんだ。（中略）異文化の人々にわれわれが話しかけようとするとき、彼らとインフォメーションを交換しようとするとき、我々はいわば言語的中間地点のようなものを必要とする。僕もそこに行ける、君もそこに来ることができるという場所だ。我々はある程度言語を組み替えることによって、そういう仮説的な場所を共有できるようになるんじゃないかという気がする。

その結果、明治初期に起こった言文一致運動に似た流れが生じるのではないかと村上は言っている。こうした考え方が彼の作品に描かれる「壁抜け」といったような発想を生んだのかもしれないし、また「あちら側」と「こちら側」の融合を目指そうとしていることにも通じる。そして、人は自国の言語や文化に対して誇りを持てるようでなければならないと村上は力説している。

真の誇りというものは、外部に向かって自由に自らを表現することによって生まれてくるものだ。日本人は世界中において物質的成功を収めた。でも僕らは文化的にはほとんど何も外に向かって語りかけてはいない。その結果、僕らは文化的な意味合いにおいての誇りというものを感じることができずにいる。何かがちょっと間違っているんじゃないかという思いがそこにはある。そのようにして、僕らは今自分たちの位置を見直そうとしているように僕には思える。

まさにその通りである。これまで受容することに重点を置いてきた我々は、今まさに外に向けて自国の文化というものを正しく、声に出して発信できるようにならなければならない。

ジャズの特性を言葉に置き換える

それは結局ジャズと同じである。常に最初のブルースの時代にさかのぼって、そこから進化してきたジャズの歴史を知った上で、例えば六〇年代、フリージャズが生まれたわけである。それは、少なくとも最初は、何とも言えない違和感を覚えさせるものであり、またあまり耳に心地よくないサウンドに思えたかもしれないが、それでも、「昔の人間がやったとおりにはやらないぞ」という実験的な姿勢で、「もっとフリーに、フリーに！こんな吹き方だって、こんなやり方だってできるんだ」ということを一生懸命やってみせる。常に新しいものを模索しながら、必死になってフリージャズに向かうその姿勢が人々に感銘を与えたことは否定できない。

これまで一方的に西洋のものを受け入れるだけだった日本が、村上春樹という一人の作家の登場によって、かなりその姿勢に変化が見られるようになったことの意義は大きい。さらに、集団性だけを重視するのではなく、やはり「個」を生きる自由というものをいかに確立するか、これが今後の日本人の大きなテーマではないかということを村上はその作品世界で訴えている。繰り返すが、その視点はまさにジャズそのものである。まず自分の自由を確立しないかぎり、社会や組織での自由はありえないのだ。ジャズが音楽という手段で体制に訴えてきたとすれば、村上は文学という手段を用いて同じことを実践してきたのだ。

『海辺のカフカ』の最後の場面はこんなふうに描かれている。

「君は正しいことをしたんだ」とカラスと呼ばれる少年は言う。「君はいちばん正しいことをした。ほかの誰をもってしても、君ほどうまくできなかったはずだ。だって君はほんものの世界でいちばんタフな15歳の少年なんだからね」

「でも僕にはまだ生きるということの意味がわからないんだ」と僕は言う。

「絵を眺めるんだ」と彼は言う。「風の音を聞くんだ」

僕はうなずく。

「君にはそれができる」

僕はうなずく。

「眠ったほうがいい」とカラスと呼ばれる少年は言う。「目が覚めたとき、君は新しい世界の一部になっている」

やがて君は眠る。そして目覚めたとき、君は新しい世界の一部になっている。

闘いを終えたカフカ少年は、眠ることによって心身のバランスを整え、目が覚めたときには「新しい世界の一部」になっている。これは個人としての「個」の確立を果たしただけではなく、日本という国が「ほんものの世界」の中で国家としての「個」の確立を成し遂げることをも示唆している。

> 私が小説を書く理由は、煎じ詰めればただひとつです。個人の魂の尊厳を浮かび上がらせ、そこに光を当てるためです。我々の魂がシステムに絡《から》め取られ、貶《おとし》められることのないように、常にそこに光を当て、警鐘を鳴らす、それこそが物語の役目です。私はそう信じています。（「壁と卵」）

ジャズが抑圧される側の人々から生まれた音楽であるとすれば、村上も同じ抑圧される側に位置する人々を主人公として作品を描いてきた。彼は常に体制側には抵抗の姿勢を見せてきたのだ。ジャズが常に社会の動きに敏感に反応してきたのと同じように、村上の小説も日本の社会の動きを常に意識して書かれてきた。日本の社会を描いてきた村上春樹は、ジャズの特性を作家として言葉に置き換えることでここまで成長してきたのだ。彼の小説世界には戦後の日本が歩んできた道のりが描かれているだけでなく、この国がこれからどこに向かうべきかの道筋が提示されてもいる。

そのメッセージは『１Ｑ８４』にも読み取ることができる。それは一度近過去に戻ることで、我々は果たして正しい道を歩んできたのかどうかを検証し、そこから今後の行く先を提示しているという点においてである。我々は村上の築いた新たな遺産をつないでいかなければならない。この作家の築き上げた世界を乗り越えていく世代はすでにその地位を確立しつつあるのだろうか。新たなリズムは刻まれ始めているのだろうか。それがジャズであれ何であれ。

今が時だ

『騎士団長殺し』のなかに何度も登場するせりふに、「今が時だ」、「今がその時だ！」というのがある。これはモダン・ジャズの創始者であるチャーリー・パーカーの楽曲のタイトルだ。「ナウズ・ザ・タイム」、まさに今こそ行動を起こすときだという意味だ。このせりふが最初に使われるのは第1部で騎士団長が顕《あらわ》れたときだ。彼が（あるいは騎士団長の姿をしたイデアが）この物語の起動力となっている祠《ほこら》の裏の穴の中から鈴を振りならすことで合図を送りはじめたのは、その「穴が解放されるかもしれないという可能性」を感じとったからだという。今こそ何かが始まろうとしている、何かが動き始めようとしている、そんな予感の中で使われているせりふだ。これは言い換えれば、そのチャンスを逃せばものごとは前に進まなくなってしまうということになる。

次にこのせりふが登場するのは第2部の一つのクライマックスである騎士団長を刺し殺す場面である。イデアとしての騎士団長は「私」にいう、「さあ、あたしを断固殺すのだ。彼の意識がこうしてひとつにつながっているあいだに」。それはまさに『海辺のカフカ』に描かれた「入り口の石」が開いている今がその時だと言っているかのようである。しかし「私」は迷う。


私は心を決めかねたまま、騎士団長と雨田具彦の顔とを交互に見ていた。私にかろうじてわかるのは、雨田具彦が何かをきわめて強く求めており、騎士団長の決意がきわめて固いということだけだった。その二人のあいだで、私一人だけが心を決められずにいるのだ。

私の耳はみみずくの羽音を聞き、真夜中の鈴の音を聞いた。

すべてがどこかで結びついている。

「そう、すべてはどこかで結びついておるのだ」と騎士団長は私の心を読んで言った。「その結びつきから諸君は逃げ切ることはできない。さあ、断固としてあたしを殺すのだ。良心の呵責《かしゃく》を感じる必要はあらない。雨田具彦はそれを求めている。諸君がそうすることによって、雨田具彦は救われる。彼にとって起こるべきであったことがらを、今ここに起こさせるのだ。今が時だ。諸君だけが彼の人生を最後に救済することができるのだ」

（傍点筆者）

この後、「私」は騎士団長の心臓を突き刺し、その白い衣装は血に染まる。「私」は「邪悪なる父」を殺し、「再生のための死」を完遂させたのだ。言うまでもなく、この場面は『海辺のカフカ』の父親殺しにつながるものであり、それは一つの大きな「壁」を乗り越え、「再生」を達成することになるのだ。「私」は「その時」を逃すことなく、何とか捉えることができた。騎士団長のおかげで。

「邪悪なる父」とは「私をこれ以上絵にするんじゃない」と「私」に迫る「白いスバル・フォレスターの男」である。そう言いながら、彼は「暗い鏡の中から私に向かってまっすぐ指を突きつけていた」が、その脅迫にも屈することなく、「私」はいつかその絵を完成させなければならないのだ。制度の壁を乗り越え、自身の心の闇を克服し、真の自由を勝ち取るために。「邪悪なる父」の存在はそれぞれの人間が個々に抱えているものだ。だから、騎士団長は「私」に対して「諸君」と呼ぶ。特定の誰かだけに言っているのではなく、それはわれわれ読者への呼びかけでもあるのだ。

この後、このせりふは免色の家に忍び込んで、そこから出られなくなっている秋川まりえに対しても発せられる。もちろん騎士団長によって。

騎士団長は目を細めてまりえを見た。「よく耳を澄ませ、よく目をこらし、心をなるたけ鋭くしておく。それしか道はあらない。そしてそのときが来れば、諸君は知るはずだ。おお、今がまさにそのときなのだ、と。諸君は勇気のある、賢い女の子だ。注意さえ怠らねば、それは知れる」

騎士団長は「私」とまりえをその先に進ませるために同じせりふで励ました。同時に失踪した二人のあいだには「何かしらの共通項」があるようだ。それはこれから時間をかけて解明されていくことになるのだろうが、少なくとも言えることは、二人は共に騎士団長の姿を捉え、その声を聴くことができるという共通点を持っている。二人には、聞こえるのだ、チャーリー・パーカーのテナーサックスの音色が。そして見えるのだ、真昼の花火が。

我々には絶対に逃してはいけないポイントというものがある。それはタイミングの問題だ。免色はそのことについてこう言う。

「私は思うのですが、大胆な転換が必要とされる時期が、おそらく誰の人生にもあります。そういうポイントがやってきたら、素速くその尻尾を摑まなくてはなりません。しっかりと堅く握って、二度と離してはならない。世の中にはそのポイントを摑める人と、摑めない人がいます。雨田具彦さんにはそれができた」

雨田具彦は今が時だと感じとり、それを逃さなかった。そして彼は洋画から日本画の世界へと転向したのだ。彼は「大きく化け」、「自分のスタイルを思い切って打ち壊し、その瓦礫《がれき》の中から力強く再生」したのだ。それはこの物語の最後に発せられる村上の強いメッセージへの伏線とも取れるものだ。

ジャズ小説としての『ノルウェイの森』

ジャズ、村上春樹、そして武蔵野には深い関係がある。六〇年代後半を背景とした『ノルウェイの森』には新宿のジャズ喫茶「DUG」が登場する。主人公のワタナベは目白の学生寮に住んだ後、吉祥寺周辺に引っ越してくる設定になっている。また直子は国分寺に住む津田塾大学の学生である。そして、なんといっても、村上は学生時代から、国分寺で実際に「ピーター・キャット」というジャズ・バーを経営していた。こうして見ていくと、新宿から国分寺に至るまでのジャズ文化の図式ができあがる。この中央線沿線とジャズの関係とはいったいどのようなものなのだろうか。

村上は『ノルウェイの森』の執筆段階では、「雨の中の庭」というタイトルを想定していたようだ。それが最終的にはビートルズの曲のタイトルである『ノルウェイの森』となったわけだが、この作品にはビートルズの曲が多く登場する。「ミシェル」「イエスタデイ」「アンド・アイ・ラブ・ハー」等の十三曲と、アルバム『サージェント・ペパーズ・ロンリー・ハーツ・クラブ・バンド』のラインアップである。これは相当の数であり、この作品とビートルズとが深い関係にあることがわかる。

いうまでもなく、直子がもっとも好きだった曲は「ノルウェイの森」だ。物語の中盤で直子がこの曲をレイコにリクエストをする場面が描かれている。

「この曲聴くと私ときどきすごく哀しくなることがあるの。どうしてだかはわからないけど、自分が深い森の中で迷っているような気になるの」と直子はいった。「一人ぼっちで寒くて、そして暗くって、誰も助けに来てくれなくて。（……）」

このように、この曲がこの作品の大きなモチーフとなっていることは明らかである。もちろん、それはあくまでもイメージであって、実際にはノルウェイの森の中とは直接関係はない。村上は当然そのことを承知の上で、作品全体を覆うトーンをこの曲に託しているのだ。さらにこの曲は物語の最初と最後にもうまく配置されている。最初は、物語の冒頭のジャンボ機内の場面だ。

飛行機が着地を完了すると禁煙のサインが消え、天井のスピーカーから小さな音でBGMが流れはじめた。それはどこかのオーケストラが甘く演奏するビートルズの「ノルウェイの森」だった。そしてそのメロディーはいつものように僕を混乱させた。いや、いつもとは比べものにならないくらい激しく僕を混乱させ揺り動かした。

そして最後は、ワタナベとレイコが二人で直子の「淋しくない」葬式を行う場面だ。吉祥寺のアパートでレイコは五十曲に及ぶ曲をギターで演奏するが、その中で「ノルウェイの森」が二度聞こえてくる。

こうしてみていくと、やはりこの作品はビートルズなしでは語れないことがわかる。「エレノア・リグビー」「ノーウェア・マン」等、「孤独な人々」、「自分がどこにいるのかがわからない男」といったそれらの歌詞の内容との深い関係が示唆されているのだ。では、ジャズはどこにあるのか。

それは、小説の背後に静かに流れている。その中心となっているのはマイルズ・デイヴィスの『カインド・オブ・ブルー』であり、作品全体のBGMとして聴こえてくるといえる。ビートルズが前景を担当しているとすれば、マイルズのジャズはその背景を司っている。ワタナベは日曜の朝、『カインド・オブ・ブルー』を聴きながら直子に長い手紙を書く。

「(……)僕はこれまで以上に君のことをよく考えています。今日は雨が降っています。雨の日曜日は僕を少し混乱させます。雨が降ると洗濯できないし、したがってアイロンがけもできないからです。散歩もできないし、屋上に寝転んでいることもできません。机の前に座って『カインド・オブ・ブルー』をオートリピートで何度も聴きながら雨の中庭の風景をぼんやりと眺めているくらいしかやることがないのです。(……)」

これは物語の後半に登場する描写であるが、まさに村上が当初タイトルとして構想していた「雨の中の庭」の場面がここである。まさにこのアルバムの世界にぴったりの情景が描かれているといえる。また、何も損なわず、誰も傷つけないように、壊れやすいものを両手で守ってあげるかのような「僕」の生き方は、マイルズの演奏方法そのものだ。それは作家である村上がジャズ・ミュージシャンであるマイルズを「文学的規範」としていたこととも関係しているだろう。そこにはサリンジャーが『キャッチャー・イン・ザ・ライ』で描くホールデンの優しさと同じ種類のものがある。

マイルズ・デイヴィス『カインド・オブ・ブルー』

村上は『ニューヨーク・タイムズ・ブック・レビュー』に"Jazz Messenger"(「違う響きを求めて」)と題して掲載したエッセイの中で、マイルズ・デイヴィスについてこう言っている。

> (……)僕は文章の書き方についてのほとんどを音楽から学んできた。逆説的な言い方になってしまうが、もしこんなに音楽にのめり込むことがなかったとしたら、僕はあるいは小説家になっていなかったかもしれない。そして小説家になってから三十年近くを経た今でも僕はまだ、小説の書き方についての多くを、優れた音楽に学び続けている。

たとえばチャーリー・パーカーの繰り出す自由自在なフレーズは、F・スコット・フィッツジェラルドの流麗な散文と同じくらいの、豊かな影響を僕の文章に与えてきた。マイルズ・デイヴィスの音楽に含まれた優れた自己革新性は、僕が今でもひとつの文学的規範として仰ぐものである。

作家はもちろんのこと、村上はミュージシャンをも文学的手本としているのである。特に、常に同じところに留まることなく変化し続けてきたマイルズ・デイヴィスというジャズ・ミュージシャンを。

「阿美寮」で直子が取り乱したために、しばらく外に出てくれとレイコに言われたワタナベは、雑木林の中へと入っていく。

雑木林を抜け小高くなった丘の斜面に腰を下ろして、僕は直子の住んでいる棟の方を眺めた。直子の部屋をみつけるのは簡単だった。灯のともっていない窓の中から奥の方で小さな光が仄かに揺れているものを探せばよかったのだ。僕は身動きひとつせずにその小さな光をいつまでも眺めていた。その光は僕に燃え残った魂の最後の揺らめきのようなものを連想させた。僕はその光を両手で覆ってしっかりと守ってやりたかった。僕はジェイ・ギャツビイが対岸の小さな光を毎夜見守っていたのと同じように、その仄かな揺れる灯を長いあいだ見つめていた。

ここには、直子を何とか守ってやりたいというワタナベの切なる思いが込められているが、その姿勢には『カインド・オブ・ブルー』に通ずるものがある。このアルバムでのマイルズのトランペットの吹き方は、まさにそっと壊れやすいものを守るかのような吹き方なのだ。弱々しいというのではなく、やさしさに溢れているのだ。ただ、あまりにも切なくブルーな気分はぬぐい去ることはできないが。

この場面はまた作品の冒頭近くの「螢」の場面にも繫がるものである。夕暮れの寮の屋上でただ一人じっと一匹の弱った螢を見つめるワタナベの姿は、全編を通して貫かれているものであり、これはまさにワタナベと直子の関係を耽美的に描いた象徴的な一節である。

螢が飛びたったのはずっとあとのことだった。螢は何かを思いついたようにふと羽を拡げ、その次の瞬間には手すりを越えて淡い闇の中に浮かんでいた。それはまるで失われた時間をとり戻そうとするかのように、給水塔のわきで素速く弧を描いた。そしてその光の線が風ににじむのを見届けるべく少しのあいだそこに留まってから、やがて東に向けて飛び去っていった。

蛍が消えてしまったあとでも、その光の軌跡は僕の中に長く留まっていた。目を閉じたぶ厚い闇の中を、そのささやかな淡い光は、まるで行き場を失った魂のように、いつまでもいつまでもさまよいつづけていた。

僕はそんな闇の中に何度も手をのばしてみた。指は何にも触れなかった。その小さな光はいつも僕の指のほんの少し先にあった。


ワタナベはできるだけ目立たないようにして生きている。授業中も返事をしない。そんな生き方が、新宿から中央線に乗って吉祥寺方面に移行してくる。それは物語の後半で「DUG」が登場するあたりから始まり、同時にその背景には多くのジャズが流れ始める。新宿といえば、「ピット・イン」に代表されるように、六〇年代のジャズの中心地であった。

身を潜めるかのように、そっと生きながら、ひたすら直子を守ろうとするワタナベ。音のイメージとして、『カインド・オブ・ブルー』の三曲目「ブルー・イン・グリーン」がもっともよく似合う場面だ。そんな「僕」は吉祥寺の外れの一軒家に間借りをして生活を始める。そんな生き方を、吉祥寺の町はそっとジャズで包みながら、守ってくれたのかもしれない。押し付けることなく、あくまでも背景的にそっと静かに。

このアルバムの最初の曲「ソー・ワット」には、ジャズ特有のコール&レスポンスの形式が見られるが、それも曲が変わるにつれ次第に消えていく。最後の「フラメンコ・スケッチーズ」ではもはや呼びかけに対する応答も何もない。こうした曲の進行具合は小説の内容にぴたりと一致する。こうして直子は最後に自ら命を絶つ。ワタナベは彼女を守りきれなかったのだ。このようにジャズはビートルズの背後に隠れてはいるものの、しっかりとその存在感を示しているのである。

六〇年代という祭りのあとで

六〇年代という時代は、日本においても、映画『いちご白書』に見られるような学園紛争の時代だった。それはある意味で『ノルウェイの森』のエピグラフに「多くの祭り《フエト》のために」と記されているように、祝祭的でさえあった時代だ。しかし、ワタナベはそうした流れの中には一切身を置くことはなく、ひたすら直子を守ることだけを考えている。彼にとってのこの時代は「どうしようもないぬかるみ」でしかなかったのだ。そんなワタナベが身を置くのに適していたのが吉祥寺周辺であった。当時この町には一種独特の雰囲気があったのだ。それは、時代の波に迎合しない姿勢だ。そこには、森田童子の歌「ぼくたちの失敗」にも描かれている「地下のジャズ喫茶」が存在した。それは当時の活動家さえもが安らぎの場を求めた場所であった。そこにはワタナベのように「変われない僕たちがいた」。六〇年代のもうひとつの光景がそこにあるのだ。

僕は昼は吉祥寺の町に出て二本立ての映画を見たり、ジャズ喫茶で半日、本を読んでいた。誰とも会わなかったし、殆んど誰とも口をきかなかった。そして週に一度直子に手紙を書いた。

吉祥寺を中心として、レイコが中央線の電車の窓から「珍しそうにじっと眺めていた」武蔵野の風景には、どこかワタナベのような人間をやさしく包み込む雰囲気があったようだ。しかし、それが今は消えつつあるような気がする。ガイドブック片手に吉祥寺に押し寄せる人々に罪はないものの、かつての町が消えてしまったことは事実だろう。そうした環境は今はもうない。これも、村上の世界特有の、失われたもののひとつだろう。ワタナベが必死で直子を守ろうとする姿勢は、日本が失いつつあるとても大切な何かを守ろうとしているかのようでもある。そういえばこの時代はまさに日本が高度資本主義に突入していく直前の時代であった。

僕自身が吉祥寺に移り住んだ七〇年代の初頭にも、かつての雰囲気を残しつつも、そこに新たなものが入って来るという、ある意味で混沌とした魅力がこの町にはあったような気がする。それが今では「制度化」された街になっていて、そこに「自由を勝ち取るための抵抗」といった雰囲気はもはやない。ジャズが常に制度を越えていこうとするものであったとすれば、この街はもはやジャズ的ではない。唯一、「ハーモニカ横丁」だけが混沌とした雰囲気を残しているが、それさえもが街の制度の中にひとつの整備された形として組み込まれてしまっている。

それはたとえば暮れのクリスマスの飾りつけにも表れている。あちこちに美しく散りばめられてはいるけれど、それは単なる装飾にすぎないものであり、何も訴えてくるものはない。かつては駅を降りると、目には見えないけれど、この町特有の空気を肌で感じることができたような気がする。今の吉祥寺には、ジャズは見えているだけで、聞こえてはこない。

一般的には、ジャズという音楽そのものには、地下の暗がりやたばこの煙、さらにはドラッグなどを連想させる不健全でアンダーグラウンドなイメージが少なからず付きまといい、また、60年代、70年代の学生闘争のころ、学生運動家が潜伏した場所の多くがジャズ喫茶でもある。(『東京ジャズ地図』)

彼らは物を破壊することだけを目指していたのではなく、ギャツビーやワタナベのように、何かをそっと守りたかったのかもしれない。彼らにとってそこは隠れ家的場所、安らぎの場所であったのだろう。社会はきっとよりよい場所に変えられると信じる若者たちの熱気を背後に感じながら、ただ一人ジャズに耳を傾けるワタナベがそこにはいた。

制度を超える――ジャズの姿勢

『職業としての小説家』の中に、「学校について」という章がある。それはごくごくありふれたタイトルではあるが、このエッセイには村上の小説家としての世界観が盛り込まれている。

(……)この国の教育システムは基本的に、個人の資質を柔軟に伸ばすことをあまり考慮していないんじゃないかと思えてなりません。いまだにマニュアル通りに知識を詰め込み、受験技術を教えることに汲々《きゅうきゅう》としているように見えます。そしてどこの大学に何人合格したというようなことに、教師も父兄も真剣に一喜一憂している。これはいささか情けないことですよね。

村上自身は、「学校にいる間にもっとのびのび好きなことをしておけばよかった。あんなつまらない暗記勉強をさせられて、人生を無駄にした」とさえ思っているという。そして、こうした傾向は学校だけではなく、「会社や官僚組織を中心とした日本の社会システムそのもの」にも見られるとしている。

（……）それは――その「数値重視」の硬直性と、「機械暗記」的な即効性・功利性志向は――様々な分野で深刻な弊害を生み出しているようです。ある時期にはそういう「功利的」システムはたしかにうまく機能してきました。社会全体の目的や目標がおおむね自明であった「行け行け」の時代には、そういうやり方が適していたかもしれません。しかし戦後の復興が終わり、高度経済成長が過去のものとなり、バブル経済が見事に破《は》綻《たん》してしまったあと、そういう「みんなで船団を組んで、目的地に向かってただまっすぐ進んでいこうぜ」的な社会システムは、その役割を既に終えてしまっています。なぜなら僕らのこれからの行き先はもう、単一の視野では捉《とら》えきれないものになってしまっているからです。

こうした社会が生み出した差別や偏見の結果が村上作品の重要なテーマにもなっている。それはひと言で言えば、「個としての自由」の確立である。すべてが一律でなければならないという考え方（あるいは暗黙の了解）が根底にある以上、「偶然の旅人」のピアノの調律師のような存在は疎まれることになる。カフカ少年のように学校を抜け出し、地方の図書館でひとり本を読んで暮らしている生徒は落ちこぼれということになる。一律であること、それは集団性をも意味するものであり、「沈黙」の大沢のようにそこから外れている人間は疎外され、罠にかけられる結果ともなる。少数派とはいえ、なぜこうした人間に理解を示そうとしないのか。彼らをいとも簡単に排除してしまおうとするのはなぜなのか。

村上はあえてこうした人物を主人公に設定する。それはまさに「個」の尊重であり、集団としてではなく、個人としての自由がなぜ確立されないのかという疑問からきている。「こちら側」と「あちら側」という境界線を引くことは、社会の分断につながるものであり、最も危険なことであることを訴えているのだ。そうした不健全な社会から予期せぬとんでもない事件が発生することになるという警告を発しているのだ。お互いが相手を理解しようとする寛容性を持った社会の実現がなければ、この国はどこに行くのかが見えない。「目じるしのない悪夢」のサブタイトルとなっている「私たちはどこに向かおうとしているのだろう?」という村上の問いかけの意味はまさにそこにある。

どんな社会においてももちろんコンセンサスというものは必要です。それなくしては社会は立ちゆきません。しかしそれと同時に、コンセンサスからいくらか外れたところにいる比較的少数派の「例外」もそれなりに尊重されなくてはなりません。あるいはきちんと視野に収められていなくてはなりません。成熟した社会にあっては、そのバランスが重要な要素になってきます。そのバランスの取り方によって、社会に奥行きと深みと内省が生まれます。でも見たところ現在の日本では、そういう方向に向けての舵《かじ》がまだ十分うまく切られていないようです。

村上文学のテーマはまさにこうした日本の社会に対する警告とも捉えることができる。結局は、当たり前だと思っている学校教育が大きな問題をはらんだ社会を形成する要因となっていることに我々は一日もはやく気づき、その手立てを考えなければならない。

効率というリスク

ここで村上は、話を原発事故に結びつける。

たとえば二〇一一年三月の、福島の原子力発電所事故ですが、その報道を追っていると、「これは根本的には、日本の社会システムそのものによってもたらされた必然的災害（人災）なんじゃないか」という暗澹《あんたん》とした思いにとらわれることになります。

確かにあの事故を引き起こしたのは想定外の自然災害であったかもしれないが、最終的に「致命的な悲劇の段階にまで押し進められたのは、（中略）現行システムの抱える構造的な欠陥のためであり、それが生み出したひずみのためです。システム内における責任の不在であり、判断能力の欠落です。他人の痛みを『想定』することのない、想像力を失った悪《あ》しき効率性です」と村上は言い切る。

村上はこの「効率」という言葉をカタルーニャ文学賞の受賞スピーチ「非現実的な夢想家として」でも使っている。効率を第一に優先した結果、広島・長崎の悲劇を経験した日本が六十六年後に再び核の恐怖に晒される結果となってしまった。村上はこのことを思うとき、我々は何があっても「核」の使用に対して「ノー」を叫び続けるべきだったと力説する。この主張に関しては賛否両論の意見が飛び交うであろうが、正論であることは間違いない。確かに現実を直視しないで、理想だけを追い求めていても世の中は動いていかないのも事実だ。ただ村上に言わせれば、それは現実ではなく「便宜」だという。

効率的であったはずの原子炉は、今や地獄の蓋を開けてしまったかのような、無惨な状態に陥っています。それが現実です。原子力発電を推進する人々の主張した「現実を見なさい」という現実とは、実は現実でもなんでもなく、ただの表面的な「便宜」に過ぎなかった。それを彼らは「現実」という言葉に置き換え、論理をすり替えていたのです。

こうして経済効率だけを優先した結果、我々は「地獄の蓋」を開けてしまったのである。それはまさに「やみくろ」を地下から地上世界に解き放ったようなものだ。それは政府や電力会社だけの責任ではなく、日本人全体の責任であると考えるべきだが、その背景には、「目じるしのない悪夢」でも指摘されている日本人の「隠蔽体質」がある。つまり、原発政策に「潜在するリスク」を「意図的に人目から隠蔽」してきた結果、「そのつけが今回我々にまわってきた」のである。

村上はこうした「社会システムの根幹にまで染み込んだ『行け行け』的な体質に光を当て、問題点を明らかにし、根本から修正していかない限り、同じような悲劇がまたどこかで引き起こされる」という。たしかに、今回の事件ははじめてのことではない。こうした日本の隠蔽体質に関して、村上は「目じるしのない悪夢」の中で次のように言っている。

（……）私が深く危機感を感じるのは、当日に発生した数多くの過失の原因や責任や、それに至った経緯や、またそれらの過失によって引き起こされた結果の実態が、いまだに情報として一般に向けて充分に公開されていないという事実である。言い換えれば「過失を外に向かって明確にしたがらない」日本の組織の体質である。「身内の恥はさらさない」というわけだ。その結果、そこにあるはずの情報の多くは「裁判中だから」とか、「公務中のできごとなので」というわかったようなわからないような理由で、取材を大幅に制限される。

このことはさらに歴史を遡ってみても同じ現象が見られることを村上は指摘している。それは、『ねじまき鳥クロニクル』で検証される「ノモンハン事件」だ。彼はこの小説を書くために、一九三九年のノモンハン事件のリサーチを行った。その時、資料を綿密に調べれば調べるほど、「その当時の帝国陸軍の運営システムの杜撰さと愚かしさに、ほとんど言葉を失ってしまった」と言っている。

どうしてこのような無意味な悲劇が、歴史の中でむなしく看過されてしまったのだろうと。でも今回の地下鉄サリン事件の取材を通じて、私が経験したこのような閉塞的、責任回避型の社会体質は、実のところ当時の帝国陸軍の体質とたいして変わっていないのだ。

簡単に言ってしまえば、現場の鉄砲を持った兵隊がいちばん苦しみ、報われず、酷い目にあわされる、ということだ。後方にいる幕僚や参謀は一切その責任をとらない。彼らは面子を重んじ、敗北という事実を認めず、システム言語を駆使したレトリックで失策を糊塗する。前線において糊塗しがたい明確な敗退があれば、それは現場指揮官の職務責任として逐一厳しく処理される。多くの場合、詰め腹を切らされる。実相を明らかにするはずの情報は「軍機」という名目のもとに公開されない。

まさに地下鉄サリン事件や福島の原発事故の時とまったく同じ体質がそこに見出せるというわけだ。日本は体質的には何も変わってはいないのである。これでは今後同じような悲劇がまた起こりかねないという村上の結論には説得力があると言わざるをえない。

> 結局ノモンハン敗北の原因は、陸軍上層部によって有効に分析されることがなかった（中略）。その真の教訓は、将来のためにまったくいかされなかった。陸軍は関東軍参謀を何人か交代させただけで、その局地戦争に関する一切の情報を内部に封じ込めた。その二年後に日本は第二次世界大戦に突入する。そしてそこではノモンハンで起こったのと同じ愚行と悲劇が、より巨大な規模で繰り返されることになった。

村上はこのノモンハン事件を扱った『ねじまき鳥クロニクル』においても、同様に日本の政治的、社会的状況における「効率第一主義」のことを批判している。

> （……）どうすればものごとの効率がよくなるのか、戦後の歳月をとおしてそれ以外の哲学、あるいは哲学に類するものを我々日本人は生み出してきただろうか？　しかし効率性は方向性が明確なときに有効な力である。ひとたび方向性の明確さが消滅すれば、それは瞬時に無力化する。海の真ん中で遭難して方向を失ったときに、力のある熟練した漕《こ》ぎ手が揃《そろ》っていても無意味なのと同じだ。効率よく間違った方向に進むのは、どこ

にも進まないより悪いことである。正しい方向性を規定するのはより高度な職能を持つプリンシプルでしかない。しかし我々は今のところそれを欠いている。決定的に欠いている。

これは亨が嫌悪感を抱いている綿谷ノボルの論理だが、亨はそこに「それなりの説得性と洞察《どうさつ》」を認めている。

日本の社会制度、教育制度への批判

こうした一連の村上の指摘を見ていて思うことは、彼の小説には変わらない日本の体質に対する批判だけでなく、そこからいかに脱するべきかという強い提案が読みとれるのではないだろうか。それは個人的レベルにおいても国家的レベルにおいても言えることである。ピアノの調律師の物語が前者に当てはまるとすれば、後者は『海辺のカフカ』であり、『ねじまき鳥クロニクル』だ。それらが互いにつながっていることは言うまでもないことだが、個人が変わっていかない限り国家も変われないということである。つまり「悪夢」は続くのだ。

結局村上が言いたいのは、こうした「社会システムの矛盾」は「日本の教育システムの矛盾」から来ているということだ。あるいはその逆も考えられるかもしれないが、両者は分かちがたくつながっていることを忘れてはならない。「いずれにせよそのような矛盾をこのまま放置しておくような余裕はもはやないというところまで来て」いるのだ。

実際に今わが国のあちこちで起こっている「教育現場の病的症状」は「社会システムの病的症状の投影」だと村上はいう。

社会全体に自然な勢いがあり、目標がしっかり定まっていれば、教育システムに多少の問題があったとしても、それはなんとか「場の力」でもってうまく乗り越えられます。しかし社会の勢いが失われ、閉塞感《へいそく》のようなものがあちこちに生まれてきたとき、それが最も顕著に現れ、最も強い作用を及ぼすのは教育の場です。学校であり、教室です。なぜなら子供たちは、坑道のカナリアと同じで、そういう濁った空気をいちばん最初に、最も敏感に感じ取る存在であるからです。

たしかに社会の閉塞感は今学校を脅かしているようだ。そこには社会の抱えている問題がそのまま反映されている。そこはもはやのびのびとした開放的な場所ではなくなりつつある。かつての日本には「困ったときに逃げ込むことのできる余地や隙間みたいなもの」が多く見られたが、今ではそうした「避難スペース」は見つからない。それこそが学校のひとつの役割であったはずが、今ではそこからどこに避難すればいいのかを模索しなければならないのが現状だ。すべての学校の状況を把握しているわけではないが、小学校から大学までが結局のところ受験というシステムでつながっていることを考えると、どこにも多かれ少なかれ似たような閉塞感が漂っていることは容易に予測できる。そこで村上はこう提案する。

そういう「逃げ場の不足した」社会がもたらす教育現場の深刻な問題に対して、我々はなんとか新たな解決方法を見つけていく必要があります。というか、順番から言いますと、その新たな解決方法を見つけることのできそうな場所を、まずどこかにこしらえていく必要があります。

それはどのような場所か？

個人とシステムとがお互いに自由に動き、穏やかにネゴシエートしながら、それぞれにとって最も有効な接面を見出《みいだ》していくことのできる場所です。言い換えれば、一人ひとりがそこで自由に手足を伸ばし、ゆっくり呼吸できるスペースです。制度、ヒエラルキー、効率、いじめ、そんなものから離れられる場所です。簡単に言えば、温かな一時的避難場所です。誰でもそこに自由に入っていけるし、そこから自由に出て行くことができます。それは言うなれば「個」と「共同体」との緩やかな中間地域に属する場所です。そのどのあたりにポジションをとるかは、一人ひとりの裁量にまかされています。とりあえずそれを僕は「個の回復スペース」と呼びたいと思います。

ここに村上文学の真髄ともいえる考え方が読み取れるのではないだろうか。もちろんここには健全な物語がなければならない。オウム真理教に入信していった若者たちに提供されたような稚拙な物語であってはならないことは言うまでもないことだ。彼らはまさにそうした逃げ場を求めて麻原のもとに駆け込んだ人々だった。

村上は『アンダーグラウンド』の続編的ノンフィクションとして『約束された場所で』を世に出した。それはオウム真理教の信者、元信者へのインタビュー集である。彼らの声を聞いてみて思うことは、我々は知らないあいだに大切な何かをどこかに置き去りにしてきてしまったのではないかということだ。そして、それは彼らだけのことではなく、我々自身の物語なのかもしれないと気づかされる。無意識のうちにどこかで無理やり封じ込めてきた自分の一部がそこにあるような気がしてくるのは不思議だ。それは現代の日本の社会で生きていくには仕方のないことだったのかもしれないが、我々はこのまま自分たちの中にある「あちら側」を葬り去ったまま、「こちら側」で生きていくことはできるのだろうか。そんな疑問のなかで不安に襲われる。はたしてそんな境界線は必要なのだろうか。いつからそれはそこに存在するようになったのだろうか。それなしでは社会はほんとうに成立しないのだろうか。

答えは明らかだ。その結果われわれは強い閉塞感の中で生きていく羽目に陥っているのだ。システムにうまくなじめないものは排除されるしかないのだろうか。そういう人々のための「受け皿」があるべきではないだろうか。それはまさに「一時的避難場所」のことである。いつでも自由に行き来できる個人の「回復スペース」だ。これがあれば今の閉塞感はかなり和らいでいくにちがいない。我々自身が知らず知らずのうちに作り上げてしまった「こちら側」と「あちら側」との間の境界線は、実はそれほど強固なものではない。つまり自分が常に「こちら側」にいられるとは限らないのである。この二つの関係はいつ逆転してもおかしくはないのだ。

その意味においても、これはオウム信者（あるいは元信者）だけの物語ではなく、現代社会に生きる我々すべての物語でもあるのだ。そう考えるとき、村上が手がけた二つのノンフィクションは実は彼のもう一つの「物語」として読むこともできる。つまり、村上はこの事件を明確には物語化しなかったが、ノンフィクションという形式で物語に仕立て上げたということもできそうだ。

個としての自由

「個の回復」は重要なテーマだ。それは村上の作品を理解する上で無視できないものだ。村上は「大きな『制度』の中に含まれていながら、そういう別の自分自身の『制度』をうまく確保することができた」のは、「読書という行為」のおかげだという。その行為自体が彼にとって「そのままひとつの大きな学校だった」のだ。

それは僕のために建てられ、運営されているカスタムメイドの学校であり、僕はそこで多くの大切なことを身をもって学んでいきました。そこにはしちめんどくさい規則もなく、数字による評価もなく、激しい順位争いもありませんでした。もちろんいじめみたいなものもありません。

村上のいう「個の回復スペース」とはまさにそのようなものである。それは読書だけに限られたことではないが、社会の制度にうまくなじめなくても、そうしたスペースを何らかの形で獲得できたなら、「そこで自分に向いたもの、自分の背丈に合ったものを見つけ、その可能性を自分のペースで伸ばしていくことができたなら、うまく自然に『制度の壁』を克服していける」はずだという。まさにカフカ少年と甲村記念図書館の関係がそれに当てはまる。

地方のあまり人が来ないような特殊な図書館という場所で、身を隠すように暮らすカフカ少年だが、彼はそこに居心地の良さを覚えるだけではなく、大人になるために必要な多くの知識を身につけている。まるでそこが大人の世界へのイニシエーションの場所であるかのようだ。

「壁」は言うまでもなく村上の重要なモチーフのひとつだ。高い壁に囲まれた街のイメージは「世界の終り」に描かれているものだが、それは日本という国そのものでもあるような気がしてくる。閉鎖された街の中で古い夢を読みながら生きていくというのは、まさに古い因習からなかなか脱することができないまま、閉塞的に生きている日本人と重なるのだ。我々はどうすればそこから脱出することができるのか。それこそが村上の大きな命題であるが、その解決策として、まず「壁抜け」という行為が示されることになる。つまり、それは制度を越えることにつながるからだ。

村上が力説するように、日本は残念ながら多方面において「閉じられた社会」であると言わざるをえない。そんな社会の中で、人が「自由」であり、「個」として生きるためには、この「壁」が大きな障害物となっていることは明白だ。もちろんそれは人によって異なる。束縛はされても、その代わりに得られる「社会的保障」のある生き方を好む人々もいる。少々息が詰まるような思いをしても、それを我慢さえすれば、楽で安泰な人生が手に入るという考え方もあるのだ。

「世界の終り」のなかで「必ずどこかに出口はある」という「影」のせりふがある。その先には「外の世界」があるのだということだ。それはなんとかしてその閉塞的な場所から抜け出したいという意思の表れだが、ただあえて外に出る必要もないと考える人がいることも事実だ。それも自由といえば自由だが、それでは健全な社会は生まれないという点が問題なのである。日本が繰り返し起こしてきた悲劇をまた繰り返すような社会を作り上げていくだけなのだ。そしてそこに君臨するのは『海辺のカフカ』に登場するジョニー・ウォーカーのような想像力を欠いた権力者がはびこるかもしれない。あるいはそれはジョージ・オーウェルの『一九八四年』に出てくるビッグ・ブラザーのような人物かもしれない。弱きものの象徴である猫の心臓をえぐり出すという残虐な行為を平気でやってのけることができるような冷酷な人間かもしれない。さらには、アイヒマンのような人物かもしれない。すべてはT・S・エリオットが描いた「うつろな人間たち」だ。

村上は三十代の頃からすでにこうしたテーマと取り組んできた。「日本社会の強制する制度から抜け出すこと」が彼の最大のテーマだった。それはつまり作家にとっては「日本文学の強制する制度から抜け出すこと」でもあったのだ。こうして彼は社会の中で「自由でありたい、個でありたいと思うことのきつさ」を彼なりに描こうとしてきたのだ。こうした若い頃からの姿勢は、先に言及した「芭蕉を遠く離れて」にも見られる。

常にこの「制度」というものに対して果敢に立ち向かっていく姿勢を貫いてきた村上だが、個としての自由を獲得する代償は決して小さなものではない。そこには大きな責任が伴う。しかも、その責任を独りで背負っていかなければならないのだ。それでも彼はくじけることはなかった。一貫してそうした姿勢の小説を書き続けてきた。それは、最初は自分のためであったかもしれない。しかしそれが結果的には日本の社会全体にとって大切なことであることを、作家活動の中でしだいに認識するようになっていったのではないだろうか。それが、「ディタッチメント」から「アタッチメント」へと言われる所以である。

想像力の対極にある効率への警鐘

村上のこうした姿勢は、先に紹介したエルサレム賞を受賞したときの「壁と卵」のスピーチにも顕著に見られる。この時の発言には賛否両論飛び交ったが、『考える人』のインタビューで言っているように、いったい「百パーセント卵の側に立てると断言できる日本人がどれだけいるだろう」というのが村上の投げかける疑問である。それはつまり、多くの人々は「個」を確立することなく、制度の中に身を任せて生きているということである。

村上は卵を支持するには「それなりの決意と、最後まで責任をとる覚悟が必要」だと強調する。

僕は地下鉄サリン事件の実行犯の裁判を聞いていて、そのことを強く感じました。この人たちがやったことはまぎれもない悪であり、許されないことだ、それでも、なお僕は彼らの側に立ってものをしっかり考えなくてはいけないんだと。そのことで被害者の人に糾弾されたとしても、社会に糾弾されたとしても、その気持ちは変えられない。

千駄ヶ谷の駅前で彼らの奇妙な踊りを目にしたときに、思わず目を背けてしまった村上自身も、その時は「卵の味方だ」という資格はなかったことになる。彼は彼なりに自分の壁を形成していたのかもしれない。その壁をなんとか抜けたいという強い気持ちが、『ねじまき鳥クロニクル』に現れたという見方もできる。いずれにせよ、そうした自分を正直に認め、この事件と正面から向き合うことで、このスピーチに至ったということになる。そして、その気持ちは『1Q84』の中にもかなり取り込まれているという。それは、青豆が「さきがけ」のリーダーにどこか惹かれていくあたりだろうか。敵の側の論理にもきちんと目を向けるという姿勢がそこにはあるのだ。それはもちろん妥協するという意味ではない。悪は悪として対処しなければならない。

我々は知らず知らずのうちに自分のまわりに壁を築き、それに寄りかかって生きていこうとする。そして何かその壁を揺るがすようなことが起こるたびに、ますますその壁を強固なものにしていく。そうして気がつけばそこから出ることができなくなっている。しかし、さらに考えてみれば、自分がつくった壁は自分で取り除くことができるはずだ。かなりの時間を要するかもしれないが、それを作りだしたプロセスを思い出せばいいのだ。村上のいう「壁抜け」とはそういうことなのではないだろうか。「深く潜って、自分をどこまでも普遍化していけば、場所とか時間を超えて、どこか別の場所に行ける」という確信が持てるはずだというのが村上の考え方だ。彼自身もそうして真に卵の側に立てる自信と資格を得たのだ。

この「壁抜け」の行為は、『騎士団長殺し』においては次のように提示されている。それは免色がひとり「穴」の底に降りていった時の様子を語ったものだ。

「（……）私はこのあいだあの穴の底に降りて、一時間ばかり一人でそこに座っていました。真っ暗闇の中で、明かりもなく梯子もなく。その沈黙の中で意識を深く集中しました。そして肉体存在を消してしまおうと真剣に努めました。ただ思念だけの存在になろうと試みました。そうすれば石の壁を越えてどこにでも抜け出せます。（……）」

それは「壁抜け」とは少し違ったかたちである。しかし結局は同じ行為である。あるいは、「カミングアウト」という行為の進化形、あるいは変形として描かれたものとして捉えることができる。

この「壁抜け」とは、ただ単に「個としての自由」を得るためだけのものではない。それは、「芭蕉を遠く離れて」にあるように、我々日本人がこれまで歩んできた歴史を、違った視点から見直すことであり、『騎士団長殺し』の中の「同じ題材でも少し見る角度を変えれば、ずいぶん違って見える」という観点にも通じるものである。そうすることによって、我々はこれからの進むべき方向を見出すことができるのだ。「私たちはどこに向かおうとしているのだろう?」という問の答えがそこにある。

村上は「学校について」の最後でも、「想像力」の大切さを強調している。そして、「効率」をその対極に位置づけている。

どんな時代にあっても、どんな世の中にあっても、想像力というものは大事な意味を持ちます。

想像力の対極にあるもののひとつが「効率」です。数万人に及ぶ福島の人々を故郷の地から追い立てたのも、元を正せばその「効率」です。「原子力発電は効率の良いエネルギーであり、故《ゆえ》に善である」という発想が、その発想から結果的にでっちあげられた「安全神話」という虚構が、このような悲劇的な状況を、回復のきかない惨事を、この国にもたらしたのです。それはまさに我々の想像力の敗北であった、と言っていいかもしれません。今からでも遅くはありません。我々はそのような「効率」という、短絡した危険な価値観に対抗できる、自由な思考と発想の軸を、個人の中に打ち立てなくてはなりません。そしてその軸を、共同体=コミュニティーへと伸ばしていかなくてはなりません。

福島の悲劇も結局は想像力の欠如が引き起こしたものだということだ。こうした惨劇を二度と起こさないためにも、我々一人ひとりが「個」を確立し、そこから自由な発想力を育んでいかなければならないのだ。

僕が学校に望むのは、「想像力を持っている子供たちの想像力を圧殺してくれるな」という、ただそれだけです。それで十分です。ひとつひとつの個性に生き残れる場所を与えてもらいたい。そうすれば学校はもっと充実した自由な場所になっていくはずです。そして同時に、それと並行して、社会そのものも、もっと充実した自由な場所になっていくはずです。

村上が主張しているのは、想像力の欠如が効率第一主義の社会を生むということだ。そして、その想像力を育てるのは学校という場所でなければならない。それが結果的に自由な社会を生み出すことになる。学校というと、ひとつは「沈黙」の物語が思い浮かぶが、大沢の通う学校において、その想像力はいかにも欠如していると言わざるをえないだろう。特に担任の教師にいたっては絶望的である。彼には大沢という生徒の個性を理解する姿勢はまったくみられない。それどころか、青木という悪意に満ちた生徒に加担することで、その場を収めてしまおうとしている。これも「効率」の一例かもしれない。このような環境で教育を受けた若者たちがどんな社会を形成していくかは説明するまでもないことだ。

それに比べて、学校から避難して高松にやってきたカフカ少年の場合は、標準的な考え方からすれば、非効率的な日々を送っていることになるのだろうが、彼は少なくとも学校を離れ、一人であれこれ葛藤する中で自我を形成していくという貴重な体験をすることができたのだ。

村上はこのエッセイの最後で、「僕は一人の小説家としてそう考えます。まあ、僕が考えて、それでどうなるというものでもないのでしょうが」と締めくくっている。これは謙虚さからくるのか、あるいは諦めなのかはわからないが、この一文だけは書いて欲しくなかった。せっかくここまで書いてきて、最後に希望を絶望に変えてしまうような文章はいらない。もちろんここで彼を責めても仕方がない。それよりも我々がどうにかしなければならないと感じることの方が大切なのだろう。ただ初期の村上の「ディタッチメント」的でシニカルな姿勢がまだあることに少々戸惑いを覚えてしまうことはたしかだ。もっと毅然と言い切ってもらいたい。今やそれだけの影響力を持つ作家であり、それに伴う責任もあるのだから。

ジャズは「マイノリティの表現手段として最良の音楽」だと中上健次は言った。「マイノリティ」とは社会的弱者であり、「あちら側」に追いやられた人々でもある。それは村上春樹が一貫して描いてきた主人公たちだ。彼らの声を作品の中に響かせてきた。文学の使命とはそもそもそういう「マイノリティ」の声をすくい上げることであり、それこそがまさにジャズ的姿勢と呼べるものでもあるのである。ただ、村上の場合はテーマだけではなく、文体そのものにもジャズが響き渡っているのだ。

終章　鎮魂の物語として

「知ってる？　アリスって本当にいるんだよ。嘘じゃなくて、実際に。三月うさぎも、せいうちも、チェシャ猫も、トランプの兵隊たちも、みんなほんとにこの世界にいるんだよ」

『騎士団長殺し』

偶然の連鎖

ここまで「偶然の旅人」で語られるピアノの調律師の体験を中心に論じてきた村上春樹の小説世界は、非現実的な空想の世界での出来事ばかりを描いているかにみえるかもしれない。しかし、そんなことはない。それらは実は我々のすぐ身近に起こっていることなのである。ただそれをうまくつかみ取れないうちに、どこかに逃げてしまうだけのことなのだ。「あっ、今がその時だ」と感じ取れるかどうかは我々の想像力と強い意思次第なのだ。『騎士団長殺し』の物語を始めるにあたり、まず最初に紹介される人物である免色渉との出会いについて、語り手の「私」はこんなふうに述懐している。

あとになって振り返ってみると、我々の人生はずいぶん不可思議なものに見える。それは信じがたいほど突飛な偶然と、予測不能な屈曲した展開に満ちている。しかしそれらが実際に持ち上がっている時点では、多くの場合いくら注意深くあたりを見回しても、そこには不思議な要素なんて何ひとつ見当たらないかもしれない。切れ目のない日常の中で、ごく当たり前のことがごく当たり前に起こっているとしか、我々の目には映らないかもしれない。それはあるいは理屈にまるで合っていないことかもしれない。しかしものごとが理屈に合っているかどうかなんて、時間が経たなければ本当には見えてこないものだ。

これはピアノの調律師の回想に置き換えてもそのまま当てはまることである。まさに「真昼の花火」の世界がここにある。偶然などというものは実はないのであって、それは我々がそのとき気づいていないだけのことなのだ。すべての事象はつながっていることに気づかないために、その一連の出来事の中のほんの一部を切り取って偶然と呼ぶのである。言い換えれば、我々の日常は偶然の連鎖によってできているのだ。

もしその免色渉という男との出会いがなければ、この「私」の物語は語られることはなかっただろう。ここで我々は一人の人間との出会いが人生を大きく変えていくことがあることを知らされる。我々はその人生において、はたしてどれだけの数の人とほんとうに分かり合うことができるのだろうか。もちろんそれには個人差があるが、それはそれほど多くはない。あるいはごくわずかだと言い換えてもいいだろう。これだけ多くの人間に囲まれて生きている中で、それはある意味とても不思議なことに思える。それはおそらく我々につながろうという意思がないからかもしれない。多くの出会いの機会に恵まれながらも、真昼の花火のようにそれを見逃して素通りしてしまうのだろう。

「私」の場合はそれを見逃さなかった。免色との関係は最初からすべてがうまく友好的に進んだわけではなかった。そこにはどこかぎこちなさがあったり、不自然な部分があったりもした。しかしそれでも「私」はその男に何かを感じとったのだ。この出会いの機会を捉えることが、自分の人生を動かしていくことになるのだと。それは直観的なものかもしれない。「私」の述懐はこう続く。

しかし総じて言えば、理屈に合っているにせよ合っていないにせよ、最終的に何かしらの意味を発揮するのは、おおかたの場合おそらく結果だけだろう。結果は誰が見ても明らかにそこに実在し、影響力を行使している。しかしその結果をもたらした原因を特定するのは簡単なことではない。それを手にとって「ほら」と人に示すのは、もっとむずかしい作業になる。もちろん原因はどこかにあったはずだ。原因のない結果はない。卵を割らないオムレツがないのと同じように。将棋倒しのように、一枚の駒（原因）が隣にある駒（原因）をまず最初にことんと倒し、それがまたとなりの駒（原因）をことんと倒す。それが連続的に延々と続いていくうちに、何がそもそもの原因だったかなんて、だいたいわからなくなってしまう。あるいはどうでもよくなってしまう。あるいは人がとくに知りたがらないものになってしまう。そして「結局のところ、たくさんの駒がそこでばたばたと倒れました」というところで話が閉じられてしまう。これから語る私の話も、ひょっとしたらそれと似たような道を歩むことになるかもしれない。

ここで「私」が抱いている不安は結果的には不必要なものであった。すべての駒は見事につながっていることがわかるからだ。しかし、場合によっては、それは聞く側（読む側）の姿勢次第かもしれない。その連続性を単なる偶然として片づけてしまうと、あとは興味を失ってしまうかもしれないからだ。すべては「意識のトンネル」のようなものでつながっているのだと信じるかどうかの問題だろう。それを信じることができるだけの想像力を兼ね備えているかどうかの問題だ。

免色という男は、最初は「謎の隣人」として紹介される。彼は「谷間を隔てた山頂」に住んでいる。後でわかることだが、その家を購入したのには明確な理由がある。そこから見えるもうひとつの家に住む人物の近くにいたいからだ。村上春樹の愛読者ならおそらくすぐに気づくことだろうが、この物語はフィッツジェラルドの『グレート・ギャツビー』が下地になっている。つまり、免色がギャツビーで、「私」がニックということになる。「私」によって回想として語られる物語の形式も同じである。もちろんすべてがそっくり一致しているわけではないが、見逃してはならないのはこの二人の出会いである。

双方の物語に共通しているのは、最初から決して意気投合していい関係に発展していくというものではなかった点だ。『グレート・ギャツビー』の場合、ニックはギャツビーを心から軽蔑したくなるようなことをすべて体現している人物であったと紹介しているように、最初は親友と呼べる関係に発展するとは思えないものであった。しかし、それでもニックはその男に何かを感じとったのだ。そこにもう一人の自分を見たのだ。それまで見ないようにしてきた自分を。言い換えれば、ギャツビーはニックにとっての影のような存在として目の前に顕れたのだ。それはどこか「顕れるイデア」といった感じのものだった。

一方、『騎士団長殺し』の場合は、軽蔑に値するとまではいかないまでも、「私」にとって免色はどこか不可解で謎に満ちた存在であった。つまり、こちらも最初から理想的な関係が築けるような気配はなかった。ただ、結果的にニックとギャツビーのような関係を構築したかどうかは別として、免色の存在なくしては「私」は自身の地下世界を旅して、再び現実に戻ってくるという体験はできないままに終わっていただろう。つまりこの物語は成立しなかったことになる。それはニックの場合も同じだ。ニックも「私」も、それぞれ早い段階で人間関係を断ち切ることがなかったからこそ、これら二つの物語が生まれたのだ。もし早々とその関係を絶ってしまっていたとしたら、二人はほんとうの自分に出会えないまま人生を終えてしまっていたかもしれないのだ。「真昼の花火」を見逃さなかった二人はともにひとつの出口に到達することができたのだ。そのきっかけが鈴の音であれ、ジャズの旋律であれ。

「私」は免色の肖像画に取り組む中、その「モデル」を触媒にして、自分の中にもともと埋もれていたものを探り当て、掘り起こした」のだ。ニックも同様に、ギャツビーという謎めいた男を触媒として、自分の中にある真実を掘り起こすことができたのだ。その触媒に出会うこと、それを見つけることができたものだけが真実に到達できるのだ。

「私」は偶然を見逃しはしなかった。「あらゆるたまたまを正面から真剣に扱わなくてはならない」と考えたからだ。そして一つひとつの行動がすべてをつなぎ、「私」は出口へと導かれたのだ。「免色の与えてくれた無意識の示唆」が結果的に「私」を動かし、その方向性を与えたことになる。すべては偶然ではなかったのだ。

免色は言う――「それは言うなれば深い海底で生じる地震のようなものです。目には見えない世界で、日の光の届かない世界で、つまり内なる無意識の領域で大きな変動が起こります。それが地上に伝わって連鎖反応を起こし、結果的に我々の目に見える形をとります」。可視化されるまでにはそれなりの時間を要するが、実はそれは見えないところですでに起こっていることなのだ。このように地震と無意識の領域を結びつける彼は、ギャツビーのように遠くの地震をも感じ取れるような繊細さを兼ね備えている男だ。

優れたメタファー

たしかにすべての駒はつながっている。そのうちのひとつでも見落としてしまったら、物語はそこで終わってしまう。あるいはそれは「ミッシング・リンク」として、あるいは「死角」としてつながりを失ってしまうのだ。戦争という暴力、そして地震、心の奥の闇、すべてはメタファーとしてつながっている。

「私」が秋川まりえを救い出すための旅の途中で出会うドンナ・アンナはこう言う、「目に見えるすべては結局のところ関連性の産物です。ここにある光は影の比喩であり、ここにある影は光の比喩です」と。この光と影の関係はアンデルセン文学賞のスピーチにも見られるものだ。結局すべては繋がっていて、すべてはメタファーなのだ。そして、「私」が「横穴の入り口」を前に躊躇している時、ドンナ・アンナはさらにこう言う。

「(……)優れたメタファーはすべてのものごとの中に、隠された可能性の川筋を浮かび上がらせることができます。優れた詩人がひとつの光景の中に、もうひとつの別の新たな光景を鮮やかに浮かび上がらせるのと同じように。(中略)最良のメタファーは最良の詩になります。あなたはその別の新たな光景から目を逸らさないようにしなくてはなりません」

ただ、もしその心をふらつかせると、「二重メタファーの餌食」になるとドンナ・アンナは警告する。それは、「あなたの中にありながら、あなたにとっての正しい思いをつかまえて、次々に貪《むさぼ》り食べてしまうもの、そのようにして肥え太っていくもの」であり、

「あなたの内側にある深い暗闇に、昔からずっと住まっているものなの」だという。それは、まさに我々の心の闇であり、「めくらやなぎ」を言い換えたものとして捉えることができる。

「繋がっている」――それは初期の長編『ダンス・ダンス・ダンス』において頻繁に登場したせりふだ。その時からすべてはつながっている。いや、その前からもずっとすべてはつながっているのだ。たとえば、日本の近代史の中で、クローゼットの奥にしまい込んでおきたいような事柄があったとしても、それがたとえネガティブな感情を引き起こすようなことであっても、それに蓋をしてはいけないのだ。そこから目を背けてはいけないのだ。それも歴史という連続性の中のひとつの「駒」なのだから。

『ねじまき鳥クロニクル』においてノモンハン事件が語られるように、『騎士団長殺し』においては南京大虐殺が語られる。ピアニストを目指していた雨田具彦の弟は、その事件に加担させられ、帰国後自ら死を遂げる。それは自分の「人間性を回復するための唯一の方法だった」のだ。それは勇気ある行動であったと言えるが、当時はそれは「弱さ」の象徴としてしか理解されなかった。そして、「家族の恥として闇に葬られるだけ」だったのだ。これは自分の弱さが好きだといった「鼠」を彷彿とさせる。

雨田の弟の継彦は捕虜の首を次々と切らされた。そしてそのことは彼の中にPTSDとして残った。ちょうどサリンジャーがそうであったように。それは戦争によるトラウマだ。軍隊という「暴力的なシステム」の中で自らの命を絶つことはある意味では強くなければできない行為と言えるかもしれない。彼は決して弱くはなかったのだ。

一九三八年、ドイツがオーストリアを併合した「アンシュルス」や同じ年の十一月九日の夜から翌日の未明にかけて発生したナチスによるユダヤ人迫害を意味する「クリスタル・ナハト」といった事件に同時代的に関わった雨田具彦が、洋画から日本画に転向したのはそれらのことを繋げるためだったのかもしれない。そこで愛する恋人を失い、中国での事件で弟を失った彼は、それらを繋げるためにも『騎士団長殺し』の絵を描かなければならなかったのだ。歴史に翻弄される中、雨田具彦は「世界の大きな流れに逆らうことができないという無力感・絶望感」を抱いたにちがいない。その感情は地震という災害にも伴うものだ。しかし我々は強い気持ちを持ってそこから這い上がらなければならない。雨田はそれを絵を描くことで成し遂げたのだ。

南京虐殺事件に関して、それは殺された中国人の数の問題ではないと免色が言うくだりがあるが、それは我々日本人がどこかで目を背けようとしてきたことなのだろう。我々は今こそその意識を変えなければならない。イデアとしての騎士団長を殺し、自らその複雑な地下世界へと探求の旅を始めなければならない。今がその時なのだ！　雨田具彦という画家はその絵を通して我々にそう語りかけている。

信じる力

新たな命の父親は自分なのだと「私」は思う。「イデアとしての私であり、あるいはメタファーとしての私なのだ。騎士団長が私のもとを訪れたように、ドンナ・アンナが闇の中で私を導いたように、私はもうひとつ別の世界でユズを受胎させたのだ」。そこにあるのは「信じる力」だ。

　どのような狭くて暗い場所に入れられても、どのように荒ぶる曠野《こうや》に身を置かれても、どこかに私を導いてくれるものがいると、私には率直に信じることができるからだ。それがあの小田原近郊、山頂の一軒家に住んでいる間に、いくつかの普通ではない体験を通して私が学び取ったものごとだった。

この一節には希望がみなぎっている。そしてそれはまた3・11の被災者への励ましとも取れるのではないだろうか。村上は『騎士団長殺し』という長編の最後のところでごくわずかに東日本大震災に言及する。しかし、そこに至るまでの伏線はしっかりとあった。まず「私」はユズに別れを言い渡されたとき、東北を車で旅している。そして宮城県で「白いスバル・フォレスターの男」を見かける。その後この男は最後まで「私」に関わってくる。「私」が雨田具彦を見舞いに行く途中や、またテレビの地震関連のニュースの中にその男を見るように。男は震災の後の取り残された大型漁船の側に立っていたのだ。彼は「私」に「私自身の心の暗い深淵」の存在を忘れないようにさせる役割を担っていた。その男が「行く先々に姿を見せ」るのは、彼が「私自身の中に存在している」からである。

その男の絵をいつかは完成させるのだという強い意志を「私」は持っている。それは「顔のない男」の肖像画を描くことと同じことなのかもしれない。今はまだそれができなくても、いつかは必ずその「無」の部分に顔を描いてみせるという決意がある。それは、地震によって瓦礫の下に閉じこめられたイメージに繋がる閉所恐怖症というトラウマを克服した「私」の新たな目標だ。この閉所恐怖症は妹の死によってもたらされたものだ。すべてを失っても、そこからまた何かを創造していく姿勢がそこには見られる。

『白いスバル・フォレスターの男』の絵は『騎士団長殺し』の絵とともに、火事によって消失してしまう。しかし「私」はまたその男の絵に挑戦するだろう。「まったく違うフォルムで、まったく違う角度から」。その絵は今度は「私」にとっての「騎士団長殺し」となるものだ。その追求は決してやめてはならない。それは常に自分の闇と直面することと同じだからだ。「プロローグ」に登場する「顔のない男」が言うように、「いつか再び、おまえのもとを訪れよう。そのときにはおまえにも、わたしの姿を描けるようになっているかもしれない。そのときが来るまで、このペンギンのお守りは預かっておこう」。私にできること、それは「時間を味方につけて」自分を信じ続けることだ。そして、無から「再生」に向けて歩んでいくのだ。その姿勢は我々すべてに勇気を与えてくれる。「騎士団長はほんとうにいたんだよ」、そう信じることで、我々は救われるのだ。

鎮魂の歌

「私」は『騎士団長殺し』の絵を「鎮魂のための絵」だと考える。それは雨田具彦が「自分自身のために、そしてまたもうこの世界にはいない人々のために描いた絵」なのだ。「流されてきた多くの血を浄《きよ》めるための作品だ」という表現には戦争という暴力による血を匂わせるものがあると同時に、大震災や津波を含めたすべての暴力による犠牲者の流した血であるとも解釈できる。その意味でこの物語は「鎮魂のための物語」でもあるのだ。背景に流れているモーツァルトの歌劇「ドン・ジョヴァンニ」はその鎮魂歌なのだ。

村上が阪神・淡路大震災を短編集『神の子どもたちはみな踊る』に描き出したことはすでに述べてきたが、その表題作の「神の子どもたちはみな踊る」においても、主人公の善也が『騎士団長殺し』の「私」と同様の体験をしたことが描かれている。

彼は地面を踏み、優雅に腕をまわした。ひとつの動きが次の動きを呼び、更に次の動きへと自律的につながっていった。体がいくつもの図形を描いた。そこにはパターンがあり、ヴァリエーションがあり、即興性があった。リズムの裏側にリズムがあり、リズムの間に見えないリズムがあった。彼は要所要所で、それらの複雑な絡《から》み合いを見渡すことができた。様々な動物がだまし絵のように森の中にひそんでいた。中には見たこともないような恐ろしげな獣も混じっていた。彼はやがてその森を通り抜けていくことになるだろう。でも恐怖はなかった。だってそれは僕自身の中にある森なのだ。僕自身をかたちづくっている森なのだ。僕自身が抱えている獣なのだ。

ここでいう一連の「動き」とは先に挙げた将棋倒しの「駒」と同様のものである。善也はそれらを動かし、繋いでいくリズムをすべて感じとっている。まるでジャズの即興演奏を聴いているかのように。『騎士団長殺し』の「私」が狭い通路を通り抜け、最後には出口に到達したように、善也も恐れることなく彼自身の中の「森」を通過していく。それは我々の心の奥にある闇のメタファーとして捉えることのできるものだ。彼は踊り続ける。長い時間踊り続ける。

それからふと、自分が踏みしめている大地の底に存在するもののことを思った。そこには深い闇の不吉な底鳴りがあり、欲望を運ぶ人知れぬ暗流があり、ぬるぬるとした虫たちの蠢《うごめ》きがあり、都市を瓦礫《がれき》の山に変えてしまう地震の巣がある。それらもまた地球の律動を作り出しているものの一員なのだ。彼は踊るのをやめ、息を整えながら、底なしの穴をのぞき込むように、足もとの地面を見おろした。

その足もとに感じる「地震の巣」もまた「地球の律動」、つまりはリズムを生み出しているものだと善也は理解する。そしてこう思う、「僕のまわりでこそ都市は激しく崩れさるべきだったのだ」と。それは善也のどのような気持ちを表したものなのか。

彼は十三歳で信仰を捨て、それ以来ずっと神への不信感を抱えてきた。父親が不在の彼は、いつも神様が父親なのだと言われて育ってきた。だがその神（あるいは父親）はいくら追いかけても捉えることはできなかった。そしてあるときやっと彼は気づく。自分が追いかけていたのは、「僕自身が抱えている暗闇の尻尾《しっぽ》のようなものだった」と。ここで彼は「父親を殺す」ことができたのだ。ずっと追いかけてきたその姿を「より深い暗闇」の中に放り投げることで。自分の闇が潜む心の奥底を揺さぶり、隠れているものをえぐり出してほしかったのだ。そして自分が追いかけてきた闇なり獣なりと対峙したいと考えたのだ。メタファーとしての地震に自分の殻を破壊してほしかったのだ。

こうして善也に「顕現」が訪れる。「イデア」が顕れ、彼はそれを追放したのだ。「私」が騎士団長を刺し殺したように。彼の魂は晴れやかだった。自分の体内のリズムと大地のリズムが「連帯し呼応している」ことを感じとって。

僕らの心は石ではないのです。石はいつか崩れ落ちるかもしれない。姿かたちを失うかもしれない。でも心は崩れません。僕らはそのかたちなきものを、善きものであれ、悪《あ》しきものであれ、どこまでも伝えあうことができるのです。神の子どもたちはみな踊るのです。

そうだ、我々はみな踊るのだ。リズムを見出しながら。そうして信じることを学び取っていくのだ。善也はここではじめて心から神という言葉を口にする。それまで信じることのできなかった神のことを――「神様」。

強い思い

我々は強い心を持ち続けなければならない。一度は失われかけた妻のユズとの関係をなんとか復活させたい「私」は、その強い思いが生き霊となって願いを叶えさせたのだ。

（……）『騎士団長殺し』を眺めながら、私の頭からはどうしてもユズの顔が去らなかった。あれはどう考えても夢なんかじゃない、と私はあらためて思った。きっと私はあの夜、本当にあの部屋を訪れていたのだ。ちょうど雨田具彦が、数日前の真夜中にこのスタジオを訪れたのと同じように、私は現実の物理的制約を超えて、何らかの方法であの広尾のマンションの部屋を訪れ、実際に彼女の内側に入り、本物の精液をそこに放出したのだ。人は本当に心から何かを望めば、それを成し遂げることができるのだ。私はそう思った。ある特殊なチャンネルを通して、現実は非現実的になり得るのだ。あるいは非現実は現実になり得るのだ。人がもしそれを心から強く望むなら。

これこそがまさに「偶然の旅人」のテーマにつながるものだ。強い思いは時に孤独を生み出し、人をまわりから孤立させるかもしれない。しかしその思いは必ず奇跡のような偶然を生み、その偶然はたしかな現実のものとなるのだ。逆に強く望むことをやめてしまえば、我々は永遠に闇から脱することはできない。「無意識のトンネル」という「特殊なチャンネル」を通り抜けることはたやすいことではない。それでも自己の確立のためにその試練を耐え抜けば、その先には美しい影を作り出すまばゆい光が待っているのだ。

あとがき

　村上春樹がノーベル文学賞候補として取り沙汰されるようになって、かれこれ十年になるだろうか。その過熱ぶりは年々激しさを増し、今では毎年秋の恒例行事のようになっている。メディアは騒ぎ立て、書店はその時に備えて準備に追われる。新刊の発売となると、それはまた別の興奮を呼び起こす。それは高揚感と言ってもいいものだ。発売日の深夜零時に一斉に新刊のページを開くことはひとつの儀式のようになっているが、それはボジョレー・ヌーボーの解禁日とどこか似ている。毎年十一月になると、フランスからワインの新酒がやってくる。人々はその瞬間を待って、その年の美酒に酔いしれる。

　文学が停滞気味の今日にあって、一人の小説家がこれほど世間の注目を集めることは喜ばしいことである。心からそう思う。ただ、祭《フェト》に酔いしれている人々を見ていると、彼らは本当に村上春樹の文学を理解しているのだろうか、その世界の真髄をどこまで捉えているのだろうかとふと思う時がある。どう読もうとそれは読者の自由である。他人がとやかく口を出すことではないのだろう。ただ、そこで読まれることをじっと待っている小説のことを思うとき、そこにぎっしりと詰まった活字と静かに向き合ってあげたいと思うのだ。そしてその物語の世界に入り込み、登場人物たちとともにストーリーを辿り、最後にその出口のところで高揚感を味わいたいと願うのだ。

新作の『騎士団長殺し』では鈴の音がどこかから聞こえてくる。主人公の「私」はその音を聞き取り、それがどこから来るものなのかを知りたいと思う。それはあたりが静まりかえった真夜中のことである。今回の新作解禁日のお祭り騒ぎをよそ目に見ながら、僕も冷静に村上の四十年近くにわたる道のりを辿ってみたいと思った。そしてそれぞれの作品がどのようにつながっているのかを確かめたいと思った。「私」がその鈴の音を辿り、その正体をつかみたいと思うのと同じように。

一九七九年に駅前の小さな書店で『風の歌を聴け』を手に取ってから早三十八年になる。それ以来ずっと村上春樹から目を離すことなく、愛読者であり続けてきた。それはもちろんこの作家の持つ特別な魅力がそうさせてきたわけだが、僕の場合、それ以外にもいくつかの理由があった。まずは、村上春樹と僕のあいだに起こった「偶然」である。アメリカ文学を専門とする僕にとって、もっとも大切な作家はフィッツジェラルドであった。学部生の時に出会った『グレート・ギャツビー』が僕の人生を決めたといっても過言ではない。その作家を村上春樹も愛読していることを知って、「偶然」だなと感じたのが最初だった。その後、『ノルウェイの森』を読んだ時に、次の「偶然」と遭遇した。それは主人公のワタナベが住んでいる目白の学生寮だ。そこは実際村上春樹もしばらく住んでいたところであり、僕が大学に入学した時に住んだ寮でもあった。こんな偶然もあるんだなと、またその時も感じた。神戸という町で思春期を過ごしたことや、出身高校が姉妹関係にあったことにも「偶然」性を感じたものだった。

その後、大学から二年間の研究休暇をもらって東部のブラウン大学に客員研究員として籍を置くことになった時、なんと村上春樹も同じアイビーリーグのプリンストン大学にいることがわかった。そして、彼はその後ボストンにあるタフツ大学に移り、ますます近くにいるという事実にわくわくしたものだった。ある日、ボストンの日本食品を売る店が入っているビルで彼を偶然見かけた時は心臓が止まりそうなほどの衝撃を受けた。もちろんその時は声をかける勇気はなかった。一瞬目が合っただけで、言葉を交わすことはなかった。またその近くにある「流石書店」という日本の本を売っている本屋の店主夫妻とよく「村上さん」の話をしたことを覚えている。彼もときどきこの店に顔を出すと聞き、こんなにも近くに村上春樹がいるのだという思いでなんだか胸がざわざわしたものだった。

それで終わりたくないという気持ちが僕を次の段階へと導いてくれた。ボストンで長く開業している日本人歯科医の奥さんを通して、僕は村上春樹にインタビューする機会を得ることができたのだった。待ち合わせをしたハーバード大学近くのホテルのロビーで、最初に交わした会話は今も鮮明に覚えている。今振り返れば、あの時彼と会っていろいろと話をしたことが幻のように思えてくる。あれはまさに幻想であって、僕の強い思いが夢の中でのインタビューを実現させてくれたのかもしれない。今ではそんなふうに思っている。その後もいくつかの「偶然」は続き、最後は彼が日本に帰国する前のフェアウェル・パーティーに呼んでもらうことができた。そこではジェイ・ルービン氏にも会うことができたが、このパーティーも現実ではなく、別の次元での体験だったのかもしれない。

こうした一連の「偶然」は、今となってはすべて最初から繋がっていたのではないかと思えてくる。『騎士団長殺し』を読んで、ますますその思いを強くしたが、本書のテーマがまさにそうであるように、「偶然の旅人」に描かれた世界を僕も生きることができたことが一連の出来事を引き起こしてくれたのかもしれない。一九七九年以来、一貫して持ち続けてきた村上春樹作品への熱い思いが、僕と彼とを結びつけてくれたのだろう。それがかりに異次元での体験であったとしても。

本務校である成蹊大学では経済学部に所属しているため、文学の授業を担当する機会はあまりなかった。しかし、幸運にも何年間かゼミで村上春樹を読む授業を展開することができた。この間、経済学専攻でありながら文学好きの学生たちが多くいることを知ったことは大きな喜びであったと同時に、彼らとの交流から僕は多くのことを学ぶことができた。

またさらに非常勤講師として早稲田大学の国際教養学部で担当した比較文学の講義では、日本人学生はもちろんのこと、クラス全体の二、三割を占める留学生とのやり取りから多くを学ばせてもらった。アメリカをはじめ、ヨーロッパ各国、アジアの国々、さらにはイスラエルなど、世界の村上春樹愛読者との白熱した議論は僕にとって夢のような時間であった。そして、ミネソタ大学で担当した比較文学の授業での学生たちとの、これまた熱いセッションも僕の大きな糧となっている。こうした多くの学生たちとの出会いがこの本を誕生させてくれたと信じている。こうして村上春樹を通して巡り会ったすべての学生に心から感謝したい。

最後になったが、本書の編集を担当してくれた青土社の足立朋也氏と、企画の段階からずっと応援してくれた営業部の榎本周平氏には最大限の謝意を表したい。この二人は僕以上に村上春樹に精通しているかもしれない。そんな人たちに支えられて本書を刊行できたことはこの上ない喜びである。

文学が世界を救うと信じて。

二〇一七年三月　吉祥寺にて

宮脇俊文

参考文献

明田川荘之監修『中央線ジャズ決定盤101——極私的こだわりジャズ・ディスク・ガイド』音楽出版社、二〇〇八年
Updike, John. "Subconscious Tunnels: Haruki Murakami's Dreamlike New Novel." *The New Yorker* (January 24, 2005)
アドリブ編『東京ジャズ喫茶物語』アドリブ、一九八九年
安部公房『燃えつきた地図』新潮文庫、一九八〇年
F・L・アレン『オンリー・イエスタデイ——1920年代・アメリカ』藤久ミネ訳、ちくま文庫、一九九三年
ハンス・クリスチャン・アンデルセン『影』長島要一訳、ジョン・シェリー画、評論社、二〇〇四年
岡田暁生、フィリップ・ストレンジ『すごいジャズには理由（ワケ）がある——音楽学者とジャズ・ピアニストの対話』アルテスパブリッシング、二〇一四年
尾高修也『近代文学以後——「内向の世代」から見た村上春樹』作品社、二〇一一年
小野好恵『ジャズ最終章』川本三郎編、深夜叢書社、一九九八年
レイモンド・カーヴァー『大聖堂』（村上春樹翻訳ライブラリー）村上春樹訳、中央公論新社、二〇〇七年
——『ビギナーズ』（村上春樹翻訳ライブラリー）、二〇一〇年
J・D・サリンジャー『キャッチャー・イン・ザ・ライ』（ペーパーバック・エディション）村上春樹訳、白水社、二〇〇六年
——『ナイン・ストーリーズ』柴田元幸訳、ヴィレッジブックス、二〇〇九年
柴田元幸責任編集『MONKEY』vol. 11, Spring 2017
サイモン・ジョンソン、ジェームズ・クワック『国家対巨大銀行——金融の肥大化による新たな危機』村井章子訳、ダイヤモンド社、二〇一一年
デイヴィッド・シールズ、シェーン・サレルノ『サリンジャー』坪野圭介、樋口武志訳、角川書店、二〇一五年

キャロル・スクレナカ『レイモンド・カーヴァー——作家としての人生』星野真理訳、中央公論新社、二〇一三年
ジョン・スタインベック『怒りの葡萄〔新訳版〕』（上・下）黒原敏行訳、ハヤカワ epi 文庫、二〇一四年
ヘンリー・D・ソロー『ウォールデン 森の生活』（上・下）今泉吉晴訳、小学館文庫、二〇一六年
レイモンド・チャンドラー『ロング・グッドバイ』村上春樹訳、ハヤカワ・ミステリ文庫、二〇一〇年
筒井康隆『漂流 本から本へ』朝日新聞出版、二〇一一年
常田カオル「ジャズレコードを慈しむ独特の文化装置・ジャズ喫茶」『東京ジャズ地図（散歩の達人ブックス—大人の自由時間）』交通新聞社、二〇〇九年
中上健次「破壊せよ、とアイラーは言った」『中上健次エッセイ撰集〔青春・ボーダー篇〕』光文社、二〇〇一年
萩原朔太郎「猫町」『猫町 他十七編』清岡卓行編、岩波文庫、一九九五年
F・スコット・フィッツジェラルド『グレート・ギャツビー』（村上春樹翻訳ライブラリー）、二〇〇六年
——『夜はやさし』森慎一郎訳、作品社、二〇一四年
デイヴィッド・フィンケル『帰還兵はなぜ自殺するのか』古屋美登里訳、亜紀書房、二〇一五年
イアン・ブルマ「村上春樹——日本人になるということ」『イアン・ブルマの日本探訪——村上春樹からヒロシマまで』石井信平訳、TBSブリタニカ、一九九八年
アーネスト・ヘミングウェイ『日はまた昇る』高見浩訳、新潮文庫、二〇〇三年：佐伯彰一訳、集英社文庫、二〇〇九年：土屋政雄訳、ハヤカワ epi 文庫、二〇一二年
三浦雅士『村上春樹と柴田元幸のもうひとつのアメリカ』新書館、二〇〇三年
村上春樹『アンダーグラウンド』講談社文庫、一九九九年
——「いい音楽を聴くように、あるいはいい音楽を演奏するように」『エスクァイア』二〇〇四年九月号、二六〇—二六三頁
——『1Q84』（BOOK1~BOOK3、全6巻）新潮文庫、二〇一二年
——『意味がなければスイングはない』文春文庫、二〇〇八年

――「インタビュー　村上春樹『かつてジャズはつねに制度を拒みそれを乗り超えてきたものだったんだ』」（聞き手：小野好恵）arc 出版・企画編『ジャズの辞典』冬樹社、一九八三年
――『海辺のカフカ』（上・下）新潮文庫、二〇〇五年
――「『海辺のカフカ』を中心に」『夢を見るために毎朝僕は目覚めるのです――村上春樹インタビュー集 1997-2011』文春文庫、二〇一二年
――「解題」『頼むから静かにしてくれ』（THE COMPLETE WORKS OF RAYMOND CARVER 1）レイモンド・カーヴァー著、村上春樹訳、中央公論新社、一九九一年
――「解題」『必要になったら電話をかけて』（THE COMPLETE WORKS OF RAYMOND CARVER 8）、二〇〇四年
――「解題」『ファイアズ（炎）』（THE COMPLETE WORKS OF RAYMOND CARVER 4）、一九九二年
――『風の歌を聴け』講談社文庫、二〇〇四年
――「『壁と卵』――エルサレム賞・受賞のあいさつ」『村上春樹 雑文集』新潮文庫、二〇一五年
――『神の子どもたちはみな踊る』新潮文庫、二〇〇二年
――『カンガルー日和』講談社文庫、一九八六年
――『騎士団長殺し』（第1部・第2部）新潮社、二〇一七年
――「『キャッチャー・イン・ザ・ライ』訳者解説」柴田元幸（共著）『翻訳夜話2 サリンジャー戦記』文春新書、二〇〇三年
――「神戸まで歩く」『辺境・近境』新潮文庫、二〇〇〇年
――「サリンジャー、『グレート・ギャツビー』、なぜアメリカの読者は時としてポイントを見逃すか」『夢を見るために毎朝僕は目覚めるのです――村上春樹インタビュー集 1997-2011』文春文庫、二〇一二年
――『職業としての小説家』新潮文庫、二〇一六年
――『スプートニクの恋人』講談社文庫、二〇〇一年
――『世界の終りとハードボイルド・ワンダーランド』新潮文庫、二〇一〇年

――『1973年のピンボール』講談社文庫、二〇〇四年
――「対話　村上春樹×ジェイ・マキナニー『芭蕉を遠く離れて――新しい日本の文学について』」『すばる』一九九三年三月号、一九八―二一三頁
――「違う響きを求めて」『村上春樹 雑文集』新潮文庫、二〇一五年
――『中国行きのスロウ・ボート』中公文庫、一九九七年
――『TVピープル』文春文庫、一九九三年
――『東京奇譚集』新潮文庫、二〇〇五年
――『ねじまき鳥クロニクル』（第1部~第3部）新潮文庫、一九九七年
――『ノルウェイの森』（上・下）講談社文庫、二〇〇四年
――『パン屋再襲撃』文春文庫、二〇一一年
――「非現実的な夢想家として」（カタルーニャ国際賞授賞式スピーチ全文㊤㊥㊦）『毎日新聞』二〇一一年六月十四日―十六日夕刊
――『羊をめぐる冒険』（上・下）講談社文庫、二〇〇四年
――『ふしぎな図書館』講談社文庫、二〇〇八年
――『ふわふわ』講談社文庫、二〇〇一年
――『螢・納屋を焼く・その他の短編』新潮文庫、一九八七年
――『村上春樹全作品 1990~2000』第1巻・短編集I、講談社、二〇〇二年
――「村上春樹ロングインタビュー」『考える人』二〇一〇年夏号、新潮社
――「訳者あとがき――準古典小説としての『ロング・グッドバイ』」『ロング・グッドバイ』ハヤカワ・ミステリ文庫、二〇一〇年
――『約束された場所で―― underground 2』文春文庫、二〇〇一年
――『レキシントンの幽霊』文春文庫、一九九九年

ジョアンナ・ラコフ『サリンジャーと過ごした日々』井上里訳、柏書房、二〇一五年
Rubin, Jay. *Haruki Murakami and the Music of Words*. London: Harvill Press, 2002
"Sanders, Trump, and the Rise of the Non-Voters" *The New Yorker* (January 24, 2016)
"Head of the Class: How Donald Trump is Winning over the White Working Class" *The New Yorker* (May 16, 2016)

＊

NewSphere「いまなぜドナルド・トランプなのか？　暴言・失言によって逆に支持率アップ…その裏側とは」http://newsphere.jp/world-report/20151217-1/（二〇一六年六月三十日閲覧）
Lorraine Woellert, Victoria Stilwell「華麗になれない『ギャツビー』曲線、米機会均等はフィクション」https://www.bloomberg.co.jp/news/articles/2013-10-14/-（二〇一六年六月三十日閲覧）

＊

DVD『ディア・ハンター』（デジタル・ニューマスター版）ジェネオン・ユニバーサル・エンターテインメント、二〇〇九年
CD『ぼくたちの失敗：森田童子ベストコレクション』ユニバーサルミュージック、二〇一六年

＊本書は書き下ろしであるが、次の章の一部に既出のエッセイ及び講演の内容をまとめたものを改稿して使用している。

序章　「真昼の花火——村上春樹とレイモンド・カーヴァー」（柏書房ウェブマガジン『アルカーナ・ムンディ』「アメリカ文学の彼方へ」＃1）

第1章　「猫が導く闇の世界——村上春樹の『猫の町』」（『現代思想』二〇一六年三月臨時増刊号）

第4章　「戦争体験とPTSD——サリンジャーから村上春樹へ」（「アメリカ文学の彼方へ」＃10&＃11）

第5章　「村上春樹とジャズ——新しい文体が模索するもの」中江桂子編著『昭和文化のダイナミクス——表現の可能性とは何か』（第七章）ミネルヴァ書房、二〇一六年
「ジャズと春樹と武蔵野と」成蹊大学公開講座『むさしの——昨日・今日・明日』（二〇一〇年十月三十日）

村上春樹《むらかみはるき》を、心《こころ》で聴《き》く　奇跡《きせき》のような偶然《ぐうぜん》を求《もと》めて

2017年5月 1 日　第1刷印刷
2017年5月15日　第1刷発行

著　者　宮脇俊文《みやわきとしふみ》

発行人　清水一人
発行所　青土社
〒101-0051　東京都千代田区神田神保町1-29　市瀬ビル
電話　03-3291-9831（編集部）　03-3294-7829（営業部）
振替　00190-7-192955

印　刷
製　本　ディグ

装　幀　水戸部 功

ISBN978-4-7917-6981-0
Printed in Japan